Future Fiction

Collana diretta da

Francesco Verso

Una transizione in blu

Fantascienza francese

A cura di Francesco Verso
Traduzione di Alda Teodorani, Francesca Secci,
Giulia Palumbo
Maria Michela Dichio e Chiara Seri

Associazione culturale Future Fiction
Via Valentiniano 40 – 00145 Roma
P. IVA 15586791004
ISBN: 9788832077803

I diritti d'autore per i singoli racconti sono di proprietà dei rispettivi autori.

Copyright © 2023 Future Fiction

Tutti i diritti riservati. Nessuna parte di questa pubblicazione può essere riprodotta, distribuita o trasmessa in qualsiasi forma o con qualsiasi mezzo, inclusa la fotocopia, la registrazione o altri metodi elettronici o meccanici, senza previa autorizzazione scritta dell'editore, tranne nel caso di brevi citazioni contenute in recensioni critiche e alcuni altri usi non commerciali consentiti dalla legge sul copyright.

Titolo *Una transizione in blu – Fantascienza francese*
© 2023 Future Fiction, Roma
I edizione aprile 2023
info@futurefiction.org

Guida per autostoppisti alla fantascienza francese

di Jean-Claude Dunyach

traduzione di Francesco Verso

Jean-Claude Dunyach è nato il 17 luglio 1957 a Tolosa. Ha conseguito un dottorato in matematica applicata ai supercomputer. Scrive storie di fantascienza dall'inizio degli anni Ottanta. Il suo racconto Deciphering the Trame *ha vinto il Grand Prix de l'Imaginaire e il premio Rosny aîné nel 1998 e, nella sua traduzione in inglese, è stato proclamato miglior racconto dell'anno dai lettori della rivista* Interzone. *Il suo romanzo* Étoiles mourantes, *scritto a quattro mani con Ayerdhal, ha vinto l'Eiffel Tower Science Fiction Prize nel 1999 e l'Ozone Prize nel 2000. Le opere di Dunyach sono state tradotte in inglese, bulgaro, ungherese, croato, danese, tedesco, russo e spagnolo.*

La fantascienza francese ha un passato glorioso (ricordate Jules Verne?) e, si spera, un futuro brillante. Tuttavia la situazione attuale è un po' più complicata e difficile da decifrare. Soprattutto quando si tenta di valutarla sulla stessa scala della fantascienza anglo-americana. La definizione stessa di fantascienza non è proprio uguale sulle due sponde dell'Atlantico. Negli Stati Uniti viene spesso confusa con Sci-Fi (Star Trek, serie fantasy leggere o universi condivisi per citare alcuni esempi commerciali), mentre la maggior parte degli autori francesi sostiene che si tratti di "letteratura al suo apice." Disney contro il Louvre se capite cosa intendo. Naturalmente, entrambe le formulazioni sono troppo anguste per essere del tutto veritiere, ma non sono nemmeno del tutto sbagliate. Vediamo perché.

1. Il background culturale

Innanzitutto, bisogna capire che la Francia – e la maggior parte dell'Europa, in effetti – ha un background culturale specifico e che la fantascienza non gioca lo stesso ruolo che nel mondo anglofono. La TV francese, per esempio, non è molto interessata alla fantascienza. Le miniserie francesi sono spesso basate su romanzi del diciottesimo o diciannovesimo secolo (non così noiose come si potrebbe pensare, ma piuttosto a corto di effetti speciali e spade laser – e Depardieu interpreta spesso uno dei ruoli principali). Serie TV famose come Star Trek, Babylon 5, Millennium o Doctor Who sono quasi ignorate in Francia, tranne che dai soliti fan nerd (e io sono uno di loro). X-Files ha avuto un enorme successo anche se siamo un anno indietro rispetto agli Stati Uniti, il che significa che diversi dettagli del film X-Files non erano comprensibili per la maggior parte di noi in quel momento.

Né abbiamo l'equivalente dei fumetti. Niente Batman, X-Men o Uomo Ragno. Nessun universo condiviso in cui Judge Dredd incontra il Punitore per combattere contro i cattivi. Nessun universo Marvel, anche se i supereroi francesi esistevano prima della seconda guerra mondiale... Nessun equivalente di Sandman, il che è negativo. Però abbiamo una marea di 'bandes dessinées' di fantascienza, con tantissimi artisti famosi come Druillet, Moebius, Caza, Bilal, Bourgeon o Mézières (che ha lavorato con Besson ed è stato fonte d'ispirazione per molte serie americane come Babylon 5) e altrettanti ottimi nuovi arrivati. Gli scenari, spesso elaborati e piuttosto complessi, vengono considerati come oggetti culturali accettabili. Eppure un albo di 'bandes dessinées' spesso costa più di 20 dollari. I genitori possono comprarlo. I ragazzini no.

I manga giapponesi, tuttavia, hanno cambiato un po' la situazione poiché sono economici e divertenti. Quindi, c'è una vera e propria sottocultura manga qui – e ovviamente i vari film Marvel/DC sono molto popolari tra i millennial. Come è successo con *Guerre Stellari* durante la mia giovinezza. Ma se sei un regista francese famoso che vuole girare un film di fantascienza (Luc Besson, per esempio, o Jeunet), sei quasi costretto a lavorare con Hollywood. Sembra che non ci siano soldi disponibili per progetti di fantascienza nel cinema francese, anche se la situazione potrebbe cambiare nel futuro prossimo.

Quindi, ciò che chiamiamo fantascienza in Francia è principalmente "fantascienza scritta" con un gusto particolare per le copertine illustrate. Il divario culturale tra i libri di fantascienza francesi e l'equivalente visivo proveniente dall'altra parte dell'Atlantico è piuttosto ampio.

2. Un breve viaggio nella storia

La fantascienza francese fu quasi uccisa dalla prima guerra mondiale e iniziò la sua resurrezione come movimento solo alla fine degli anni Cinquanta. Nel frattempo, erano stati pubblicati alcuni libri di narrativa di anticipazione, ma senza alcuna etichetta di fantascienza, come per esempio *La Planète des singes* ("Il pianeta delle scimmie") di Pierre Boulle o *Le Voyageur imprudent* ("Il viaggiatore imprudente") di René Barjavel.

Durante gli anni Sessanta e l'inizio degli anni Settanta, diversi autori importanti degli Stati Uniti o della Gran Bretagna vennero pubblicati con regolarità in Francia. Varie collane editoriali – dalle copertine rigide di lusso fino ai tascabili – erano quasi del tutto dedicate alla fantascienza straniera. In parallelo, una popolare collana di libri chiamata "Fleuve Noir Anticipation" si specializzò in romanzi brevi – l'equivalente francese dei pulp – scritti da autori francesi che, all'epoca, il pubblico riteneva solo pallide copie dei loro concorrenti anglo-americani. E la fantascienza, nel suo insieme, veniva etichettata come "letteratura scadente."

Questa situazione mutò leggermente a metà degli anni settanta, quando alcuni autori francesi – Michel Jeury, Philippe Curval, Jean-Pierre Andrevon, Pierre Pelot – furono pubblicati da case editrici famose come *Ailleurs & Demain* ("Altrove e domani"). Questi libri non solo erano eccellenti nel senso tradizionale della fantascienza anglosassone, ma erano *diversi*. Ispirati da esperimenti letterari come il Nouveau Roman, potrebbero essere considerati come l'equivalente francese della New Wave britannica.

Nel frattempo, una nuova generazione di giovani arrabbiati usava la fantascienza come strumento per mettere in discussione la società francese: volevano usare la SF a scopo politico. Una delle case editrici create in quel periodo si chiamava *Ici & Maintenant* ("Qui e Adesso"), in risposta all'ormai consolidato *Ailleurs & Demain*. È interessante notare che dei buoni autori come Jeury, Andrevon o Curval furono pubblicati da entrambe le case editrici.

Purtroppo, anche se i messaggi espressi da questa "fantascienza politica" erano interessanti, troppi libri – o racconti – di quel periodo venivano considerati dal pubblico come scritti male. Per reazione, all'inizio degli anni ottanta, emerse un breve ma intenso movimento neoformalista chiamato "Limite," con autori emergenti come Emmanuel Jouanne, Francis Berthelot e Antoine Volodine, che consideravano la fantascienza come un mezzo di sperimentazione letteraria e che adottarono un atteggiamento postmoderno nei confronti della scrittura. Diversi romanzi e racconti vennero pubblicati in forma indipendente dagli autori ma la loro prima antologia in comune fu anche l'ultima...

Va notato che la fantascienza francese non era davvero interessata allo spazio anche se alcuni "western nello spazio" venivano pubblicati regolarmente. La Space Opera era per lo più qualcosa di associato alla fantascienza anglosassone.

All'epoca – metà degli anni Ottanta – comparvero tanti nuovi autori e la fantascienza francese vantava più di quaranta scrittori professionisti[1]. Una rivista mensile – Fiction – pubblicava uno o più racconti di autori francesi in ogni numero, con dagli otto ai dieci "nuovi autori" ogni anno. Le normali antologie erano aperte alle storie francesi e una speciale antologia intitolata *Futurs au Présent* era interamente dedicata agli autori emergenti, non ancora professionisti.

Futurs au Présent ha fatto conoscere Serge Brussolo e Jean-Marc Ligny – due grandi scrittori di fantascienza – ed è stata seguita da *Superfuturs* qualche anno dopo. Nel frattempo, le Edizioni Fleuve Noir pubblicavano quasi sessanta libri francesi all'anno. I giovani autori stavano lentamente sostituendo quelli più anziani. Ma, purtroppo, la fine degli anni Ottanta e l'inizio degli anni Novanta furono caratterizzati da una grossa crisi editoriale.

All'epoca, Fiction – la nostra rivista professionale mensile – scomparve, insieme all'antologia annuale *Univers*. Molti editori di fantascienza ridussero le loro attività e la maggior parte di loro smise di pubblicare nuovi autori. L'unica grande eccezione era Fleuve Noir Anticipation, anche se pubblicavano solo trenta libri di fantascienza francese all'anno, mentre facevano diversi tentativi infruttuosi di pubblicare romanzi di Star Trek o serie fantasy leggere. Fleuve Noir ha fatto scoprire quasi tutti i nuovi autori dei primi anni Novanta come Ayerdhal e Serge Lehman – per non parlare del belga Alain le Bussy, dello svizzero Wildy Petoud e del

---

1 Professionisti significa ovviamente che sono stati pubblicati in modo professionale, ma pochissimi di loro guadagnavano abbastanza per procurarsi da vivere. Il mercato francese era semplicemente troppo piccolo e di rado i libri francesi venivano tradotti per essere pubblicati altrove.

canadese Jean-Louis Trudel. L'unica eccezione è stato Pierre Bordage, un romanziere brillante, scoperto da un editore regionale, che si è fatto strada verso la fama in circa un anno!

La situazione rimase più o meno la stessa fino al 1995, quando tre riviste di fantascienza vennero lanciate quasi allo stesso tempo. La prima è stata CyberDreams, che voleva essere l'equivalente francese di Interzone e ha svolto un ruolo importante nel far conoscere una nuova generazione di autori britannici e nella pubblicazione di diversi racconti francesi.

CyberDreams venne presto seguita da Bifrost e Galaxies (http://www.galaxies-sf.com), uscite lo stesso mese e che contribuirono ad aprire uno spazio per gli autori emergenti. Ogni rivista (tranne CyberDreams che chiuse dopo una manciata di edizioni) ha pubblicato, ad oggi, più di 80 numeri.

Nel frattempo, uscirono due antologie di racconti francesi selezionati da autori famosi: *Genèses*, nel 1996, a cura di Ayerdhal, per il grande editore J'ai lu, e *Escales sur l'Horizon* a cura di Serge Lehman nel 1998 (seguito da *Escales 2000*, di cui sono stato responsabile, e *Escales 2001*, uscito nel 2001). Un'altra raccolta curata da Serge Lehman *Retour sous l'Horizon* è stata pubblicata nel 2009.

Escales sur l'Horizon era un volume enorme con 16 racconti e novelle di sedici autori francesi e canadesi; conteneva anche un'importantissima prefazione di Serge Lehman, che potrebbe essere considerata come il "Manifesto della fantascienza francese" della fine del secolo. Queste due antologie sono state ben accolte dal pubblico – entrambe hanno vinto premi – e la stampa ci ha definito come i nuovi "prodigi fantascientifici francesi." E non ridete!

Infatti, anche se all'epoca la situazione stava migliorando – ogni grande editore francese stava creando o rinnovando la propria linea di Fantascienza/Fantasy/Gotico e il pubblico pareva interessarsi a come sarebbe stato il futuro[2] – l'unico modo per la fantascienza francese di sopravvivere era varcare i confini e trovare lettori fuori dall'Europa.

E poi, siamo tornati nello spazio, dove tutto è iniziato.

Un buon esempio di autori di questo genere è rappresentato da Laurent Genefort, uno dei nostri prodigi (all'epoca aveva trent'anni e quasi altrettanti libri alle spalle), famoso per la creazione di ambienti alieni e pianeti strani. Ha scritto una serie di romanzi indipendenti ambientati nella galassia, ma una galassia che un tempo era popolata da una razza molto antica chiamata Vangk. I Vangk erano scomparsi ma avevano lasciato dietro di sé una fantastica collezione di artefatti: dai portali che consentono di viaggiare tra stelle lontane a un intero territorio, Omale, a forma di sfera di Dyson dove gli umani e altre creature sono stati trasferiti in massa per una sorta di esperimento (esistono quattro libri e una manciata di racconti ambientati a Omale). Qualcosa di simile si trova anche nei libri di altri autori europei, mi viene in mente Alastair Reynolds con il ciclo della "Rivelazione" o Juan Miguel Aguilera. Ma, pure se molti autori francesi conoscono bene le icone culturali e le tendenze della fantascienza anglo-americana, i nostri libri hanno un sapore particolare. E dovreste provare anche il nostro vino...

3. Temi tipicamente francesi: arte, carne e ironia

È alquanto difficile sottolineare la specificità della fantascienza francese, ammesso che *ci sia*, cosa che credo. Forse il surrealismo ha avuto una grande influenza negli anni Ottanta, così come il Nouveau Roman e altri esperimenti letterari, ma ciò riguarda soprattutto il modo in cui scriviamo le storie, non i loro temi. E, qui in Europa, il Surrealismo fa così

---

2 Forse per effetto del cambio di millennio.

tanto "spirito dei tempi" – essendo parte dello sfondo – che è difficile non esserne influenzati.

Penso che i due principali temi della fantascienza francese dalla fine degli anni Settanta alla fine degli anni Novanta siano stati gli artisti e i musei del futuro – anche una delle ultime raccolte di giovani autori alla fine del secolo ha esplorato questo tema – e il rapporto con il corpo – con la carne considerata come territorio di sperimentazione.

L'arte nel futuro è stata un tema centrale negli anni Ottanta e sta tornando seriamente in auge. È interessante notare che la cosiddetta arte, come definita nel futuro, è o un modo terroristico per cambiare la società – l'arte come mezzo per spostare le masse e controllarle – oppure la massima espressione della libertà contro gli stati totalitari.

Nella raccolta *Musées, Des Mondes Énigmatiques* (Musei, mondi enigmatici), la maggior parte delle storie descrive fuggitivi dal mondo esterno che cercano rifugio in un museo. Diversi di loro sono intrappolati e distrutti, mentre alcuni trovano l'aiuto di altri rifugiati. Quasi nessun personaggio è interessato all'arte per l'arte. Come possibile metafora dell'attuale fantascienza francese, ciò risulta essere piuttosto inquietante.

Per quanto riguarda il "territorio sperimentale della carne," il tema è probabilmente legato al Surrealismo: Dalí, per esempio, è famoso per la sua statua della Venere di Milo con i cassetti. Poiché la fantascienza è spesso considerata una letteratura di metamorfosi, giocare con l'idea di ricostruire artisticamente il proprio corpo è una tendenza naturale! Bisogna notare che questa ricostruzione del corpo molto spesso è fatta per motivi artistici e senza l'uso di biotecnologie o dispositivi scientifici.

Devo aggiungere che quasi tutti gli autori di fantascienza francese di solito non sono né scienziati – io sono una delle poche eccezioni – né sono particolarmente interessati alla scienza (almeno alle scienze esatte). Tuttavia, la fantascienza francese ha spesso una dimensione sociologica. Molti libri pubblicati negli ultimi vent'anni sono incentrati su nuovi modi di costruire una società o sulla ribellione contro i modi di fare le cose del "vecchio mondo." A questo proposito, uno degli scrittori di maggior successo di oggi è Alain Damasio, che ha pubblicato solo una mezza dozzina di libri in quindici anni, ma ciascuno di loro è stato un grande successo. E, soltanto per divertimento, vorrei citare una recente antologia di fantascienza (2014) il cui tema era "Descrivere una società nel 2074 dove il lusso gioca un ruolo importante." L'ebook in varie lingue può essere scaricato gratis dai principali portali digitali (compreso quello che inizia per A).

4. Alcune traiettorie personali

A eccezione dei movimenti letterari ben identificati e sopra menzionati, il cui impatto è stato limitato, la fantascienza francese è composta soprattutto da individualisti le cui traiettorie sono alquanto diverse.

Serge Brussolo è apparso nei primi anni Ottanta e ha iniziato a produrre da quattro a cinque romanzi all'anno in uno stile molto surreale. È diventato piuttosto popolare e si è diversificato in romanzi storici e thriller, utilizzando vari pseudonimi. Nei suoi libri trovate gatti albini venduti con un set di colori lavabili così da poterli dipingere come volete, oceani sostituiti da centinaia di milioni di nanetti che vivono nel fango, a mani alzate, per trasportare barche in cambio di cibo. Certo, ogni tanto si riproducono e così si ottiene un'ondata di nanetti desiderosi di conquistare nuovi territori. Ma le guardie costiere hanno le mitragliatrici...

Per quanto riguarda gli anni Novanta, va citato Ayerdhal – uno pseudonimo – che è famoso soprattutto per le sue

Space Opera politiche con intrighi complessi e interessanti personaggi femminili; la sua morte nel 2015 è stata uno shock. Serge Lehman, uno stilista con un notevole senso del meraviglioso, ha iniziato la sua epica "Storia del futuro" nei primi anni novanta ed è diventato uno dei più importanti scrittori di saggi sul genere. Pierre Bordage è il nostro specialista di saghe travolgenti e un best-seller sin dalla sua prima trilogia: è davvero una lettura obbligata. Richard Canal, che vive in Africa, sta cercando di fondere mainstream e fantascienza in un futuro dominato da società di tipo africano (è un precursore dell'afrofuturismo e sta tornando alla ribalta dopo quasi quindici anni di silenzio). Roland C. Wagner, apparso all'inizio degli anni Ottanta, trova ispirazione nel rock'n' roll e nelle descrizioni umoristiche di società extra-terrestri – ha vinto la maggior parte dei premi di fantascienza nel 1999 e di nuovo nel 2011. Il suo ultimo, enorme libro – un'ucronia ambientata durante una guerra d'indipendenza algerina alternativa negli anni Sessanta – è un capolavoro. È morto all'improvviso, in un incidente d'auto nel 2012, ed è profondamente compianto da tutti.

E ormai si è saldamente radicata una nuova generazione di autori che fonde fantascienza, fantasy e steampunk: Sabrina Calvo – i cui libri si posizionano da qualche parte tra Peter Pan e la frangia lunatica – Fabrice Colin, Laurent Kloetzer, Xavier Mauméjean, Catherine Dufour (che ha vinto tutti i maggiori premi di fantascienza nel 2006 con il suo romanzo *Le goût de l'immortalité* (Il gusto dell'immortalità) e molti, molti altri; e un paio d'anni fa, un romanziere serio, Norbert Merjagnan, se ne è uscito dal nulla con un romanzo d'esordio molto acclamato, *Les Tours de Samarante*.

Qualche anno fa, le edizioni l'Atalante hanno pubblicato un romanzo molto corposo in tre parti (*Le Melkine* di Olivier Paquet) che è una delle più straordinarie opere spaziali che abbia letto negli ultimi anni. C'è speranza per il futuro, direi.

Una tendenza importante da notare è la massiccia comparsa delle autrici. Fino alla fine degli anni '90, gli scrittori di fantascienza erano per lo più maschi, anche se Joelle Wintrebert, Sylvie Denis e Sylvie Lainé (secondo me la migliore scrittrice di racconti di genere) hanno contribuito in modo determinante alla fantascienza. Ma da più di dieci anni, i migliori libri YA sono equamente suddivisi tra ambo i sessi e molte nuove autrici stanno prendendo il sopravvento: Emilie Querbalec, Estelle Faye, Claire Duvivier o Floriane Soulas, solo per citarne alcune, sono state candidate o hanno vinto molti dei più recenti e importanti premi letterari di fantascienza.

5. Giudicateci dalle nostre copertine...

Ho accennato in precedenza all'importanza cruciale delle illustrazioni e dell'arte nel nostro lavoro: il surrealismo è stato ovviamente una tendenza importante, ma si può anche insistere sull'influenza dell'iperrealismo fantastico (Wojtek Siudmak è la figura centrale di questo movimento) e delle "bande dessinée." Molti artisti famosi hanno fatto entrambe le cose (Moebius, Caza, Mézière, Druillet, solo per citarne alcuni) e hanno contribuito a dare un sapore particolare al nostro genere. Mentre i libri mainstream di solito non erano illustrati, i nostri erano appariscenti, alla moda e facilmente riconoscibili. A partire dagli anni Settanta, l'osmosi con gli illustratori e i pittori è stata determinante per la nostra evoluzione!

6. Nuovi arrivati dal mainstream: osmosi e mimetismo

Un'ultima tendenza: sembra che la fantascienza stia pian piano diventando socialmente accettabile, almeno per alcuni membri della comunità della narrativa mainstream. Negli ultimi cinque anni, diversi romanzi legati alla fantascienza sono stati pubblicati dai principali editori e alcuni di loro sono arrivati in cima alla classifica dei best seller! Oggi la maggior parte delle case editrici francesi ha una collana dedicata alla fantascienza o pubblica libri di fantascienza senza un'etichetta particolare.

Mi vengono in mente due esempi: *L'Anomalie* (L'anomalia) di Hervé Le Tellier che ha vinto il "Prix Goncourt" 2020 e, prima ancora, nel 1998, *Les Particules Élémentaires* (*Le particelle elementari*) un romanzo di Michel Houellebecq che ebbe un successo enorme (un altro "Prix Goncourt") e fece altrettanto scandalo, dovuto anche a scene di sesso esplicito. Tuttavia, la maggior parte dei giornalisti che lo hanno intervistato non riuscivano a capire che il libro fosse di fantascienza e lui ha dovuto spiegargliela. Nei minimi dettagli.

Sono contento che non sia stato costretto a fare lo stesso per le scene di sesso!

Jean Claude Dunyach
(©) 2004 - edizione rivista 2022

di Sylvie Denis

Traduzione di Alda Teodorani

Nata nel 1963, Sylvie Denis vive nel sud-ovest della Francia. Autrice di racconti e romanzi, è stata co-direttrice della rivista Cyberdreams *(dal 1995 al 1998) e ha tradotto autori di fantascienza e fantasy, tra cui Stephen Baxter, Greg Egan, Marie Brennan e Gail Carriger. I suoi romanzi e racconti (vincitori dei premi Solaris e Rosny aîné) pongono l'accento sull'innovazione tecnologica e sul suo impatto sulla società. Dopo la raccolta di storie* Virtual Gardens, *pubblicata nel 2003, ha scritto* Haute-École, *che ha ricevuto il premio Julia Verlanger 2004,* La saison des Singes *e* L'empire du Sommeil, *tutti pubblicati da L'Atalante. Ha scritto anche due romanzi per ragazzi. Attualmente sta lavorando al sequel di* Haute-École *e a una space opera,* Sans port d'attache.

2052

All'inizio, Aurore aveva rifiutato di accompagnare i suoi figli alla fiera d'autunno. Uscire, per la prima volta dopo la cerimonia: a quale scopo? Annoiarsi? Sopportare le facce dispiaciute dei loro amici? Lei non era dispiaciuta. Era arrabbiata. E triste come le pietre. E l'universo nella sua interezza sembrava superfluo come una pelliccia all'equatore.

Ma la sua amica Emma le aveva assicurato che avrebbe avuto una nuova fornitura; Aurore aveva detto di sì a Thomas e Marc, per compiacerli.

Il camioncino carico di frutta e verdura sobbalzava sul terreno arido della strada, il regolare ronzio del motore elettrico disturbava a malapena il silenzio. "C'è un rumore" disse Aurore a Thomas, il maggiore dei suoi figli, che guidava. I due giovani erano partiti all'alba per portare sul mercato la maggior parte delle scorte e delle attrezzature. Marc era rimasto a occuparsi della bancarella mentre Thomas stava tornando per sua madre; se il giovane non avesse avuto un'espressione tanto lieta all'idea di passare la giornata insieme, gli avrebbe detto che preferiva restare a letto. Figli, che piaga.

"Ma no," ribatté Thomas seccamente, "non c'è nessun rumore."

Quella risposta evidenziava che, da dopo l'incidente, lei sentiva suoni sospetti non appena un dispositivo, dal sistema di irrigazione nelle serre ai serbatoi di biogas, "faceva dei rumori" e le dava sui nervi.

Tanto peggio. Aurore si guardò attorno. Il sole era appena sorto mentre si trovavano su una strada stretta, sotto un cielo di seta azzurrino, tra due argini pieni d'erba che il gelo improvviso aveva reso croccante come lo zucchero e, in lontananza, i Pirenei, dipinti di un rosa ancora più delicato dell'azzurro, ergevano la loro gloriosa barriera.

Aurore si girò per metà verso suo marito per dirgli di guardare... ma interruppe il movimento appena in tempo. Non era seduta di fianco a suo marito. Aveva quel riflesso, ancora e sempre, di voler parlare con lui, di condividere... Non c'era più nessuno con cui condividere.

Cielo, perché pensare che si doveva per forza compiacere qualcuno? Soprattutto i suoi figli. Da settimane le ripetevano che non poteva passare il resto della sua vita in rete con i suoi amici fissati con asteroidi e comete. Come se avessero potuto cambiare il destino del mondo. Il loro padre, quando le rivolgeva i medesimi rimproveri, definiva allo stesso modo i suoi amici, *fissati di ciottoli spaziali*, ma con affetto. I suoi figli esprimevano una vera e propria ostilità. Avrebbe trascorso come le pareva i giorni desolati che le restavano da vivere.

C'era un rumore, ne era certa, ma rimase in silenzio e il furgone continuò ad avanzare mentre lei osservava con la coda dell'occhio il profilo di Thomas – aveva il naso di suo padre, simile al becco da uccello rapace che faceva tanta impressione durante le riunioni – aspettando il momento in cui il figlio avrebbe dovuto ammettere che sua madre, ancora una volta, aveva ragione.

Aveva pensato di vendere tutto, ovviamente. Da sola, non provava più il benché minimo desiderio di gestire la fattoria. E i suoi figli avevano solo diciotto e ventitré anni; erano troppo giovani. L'agglomerato degli Haut era pieno di gente sconsolata, persone pentite di non essersene andate vent'anni prima, quando l'Europa aveva istituito il reddito integrale, ma Thomas e Mark non avrebbero mai venduto la casa della loro infanzia a quei dilettanti.

Il rumore scoppiò in un fischio mescolato a un insieme di tintinnii strozzati e il furgone si fermò.

"Non ridere" disse Thomas, azionando il freno a mano.

"Non rido!"

"No, non è il tuo genere."

Lei alzò le spalle. Thomas si voltò, scese dal veicolo e sollevò il cofano. Aurore prese il suo telefono dalla borsa. Non c'era più rete da quando i principali operatori avevano deciso che mantenerla in alcune aree definite in disuso era troppo costoso. Come se le persone che avevano deciso di vivere lì non ci avessero pensato.

Venti anni prima, contemporaneamente ad Aurore e suo marito e ai loro amici coltivatori o allevatori, erano arrivati i fabbricanti digitali e gli speculatori e avevano attrezzato città, villaggi, frazioni e case isolate con antenne e ripetitori. Quando alcuni si erano impauriti e, dal momento in cui il reddito integrale aveva cominciato ad abbassarsi, avevano avuto paura e avevano preferito tornare in città, era troppo tardi: i tuttofare avevano già trasmesso la loro sapienza ai loro vicini e amici.

Aurore iniziò col chiamare Marc, ma ovviamente non rispose; stava forse cercando una ragazza con la quale flirtare: quel che ci si ritrova a fare quando si rifiuta di adoperare le stesse app che usano quelli della propria età per ragioni politico-filosofiche che Aurore considerava ridicole, per non dire sciocche.

Non insistette e chiamò Emma. "Ciao, mia cara, tuo figlio mi ha confermato che saresti venuta, non avrai mica cambiato idea?" Emma era l'unica a cui Aurore permetteva di farle osservazioni come quella, ma Emma era una vera amica. Aurore aveva apprezzato la giovane donna dai riccioli biondi fin dal suo arrivo, cinque anni prima. Una che eliminava le api di Beeworks a colpi di laser non poteva essere antipatica.

"No, non ho dimenticato il tuo messaggio, eravamo in viaggio, ma il furgone è rotto."

Come previsto, Emma ridacchiò. "Ma in effetti l'avevo detto a tuo figlio che non può riparare tutto con roba riciclata. Aspetta un attimo."

Aurore attese. Era un falco, quello sospeso sopra il campo vicino, o un drone?

"Manuel mi terrà la bancarella. Sto arrivando!"

Mezz'ora dopo, una sagoma a metà tra un'Harley e un carro a vela comparve sulla strada. Il veicolo era dotato di una cabina di protezione in plastica riciclata e soprattutto di un albero con mini turbine eoliche che ricaricava le batterie e di una vela che le conferiva una velocità indubbia, pur restando di un'utilità molto minore.

"Non sei obbligato a guardare in questo modo sprezzante il frutto del mio lavoro," disse l'apicoltrice mentre scendeva.

"Non ti hanno dato un alternatore per me?" chiese Thomas, con tono scontroso.

Mentre sua madre telefonava alla sua folle compare eliminatrice di api robot, lui aveva contattato invano i membri della loro rete locale di smistamento e scambio: nessuno aveva un pezzo di ricambio da proporgli.

"Hai bisogno di qualcosa di nuovo, tesoro," disse Emma dopo aver gettato un rapido sguardo al motore, e mentre l'espressione di Thomas si oscurava di nuovo, aprì il bagagliaio del suo stravagante veicolo per estendere il compartimento posteriore, i sedili e il bagagliaio.

Trasferirono casse di mele – la pressa comunitaria non doveva restare vuota – sistemarono il furgone sul ciglio della strada e salirono sul veicolo. Aurore si acccomodò accanto alla sua amica e Thomas si mise sul sedile posteriore, dove continuò a rimuginare finché non ricevette una telefonata con cui gli comunicavano di aver trovato un alternatore ma non gli potevano dire quando avrebbero potuto portarglielo.

Quando arrivarono al villaggio, ad Aurore non parve ci fosse nulla di particolarmente strano. La nebbia si era diradata, ma la luce conteneva ancora un po' di oro rosa dell'alba, e ammantava la folla che si stava già ammassando sulle strade. Non c'era nulla di più accogliente al mondo della piazza del villaggio dove erano piantati faggi e querce, coperta per tre quarti d'erba. Ci si poteva quasi aspettare di trovare dei funghi, e forse ce n'erano nelle cassette portate dal Limosino da amici valorosi. Quando Emma li fece scendere e andò a parcheggiare il suo spaventapasseri, Aurore notò qualcosa di strano nella folla di curiosi che affollavano la piazza. Non avrebbero dovuto essere raggruppati sul prato, nel posto che corrispondeva pressappoco a quello che i suoi figli, i conservatori, sceglievano sempre, anno dopo anno.

Iniziarono a volare gli insulti e al centro della folla ci fu un movimento improvviso. Thomas si precipitò in avanti, gli spettatori se ne andarono non appena lo riconobbero: la cosa confermò i sospetti di Aurore. Il suo figlio più giovane stava prendendo a pugni il proprietario della bancarella lì vicino. L'uomo aveva circa dieci anni meno di Aurore, era più basso di Marc, ma snello e atletico, il tipo che si sarebbe potuto facilmente immaginare su una pista da sci – negli anni in cui nevicava, ovviamente.

Thomas si precipitò accanto al fratello minore e gli cinse il petto con le sue lunghe braccia mentre altre persone si frapponevano tra gli avversari.

"Cacciate via quel bastardo," ruggì Marc con una smorfia, contorcendosi per sfuggire alla presa ferrea del più grande. "Che vada a vendere la sua merda da un'altra parte!"

"Quale merda?" si chiese lei. La bancarella in disordine non sembrava offrire né cibo né vestiti o altri oggetti artigianali.

Aurore approfittò dell'improvvisa bolla di calma creata dall'intervento di Thomas e prese il figlio più giovane per il gomito. Thomas mollò la presa su suo fratello, che si lasciò trascinare verso il bar e i suoi vecchi divani sfondati.

Thomas stava già preparando la loro bancarella. Di passaggio, Aurore vide che l'avversario aveva smontato la sua, aiutato da un bambino che poteva avere cinque o sei anni.

Quando si fu sistemata con Marc davanti a un bicchiere di sidro caldo, mentre aspettavano che arrivassero le loro crêpes, Aurore incrociò le braccia sul petto e tirò fuori la sua vecchia maschera di Madre Incollerita.

"Hai una nuova spiegazione, almeno stavolta?"

Né lei né suo marito avevano mai capito da dove venivano gli accessi di violenza del figlio minore. Nessuno dei due, nel corso del tempo, aveva avuto il minimo problema di autocontrollo e non ne avevano trovato nelle rispettive famiglie. Forse avevano tardato troppo prima di lasciare la città e l'organismo di Marc era stato contaminato dal cocktail di sostanze chimiche inquinanti in cui era immerso il mondo moderno; ma perché lui e non suo fratello?

"Quel coglione..." esordì Marc.

"Respira," disse Aurore, e respirò rumorosamente anche lei. Fecero degli esercizi insieme fino a quando lui non fu stufo e la mandò a quel paese, ovviamente. Ma il vecchio riflesso funzionò lo stesso e Aurore vide il petto del figlio sollevarsi.

"Lavora per Eurocapt, un compartimento che produce nanorecettori, e viene a vendere qui le sue schifezze."

Aurore e suo marito non avevano mai approvato le tecnologie di raccolta dei dati. Ad Aurore erano indifferenti i loro microfoni, le loro telecamere e i loro sensori, le data factory erano come minacce lontane – sì, i transnati stavano recuperando dati. A loro non importava delle persone che c'erano dietro la produzione di quei dati quasi quanto a lei non importava degli 0 e delle 1 che facevano funzionare il suo computer. Suo marito non si era mai dimostrato molto tranquillo riguardo al fatto che i suoi movimenti fossero registrati con il pretesto di monitorare la sua salute. O che tutta la sua proprietà fosse filmata da droni che non gli appartenevano. E ne aveva persuaso i suoi figli.

"Non dovrebbero lasciarlo venire qui. Vuole che seminiamo migliaia delle sue schifezze nelle nostre terre."

"Tu non le vuoi, tuo fratello non è favorevole, ne abbiamo abbastanza di telecamere e droni e siamo soddisfatti così. È un motivo valido per spaccare la faccia a quel tizio?"

"Jerôme Bast ha comprato le sue schifezze. Sostiene che possano aiutare a prevenire lo stress idrico. Anche Hélène e Marie Frot ne hanno acquistate alcune, per migliorare dei terreni che stanno già andando molto bene."

Aurore sospirò.

"Se non aiuta, se ne accorgeranno e non pagheranno più l'abbonamento o qualcosa d'altro. Le persone non sono così stupide, specialmente qui."

Marc aprì la bocca per controbattere, ma l'arrivo di qualcuno lo distrasse.

Aurore conosceva lo spilungone con i dreadlock ornati di perle e pezzi di circuiti che era arrivato davanti al loro tavolo. Il ragazzo, uno dei migliori amici di Marc, non le era mai stato antipatico. I suoi genitori, però, dirigevano un gruppetto – l'unico della zona – di adepti a fosche teorie filosofiche che lei detestava.

"Vieni ad aiutarci," disse Adrien a Marc, senza salutare Aurore. Senza dimostrare di essersi accorto della sua presenza, in realtà.

"Sto arrivando" disse Marc.

"Stavamo parlando" disse Aurore. "E non abbiamo finito. Cosa c'è di tanto urgente?"

Marc svuotò il bicchiere di sidro e si alzò.

"C'è la pressatura delle prime mele e formeremo un cerchio di preghiera per assicurarci che le energie circolino e che il sidro sia buono" spiegò Adrien.

Aurore cercò di soffocare una risata, e questo produsse un rumore strozzato nella sua tazza.

"Bene, allora buona preghiera. Ma basta pugni," disse a Marc, il quale aspettò che il suo amico si fosse allontanato di qualche passo prima di rivolgersi a sua madre.

"Non capisci proprio niente" disse.

"Sì, sì. Non la vedo come la vedi tu, ecco qui."

"Cosa significa?"

"Non tutti vedono le cose allo stesso modo. Tuo padre e io non abbiamo mai detto altro."

Marc aprì la bocca, come per dare una risposta pungente, poi cambiò idea e raggiunse Adrien.

Arrivarono le loro crêpes. *Non la vedo come la vedi tu.* Che ipocrita. Non vedeva proprio nulla, e ciò che lui pensava di vedere in trucchetti e cerimonie per gonzi ignoranti le suscitò una risata. E non le piaceva prendere in giro i suoi figli.

Aurore mangiò entrambe le crêpes senza il minimo scrupolo e poi, calcolando che non si poteva combattere contro il succo fresco, decise di andare a vedere i pressatori di mele. Emma la trovò prima che raggiungesse la pressatrice.

"Vieni, ti do il tuo pacco."

"Di già?" Emma non si sarebbe mai trattenuta dal mangiare tutto prima di sera.

"Ho anche qualcosa da mostrarti."

Aveva parcheggiato il suo veicolo a vela in fondo alla strada principale, dopo le ultime bancarelle. L'avversario di Marc e suo figlio erano là e stavano rimontando la loro. Il tizio era ostinato.

Senza le casse di mele, il portabagagli del veicolo presentava uno scompartimento segreto. "Ecco qua, trecento grammi di vero cioccolato inviato dalla cooperativa di M'Brimbo, con i saluti del suo presidente."

L'hobby di Aurore consisteva nell'osservare le profondità del sistema solare, mentre quello di Emma era intrattenere rapporti con produttori di cioccolato indipendenti, coltivatori di caffè e collezionisti di semi antichi. Aurore tese la mano sinistra per prendere la scatoletta e con l'altra ne slegò il nastro. Si guardò attorno per assicurarsi che non si stesse avvicinando nessuno e ficcò il naso nella scatola.

Terra umida e fiori, una nota di vaniglia.

Poi scelse il più piccolo tra i grossi pezzi irregolari e ne scheggiò un minuscolo frammento. Peperoncino e perle rare. Un angolo di paradiso. Non avrebbe mai capito perché quasi tutti i suoi amici avessero preferito rinunciarvi, col pretesto che non era locale. I piccoli produttori che avevano avviato le loro piantagioni ancor prima che i grandi gruppi cercassero di far spuntare quel capriccioso arbusto fuori della sua area di coltivazione abituale erano davvero locali laddove lavoravano, giusto?

Emma sollevò una scatola di metallo e l'aprì. Una fitta rete impediva di vedere bene il contenuto. Aurore intuì uno sciame nero e dorato e le sembrò di sentire un ronzio.

"Ho catturato delle api robot. Per Manuel e i suoi compagni."

Aurore rischiò di far cadere la sua scatola di cioccolata.

"Non va bene? Hanno dei trasmettitori, le controllano a distanza. Si accorgeranno che non sono tornate."

A circa 50 chilometri dall'area che Aurore, suo marito e i loro amici neo-coltivatori del Rinnovamento avevano riattivato in territorio agroforestale, c'erano chilometri di colline coltivate a peschi, albicocchi e aranci geneticamente modificati per poter resistere ai pesticidi e che erano impollinati dalle api robot. Tutti loro se ne tenevano cautamente alla larga: creare il proprio AVA, un'associazione di villaggi autonomi – era stato un modo per farla finita con la loro gioventù militante. Non volevano farsi notare né dare alle truppe di controllori l'opportunità di usarli contro di loro.

"No, sanno come renderle invisibili. Vogliono studiarle, vedere se è possibile usarle."

"Come?"

"Chiedi a Manu."

Manu era un fabbricante digitale, e quelli rimasti in zona erano tutti tipi strani che passavano il loro tempo a realizzare kit di bricolage che vendevano online e non partecipavano a nessuna riunione, tranne che per andarvi a fare qualcosa di utile, come votare. Quindi andò a parlare con Manu, bevve del succo di mela fresco e mangiò porcini. Il giorno passò e lei si sentì sola e defraudata di metà della sua vita solo per il novantacinque per cento del tempo, più o meno, il che non era poi così male.

Ma all'improvviso, accettò di andare al mercatino invernale che si teneva nel padiglione della città vicina. Si astenne dal dire ciò che pensava dei circoli di preghiera e Marc non andò a cercare di attaccar briga col tipo dei nanosensori, che era anche lì, con suo figlio. Certo, era testardo. Si chiamava Louis Simondon, aveva acquistato una casa che aveva ristrutturato e firmato la carta dell'AVA. La sua sistemazione era stata approvata da tutti i membri, con uno scarto minimo, ma nelle linee generali.

Manu e i suoi amici avevano garantito che i dati raccolti dai sensori erano archiviati nel cloud privato dell'AVA ed Emma acquistò dei nanotrasmettitori per sorvegliare l'interno dei suoi alveari. Nessuno ne era al corrente tranne Aurore, Gaël e Manu. Se lo avessero saputo, i suoi figli ne sarebbero stati scandalizzati, era ovvio, ma suo marito l'avrebbe trovato molto divertente.

2063

"Allora," chiese Aurore, sedendosi al tavolo della colazione, "siete contenti che ha piovuto?" Thomas e Marc sollevarono la testa dalle loro ciotole e la guardarono come se fosse scesa nuda dalla sua stanza. "Cosa?" disse Thomas.

"Dico che ha piovuto" replicò lei, seccamente. "Era un temporale, ma ha piovuto. Vi ricordo che dormo nella mansarda. L'ho sentito."

Marc guardò di soppiatto il fratello maggiore, e, accorgendosi che era del suo stesso parere, con grande calma e con l'atteggiamento del figlio-che-si-rivolge-alla-madre-che-sta-perdendo-le-sue-facoltà, con-gran-dispiacere-della-prole-inorridita disse: "Hai sognato, mamma, non è caduta nemmeno una goccia stanotte."

"Ma..."

"Non ha piovuto. Guarda fuori, è tutto asciutto come ieri."

Aurore sentì uno strano formicolio sotto lo sterno. Si alzò, più lentamente di quanto avrebbe voluto, ovvio, e trascinò i piedi fino alla finestra.

Sì, il terreno indurito tra i fili d'erba della sottile striscia di prato che bordava la fattoria era ancora frammentato in poligoni irregolari dai crepacci. Sentì l'estremità degli arti farsi di ghiaccio.

Tornò alla sedia e si sedette di nuovo. Aveva sognato. Quegli idioti dei suoi figli si astennero dall'aggiungere qualsiasi cosa.

Quando ebbe terminato di mangiare, andò ad asciugare la ciotola e le posate con il panno umido che era collocato in una scatola vicino al lavandino.

Quest'anno, come nei quattro anni precedenti, stavano usando meno acqua possibile, ma se nulla fosse arrivato a riempire i serbatoi, le piantine, anche se protette, si sarebbero cotte, le siepi ombreggianti e gli alberi, già indeboliti dalla siccità degli anni precedenti, avrebbero prodotto ancor meno, o peggio...

Al piano superiore c'erano sei stanze nella fattoria che erano state ristrutturate trentacinque anni prima da Aurore, suo marito e i loro amici. Dopo l'incidente, aveva lasciato la loro stanza e si era sistemata nel suo ufficio.

E non apriva mai la porta della loro vecchia stanza o dell'ufficio di suo marito.

Aurore tornò nella sua camera, la qual cosa le diede la sgradevole sensazione di essere tornata adolescente.

Si sedette sulla sua vecchia sedia da ufficio, quindi accese il computer e attese che la macchina, non meno vecchia, si avviasse.

La soluzione, beninteso, sarebbe stata quella di acquistare semi modificati per resistere allo stress idrico... e accettare il contratto che avrebbe legato la loro fattoria al semenzaio, come avevano già fatto alcuni membri dell'AVA. Il loro villaggio non li aveva nemmeno esclusi dall'AVA.

Quand'era successo che le cose avevano cominciato a cambiare? Quando il gruppo dei villaggi autonomi aveva iniziato ad accettare persone come Louis Simondon e i suoi nanorecettori, quando la RI era stata definitivamente abolita o quando le leggi sull'uso degli strumenti genomici si erano inasprite? Persino Manu aveva passato alcuni mesi in prigione, prima di tornare e ricominciare come se nulla fosse.

Era poco importante.

I suoi figli non avrebbero mai accettato quel tipo di compromesso.

Lo schermo si illuminò. Almeno non avevano problemi di elettricità, non con il sole che c'era in quei giorni, e con Manu che forniva loro celle solari flessibili sempre più efficienti.

Aurore controllò le sue e-mail prima di collegarsi al sito web dell'ESA. Non c'era molto. I loro vecchi amici sparsi in altre regioni e in Europa si erano allontanati quando lei aveva smesso di andarli a trovare. Non aveva più voglia di viaggiare e ancora meno di parlare di un passato morto e sepolto. C'era giusto un messaggio di Emma che le ricordava la sua promessa di andare con lei e il suo compagno al raduno di AABAP - l'Associazione degli amatori di ciclomotori antichi e inquinanti.

Improvvisamente, il suo umore migliorò. Sospettava che Thomas e Marc sapessero dell'esistenza del gruppo, ma di certo non sapevano che lei vi apparteneva. E aveva pensato di radunare qualcosa per partecipare allo scambio di materie plastiche la settimana precedente.

Si sistemò l'elmetto davanti agli occhi. Il lavoro prima della ricompensa: innanzitutto, esaminare centinaia di foto di asteroidi per determinare quali potevano essere di un qualche interesse per il Progetto europeo per lo sfruttamento degli asteroidi near-Earth. Ordinarli, attribuire loro etichette secondo criteri precisi e sperare di trovare uno di quelli che un giorno sarebbero stati oggetto di missioni.

Quindi cambiare sito e connettersi a Pluto Explorer: la ricompensa. Le ore passate a scrutare ciottoli grigiastri erano convertite in minuti di esplorazione quasi in diretta, collegata a uno dei robot esploratori. La NASA, che si diceva fosse morta per tutto il tempo di cui lei si ricordava, non lo era ancora. Ovviamente, c'era un periodo di attesa. Si poteva ritenere che tutti gli anziani del mondo volessero fare una passeggiata su Plutone. Per pazientare, andò a cercare il gruppo col quale difendeva un pianeta su un MMORPG tenuto in vita da giocatori della sua generazione su server risalenti alla preistoria. Il web non era più neutrale, ma al largo dei suoi continenti più inespugnabili restavano alcune isole indipendenti.

Era ancora su Plutone quando il computer le ricordò la sua promessa. Fu pronta in dieci minuti: pantaloni e camicia di canapa intessuta di una solidità a tutta prova, una giacca, nel caso in cui la serata fosse fresca, e una grande borsa piena di vecchi oggetti in vetro e plastica.

La cosa più difficile era uscire senza che i suoi figli la vedessero. Aurore era troppo vecchia per fare la stupida con una corda. Aspettare che andassero a letto l'avrebbe fatta tardare. Quindi scivolò fino alle scale e scese finché non sentì il suono di una conversazione. Fece i gradini uno a uno, quindi si sporse per scorgere chi era seduto al grande tavolo. Antoine, lo specialista di pomodori, Miriam, la regina della microirrigazione e quell'idiota di Adrien. La discussione si animò, il tono aumentò di un livello. Lei si ritrasse.

"Io dico che è una truffa comprare semi OGM al mercato nero e coltivarli biologicamente," disse all'improvviso Miriam, a voce abbastanza alta da permettere ad Aurore di sentire l'intera frase.

"Se fosse solo quello," replicò Marc. "Non prendono la minima precauzione per evitare di contaminare i nostri campi. Mi chiedo cosa mi trattiene dall'andare là e falciare via tutto, guarda."

"Anche se corrompono quelli dell'ufficio certificazioni, lo fanno con discrezione."

Sempre e ancora la stessa roba. Aurore afferrò la sua borsa, se la strinse al petto per evitare di fare rumore e corse verso la porta, che era proprio di fronte alla scala. Tenendo la borsa con una mano, affondò l'altra in tasca, prese la chiave, la infilò nella serratura, la girò e finalmente, senza che nessuno si fosse accorto di lei, scivolò nella dispensa, da dove uscì usando la stessa chiave.

Dopo un quarto d'ora di cammino, raggiunse la cima di una collina, posò la borsa e attese. Il caldo era ancora torrido, ma a tratti le sembrava che un refolo di vento serpeggiasse tra l'erba secca.

Pochi minuti dopo, un arnese scoppiettante spuntò in cima alla collina successiva, ne discese a precipizio e si fermò di fronte a lei, sputando nuvole nauseabonde dal motore a benzina modificato per funzionare a olio. Era una moto equipaggiata con un sidecar. Aurore si arrampicò di fianco a Emma e il veicolo balzò via in una nuvola puzzolente di frittura.

Il punto di incontro era deliziosamente inverosimile: uno slargo ai margini di un quartiere che una volta era stato definito "città media." In cima a una collina e nel mezzo di ciuffi di paglia, era stata posta un'enorme lastra su tronconi di roccia. Poco più avanti, un cartello arrugginito annunciava coraggiosamente "la città dei dolmen." Guardando i dintorni, si potevano localizzare le carcasse scavate di antichi edifici HLM.

Parcheggiarono il sidecar tra una Harley Davidson degli anni Quaranta del secolo precedente e una berlina famigliare ancora antecedente al regno dei carri bestiame soporiferi "super equipaggiati" con monitor di quando Aurore era bambina.

"E adesso dove vai?" urlò Emma a Gaël mentre l'altro iniziava a correre verso la pista che circondava la collina del dolmen, dove i partecipanti alla gara si stavano preparando.

"Beh, mi stanno aspettando," rispose lui, fingendosi indignato.

"Solo una mano per portare le borse," disse Emma, aprendo il baule.

Lui afferrò quelle più grandi, simulando indignazione, e si fece avanti nella folla che camminava tra le bancarelle.

Gaël prendeva molto seriamente il suo ruolo di meccanico. Quando era arrivato nella regione cinque anni prima – era un apicoltore, come Emma – gli appassionati di motori a benzina si radunavano clandestinamente da diversi anni, difendendo il ricordo dell'epoca felice della velocità e dell'inquinamento. Alcuni li facevano funzionare a olio, ma altri avevano contatti che permettevano loro di trovare la benzina, di sicuro a prezzi più cari di quanto Aurore pagava per il cioccolato.

La gara non la interessava, ma le piaceva l'atmosfera, le bancarelle dove Emma e le sue amiche potevano trovare sia marmellate, che salsicce o vestiti. E il mercatino di scambio della plastica. Inspiegabilmente, adorava il mercatino della plastica.

Gaël scappò via appena loro arrivarono; Aurore prese posto con Emma nella lunga fila che si snodava davanti alla bancarella di Jans e si mise a osservare i suoi vicini. Davanti a lei, un giovane alto e dai capelli scuri, vestito e stivalato con pelle nera e più nuova della media, tirava fuori uno ad uno degli oggetti da un borsone, anch'esso di pelle.

"Non posso credere che tu trovi ancora qualcosa da scambiare," disse Aurore a Emma, lanciando un'occhiata al contenuto multicolore e ammaccato delle sue grandi borse.

"Non ti stupire. Già dal principio degli anni Duemila si diceva che era stata prodotta plastica a sufficienza per il secolo successivo, molto prima che i paesi produttori smettessero di fornircela"

No, ad Aurore non piaceva vagare nei villaggi morti alla ricerca di cose vecchie, nemmeno per riciclarle.

Il motociclista allineò sul tavolo di Jans una serie di bottiglie, taniche, flaconi e scatole notevolmente puliti. Ma dove aveva già visto quei capelli castani così corti e folti? Non se lo ricordava. Sollevò il naso e pensò ad altro guardando il cielo stellato, tornato osservabile in questo secolo di restrizioni energetiche. La fila si muoveva ancora molto lentamente e il venticello di prima era tornato, più vigoroso, con una striscia di nuvole che divorava il cielo notturno verso ovest.

Finita la transazione, il giovane si mise a chiacchierare con gli amici; anche loro avevano visto le nuvole. Erano troppo scure e avanzavano troppo in fretta, ecco, era d'accordo con la giovane dai capelli rossi raccolti in una coda di cavallo. Vide il loro amico ridere e provò di nuovo quell'impressione di conoscerlo, il che non aveva senso, era troppo giovane. Doveva esserci una spiegazione migliore, le ricordava qualcuno, ma chi? Cervello maledetto, a cosa serve aver vissuto così a lungo che ci sono solo frammenti e flash, vaghi lampi elettrochimici dei quali non si potrebbe nemmeno fidarsi...

"Non fino a domani mattina, te lo dico io," disse il giovane. "Scommettiamo?"

"Ma anche no!" rispose la ragazza con la coda di cavallo rossa.

"Potrei sbagliarmi."

"Detesti troppo perdere."

All'improvviso Aurore ripensò al suo sogno. Come aveva potuto credere, anche solo per un istante, per una sola frazione di secondo, che pioveva in luogo diverso dalla sua mente? Cosa le stava succedendo? Era lo stress? Non aveva mai reagito allo stress con le allucinazioni, neppure nella lontana epoca delle dimostrazioni e dei colpi di mano. Quella in cui suo marito era vivo, era giovane, e ... Allora si trattava dell'età, niente altro. Ciò che non ti uccide ti fa invecchiare.

La gara era finita (la squadra di Gaël aveva perso) quando qualcuno aveva lanciato l'allerta. I siti meteorologici avevano annunciato che i temporali previsti per il giorno successivo stavano arrivando, spinti da un vento inaspettato. Aurore aveva perso di vista il giovane bruno già da un po'.

Emma e Gaël la riportarono a casa. Emma passò il tempo del tragitto urlando pettegolezzi nel vento mentre Aurore guardava le nuvole scure e il loro autista teneva ostinatamente il broncio.

Dopo, Aurore scivolò sotto la sua trapunta, ancora una volta soddisfatta come una ragazzina per aver raggirato quegli idioti dei suoi figli.

Dei colpi ripetuti la svegliarono di soprassalto. Si alzò e scoprì che una delle persiane sbatteva contro la pietra, mentre era sicura di averla fissata bene. Aprì la finestra, si sporse nel vento potente e caldo, lottò per afferrare le persiane. Dovevano essere le quattro del mattino; la notte era di un nero perfetto, senza luna e senza stelle. E il vento sembrava volerla strappare via dalla finestra. Fissò per un momento l'erba corta, spianata come il pelo di un animale e gli alberi che ondeggiavano spasmodici sotto le folate, quindi rabbrividì e si richiuse dentro.

Era passata quasi un'ora e non dormiva ancora quando uno strepito metallico scosse la casa: bagliori glauchi crepitarono attraverso gli interstizi delle persiane scosse dal vento, quindi, senza il minimo preavviso, come un'onda che si infrange su una spiaggia, cominciò a cadere la pioggia, aggiungendosi ai tuoni.

Aurore sentì le porte aprirsi nel corridoio e passi precipitosi scendere le scale. Si alzò, si mise una vestaglia e andò a raggiungere i suoi figli al piano terra.

Thomas era seduto in quella che lui definiva la "cabina di pilotaggio," una nicchia situata di fronte alla dispensa dalla quale era uscita Aurore.

Gli schermi non erano tutti accesi, ma quello principale mostrava il sito meteorologico regionale: la debole depressione già annunciata da diversi giorni si era appena trasformata in una tempesta e tutti gli indicatori puntavano verso il peggioramento. Thomas malediva il cielo e la terra, ma soprattutto il cielo, consultando il forum di scambio informazioni dell'AVA. Marc arrivò, già vestito, mentre Thomas era ancora in pigiama, e iniziò a mettersi gli stivali.

"Non penserai mica di uscire," disse Aurore "si prevedono folate di almeno centoventi chilometri orari."

"Non subito," disse Thomas, "e controlleremo solo che sia tutto chiuso."

Lo schermo collegato alle telecamere sparse sulla proprietà mostrava che due di esse non funzionavano, compresa quella che controllava il pollaio. Un rombo di tuono, seguito da pallidi lampi, fece vacillare le lampadine di tutta la stanza.

Una fotocamera supplementare smise di funzionare. "Altro materiale riciclato," pensò Aurore.

"Andate, resto io qui" disse.

Li seguì da una telecamera all'altra mentre chiamava Emma e Gaël, che non risposero, senza dubbio erano impegnati a controllare che i loro alveari avrebbero resistito. In maggior parte erano protetti da siepi o alberi, ma gli insetti stessi erano fragili e l'umidità favoriva alcuni parassiti. La prudenza non era mai troppa.

Già inzuppati dopo soli due metri, Thomas e Marc non furono più in grado di camminare dopo averne percorsi dieci. Metà della rete era in allerta e il messaggio era chiaro: si trattava di una tempesta, una grossa, non c'era nulla da fare se non rinchiudersi in casa e maledire la cosiddetta IA che non aveva predetto nulla.

Thomas e Marc erano all'ingresso e si stavano togliendo gli stivali infangati, quando Aurore vide la prima serra sollevarsi, impennarsi come un cavallo, e poi, sempre come un cavallo di vetro impazzito, volare verso il cielo squarciato da innumerevoli lampi.

Non disse loro nulla, ma non era necessario: il vento ululava in tutti gli interstizi della casa, dando la sensazione che le pietre ultracentenarie sarebbero anch'esse state strappate da terra, e quello era solo l'inizio.

Aurore andò a coricarsi verso le sei del mattino. Quando si alzò, verso le undici, la casa era vuota. La pioggia si era fermata; a testimoniare il tumulto della notte, era rimasto solo lo stagno quadrato della corte allagata, liscio e argenteo sotto il cielo ancora nero.

Gli schermi della cabina di pilotaggio confermarono ciò che lei già sospettava: la depressione aveva devastato tutto l'ovest del paese, aveva causato centinaia di morti e aveva persino abbattuto diverse turbine eoliche installate nel Golfo di Guascogna.

Si preparò un caffè di cicoria e delle tartine tostate mentre ascoltava la radio locale che forniva informazioni sui danni e soprattutto indicava dove e quando potevano rendersi utili i volontari. Le sarebbe piaciuto bere un tè o un vero caffè. Suo marito amava il caffè. Ricordava un mattino, dopo una grossa bufera che aveva spazzato via la loro prima serra, la casa non era stata ancora restaurata, quando i loro figli non erano ancora nati. Beveva, in piedi davanti alla finestra, davanti alla corte ancora mezzo invasa dai rovi e inondata di sole. Era la prima volta ma non era l'ultima, e tuttavia nulla li aveva fermati, perché avevano preso una decisione e non sarebbero mai tornati indietro. Perché guardavano lontano.

Comunque, le sarebbe piaciuto poter offrire del caffè ai suoi figli.

Non erano di buon umore quando rientrarono. I danni erano enormi, metà delle serre nei dintorni erano state divelte, erano volati via dei tetti, siepi e alberi che dovevano proteggere le coltivazioni a cumulo[3] erano caduti ma avevano avuto fortuna: la loro fattoria era una delle più riparate. Non ci sarebbe stato caffè ma di fronte all'avversità e alla mancanza di legumi freschi c'erano pur sempre le conserve. Aurore aprì un vasetto di *confit*[4] e uno di fagioli e mangiarono in silenzio. Thomas e Marc rispondevano ai loro messaggi, Aurore ascoltava la radio. Thomas saltò letteralmente dalla sedia e sprofondò nella cabina di pilotaggio. L'espressione

---

3 *Hügelkultur*, tipo particolare di coltivazione rialzata in cui la terra viene poggiata su un letto di ramaglie, ideata in Olanda, n.d.T.
4 Carne conservata nell'olio o nel grasso secondo una ricetta tipica francese, n.d.T.

di Marc cambiò, passando dall'angoscia per i loro amici e colleghi all'incredulità.

Antoine aveva inviato i suoi droni a fare riprese ovunque, in modo che l'AVA avesse dati affidabili sui danni causati dalla tempesta. Uno di loro si trovava sulla strada vicina, dove stava arrivando una straordinaria processione.

Una mezza dozzina di veicoli avanzava su ruote alte quasi due metri, schiacciando il fango fresco e le banchine. Non era tutto: il veicolo principale, una specie di gigantesca mantide religiosa incrociata con un esercito di motoseghe, attaccava tutto ciò che superava le siepi o gli alberi, tagliando sia i grossi rami caduti nella notte sia alberi sani, in modo che il convoglio potesse passare senza sfiorare nemmeno una foglia.

"Cos'è quello?" chiese Aurore, pur avendo indovinato la risposta ancor prima di finire la frase.

"È Jerôme Bast" rispose Thomas. "Non volevo credere che avesse firmato, ma l'ha fatto."

Aurore non aveva sentito quel pettegolezzo. Non era la cosa peggiore; tra gli abitanti della zona, i Bast erano i più vicini a loro.

I veicoli che seguivano la mantide religiosa erano carichi di robot di ogni tipo, per riparare quel che ne aveva necessità - non molto, dal momento che avevano firmato anche per l'infrastruttura in materiali innovativi, come si diceva sempre ...

"Non ci rovineranno tutta la strada" brontolò Marc. "Glielo faccio vedere io... "

Thomas lo trattenne.

"Lasciali stare. Vuoi vedere arrivare le brigate speciali? Guardiamo, teniamoci a distanza e non diciamo nulla."

"Ci si chiede perché non si sia trovato un sistema per procurarsi serre in grado di resistere a venti di quasi duecento chilometri l'ora," si disse Aurora. Lei e suo marito, per più di trent'anni, avevano resistito, in un modo o nell'altro. Suo marito sarebbe riuscito a trovare una maniera per parlare con i Bast. C'era sempre una soluzione. Non si sarebbe mai lasciato sopraffare così.

"Non li attaccherò, farò solo il solletico ai loro robot," disse Marc.

"No."

"Ho fatto un drone che può polverizzare spray acido. Un soffio qua, uno spruzzetto là, non se ne accorgeranno nemmeno."

"Sarebbe divertente" disse Aurore.

"Mamma!" Thomas era indignato.

"Cosa pensi che abbiamo fatto io e tuo padre prima di venire qui?"

"Lo so. Ma no."

Teneva suo fratello per un braccio. Marc cercò di divincolarsi, ma Thomas era più robusto di lui.

2073

Appena pochi mesi dopo la gara persa da Gaël, uno dei partecipanti provenienti dagli Haut aveva deciso di sistemarsi restaurando una bella casa in pietra. L'aveva trasformata in un ristorante. Tutti avevano previsto il peggio, ovviamente, ma l'uomo era un birraio, un collezionista di vecchi macchinari, e soprattutto un ottimo cuoco: aveva lavorato per uno chef stellato come non ce n'erano più in zona.

Nel corso degli anni, altre persone si erano stabilite da quelle parti e questo aveva finito per creare un nuovo borgo e un mercato a cadenza mensile dove Emma trascinava regolarmente Aurore. Si era schierata con i suoi figli e, come loro, pensava che la sua amica passava troppo tempo su Plutone. Mentre Emma consegnava il miele, Aurore avrebbe bevuto una birra.

Nessuno sapeva come facesse Baris Koray a procurarsi il luppolo e l'orzo, o meglio, si riteneva che conoscesse produttori legati a dei transnat, che probabilmente deviavano parte della loro produzione per fare qualche soldo in più. Stranamente, nessuno glielo aveva mai fatto notare durante le riunioni dell'AVA e la commissione delle acque non gli aveva mai dato problemi.

Quando Aurora arrivò, Baris Koray stava finendo di pulire il bancone. Il pavimento della grande sala era lavato, i rubinetti lucidati, le tavole pulite aspettavano i clienti, per il momento rappresentati da un gruppo di turisti asiatici che facevano colazione. A volte se ne vedevano in giro, negli ultimi tempi.

E il solito posto di Aurore, vicino alla finestra che dava sul giardino, era occupato. Era un giovane, intento a usare uno di quei computer a schermo trasparente che si avvolgevano in un tubo. Le voltava le spalle, ma lei conosceva quella nuca e quei capelli castani.

Indicò a Baris di portarle la sua solita birra alla castagna e andò a sedersi in uno dei tre posti rimanenti al tavolo occupato dal giovane. Era andata lì per bere una birra al fresco mentre fuori c'erano trentanove gradi all'ombra, e non sarebbe stato certo un ragazzino a impedirle di pensare a suo marito, un tempo, che beveva anche lui una birra. Ma il giovane, comunque, le ricordava ancora qualcosa, quindi la infastidiva non avere memoria.

Fu mentre immergeva le labbra nella bevanda che le venne in mente il suo nome: Jules, il figlio di Louis Simondon. La sua impresa era andata bene, aveva incontrato qualcuno, si era risposato, si era trasferito. Suo figlio gli somigliava davvero molto, adesso che era adulto.

"Buongiorno" disse, alzando il suo boccale.

Lui ebbe un istante di esitazione prima di ricambiare il saluto.

"Io la… scusi, desolato, non mi sembra di conoscerla."

"Non mi stupisce. L'ultima volta che ti ho visto non ti ho riconosciuto io. È stato due anni fa alla corsa dei vecchi motori, quella prima della tempesta. Eri davanti a me nella fila della bancarella delle plastiche e discutevi di meteo con una ragazza graziosa, dai capelli rossi raccolti in una coda di cavallo."

"Ah, certo. Quella tempesta, quella che prese tutti di sorpresa."

"Ma tu eri ben informato. Lavori per il servizio meteo?"

Lui bagnò le labbra nella birra, la osservò da sopra il bordo del bicchiere, posò di nuovo il boccale e disse: "No."

Emma e Gaël entrarono in quel momento, e Aurore andò a raggiungerli. Non erano di buon umore. Il fornitore che doveva portar loro delle api australiane non era venuto. E non aveva avvisato.

"Api australiane? Non è proibito? Devono costarvi una fortuna!"

"Tu credi?" disse Gaël.

Confrontata con la sua espressione attuale, quella che esibiva quando perdeva una corsa era radiosa.

"Perché l'Australia?"

"Te lo abbiamo già spiegato. Perché non sono mai stati colpiti dal varroa, quella schifezza di acaro che non riusciamo a sradicare. Gli australiani hanno modificato le loro api per renderle più resistenti. E almeno si possono comprare senza firmare contratti onnicomprensivi."

"Sono sicura che le api robot trasportano gli acari e contaminano le nostre quando vanno a bottinare nei loro frutteti" disse Emma.

I frutteti che, nel corso degli anni, avevano continuato ad accrescere la loro superficie. I figli di Aurore ne parlavano in continuazione. Il numero degli insetti, che era salito quando l'AVA si era sistemata nella regione, stava di nuovo calando regolarmente.

"Tu credi?" disse Aurore.

Non era davvero incredula. Era interessata.

"Si fa tutto quel che c'è da fare per eliminarli. Senza successo," disse Gaël. "In altre regioni sono riusciti a sbarazzarsene. Ma non hanno frutteti."

"E non potete chiedere a Manu di costruirvi delle api?"

"Già fatto," disse Emma, "non abbiamo concluso niente, non hanno il materiale giusto. Ed è diventato impossibile da trovare, i loro locali sono veri bunker."

Il mese successivo, lui era ancora lì, a una tavola diversa, ma stava sempre lavorando. Aurore non lo distrasse; in ogni modo, aveva voglia di star sola. Di parlare dei problemi dei figli e della proprietà con il fantasma di suo marito. E poi, nei mesi seguenti, il giovane continuò a venire in birreria. Finirono per parlarsi, poi bevvero una birra insieme, e la primavera successiva lei sapeva per chi lavorava, ma non perché passasse così tanto tempo a sospirare e storcere il naso mentre si chinava sul suo schermo invisibile.

"Mio dio, questa storia deve finire," finì per dirgli. "Non sopporto più di vederti, si potrebbe pensare che ti stanno torturando. E quegli idioti dei miei figli mi stanno facendo ancora incazzare. Su cosa ti stai affannando?"

Alzò lo sguardo e sospirò, e poiché i suoi occhi avevano ancora la solita opacità triste, fu sorpresa di sentirlo rispondere.

"Sa cosa sono il grano duro e i cereali della stessa famiglia?"

"Credo di sì." Certo che lo sapeva. Adorava discutere al riguardo con suo marito, un tempo, quando avevano deciso di salvare il mondo. Il grano duro era quello che si usava per fare la pasta e la granella di couscous. Alcune regioni del Mediterraneo erano ormai troppo secche per produrne. Il centro e il nord della Francia avevano preso il controllo, con difficoltà, perché mancava lo spazio.

Lui stava mangiando un panino. Gli diede un morso prima di ricominciare a parlare.

"Beh, è semplice. Dirigo un gruppo di ricerca che non conclude niente da quasi un anno."

Un altro morso al panino un'altra pausa. Aveva già detto troppo.

"Ah. Così giovane e già a capo di una squadra? Hai paura di non essere abbastanza bravo, allora."

Lui alzò le spalle, sdegnosamente.

"Bravo o no, non è questo il problema. Non otterremo mai il grano della fine del secolo con il materiale genetico su cui sono costretto a lavorare. Non si fanno uova senza galline. Non si fanno supercereali senza una base solida."

"Supercereali? Pensavo che li avessero già fatti."

"Sì e no. Siamo alla quinta o sesta generazione di insetti resistenti alle tossine generate dalle piante, lo stesso vale per i pesticidi. Vogliono varietà resistenti a tutto."

"Molto intelligente. Come se persone come me non avessero lanciato campagne su campagne per informarli."

"Mio padre mi aveva parlato di lei, sa. E di suo marito. Senza di voi, questi villaggi non esisterebbero, la regione sarebbe un deserto, avremmo perso tutta la biodiversità, sarebbe terribile."

"Grazie."

"Il tempo è completamente instabile, imprevedibile, a parte i periodi di siccità, che si stanno allungando. Non possiamo coltivare il grano in serra. Abbiamo bisogno di piante resistenti allo stress idrico e alle varie aggressioni e la cui resa non diminuisca. Per non parlare del valore nutrizionale."

Anche da quello si era cercato di preavvisarli.

Si strofinò la fronte. Sembrava sfinito.

"E non riesci a trovarle?

"No. Non con quello di cui disponiamo. Il genoma dei tipi di grano che usiamo è stato così maneggiato che la pianta è diventata del tutto instabile. Si pensa di modificare un carattere preciso e si ottiene tutto e niente. Bisognerebbe ripartire da zero. Usare vecchi ceppi e reintrodurre modificazioni semplici, poco a poco, studiando i risultati ottenuti a ogni tappa e tenendo conto degli effetti collaterali a breve e lungo termine..."

"Non capisco. Hai accesso alle migliori banche dati di alleli, no? E con la marchiatura dei chip a DNA e le IA per la modellazione, dovresti essere in grado di ottenere più o meno tutto ciò che desideri.

"È stato così, all'inizio. Venticinque anni fa. Adesso non più. Un'IA non può modellare nulla di valido partendo da dati corrotti."

"Una pianta non è corrotta. È come è. E con tutte le sequenze genetiche identificate e brevettate..."

Non terminò la frase. Da circa quarant'anni, i piccoli agricoltori di tutto il mondo accusavano i transnat di impadronirsi del patrimonio vegetale del pianeta per modificarlo e rivenderlo – una volta brevettato. Da parte loro, i transnat rimproveravano ai contadini, organizzati all'interno di collettivi o cooperative, di appropriarsi delle riserve genetiche del pianeta e di non sfruttarle per mancanza delle forbici genetiche di cui i transnat stessi avevano il monopolio.

"Non abbiamo brevettato nulla di importante da dieci anni. Lei sa, proprio come lo so io, che si conosce la funzione dei geni e il profilo di espressione genica dei principali cereali. Sono già stati migliorati più che si poteva: avremmo bisogno di sangue nuovo. Piante di specie selvatiche, veri antenati, non imitazioni... Ma non sono nelle nostre banche dati... "

Si interruppe e la guardò; si era spinto troppo oltre, di sicuro.

Aurore non rispose. Il giovane aveva ragione, e questo significava che la loro conversazione, sebbene sorprendentemente più approfondita di quel che lei avrebbe mai sperato, era arrivata a un punto morto. Jules finì il suo panino in silenzio mentre Aurore beveva sorso dopo sorso di amara freschezza.

"Cos'ha da rimproverare ai suoi figli?" si decise a chiederle lui.

"Cosa?" e posò il bicchiere. "Oh, che stanno rovinando le produzioni del padre. Non molto, in effetti."

L'altro sollevò le sopracciglia, corrugando la fronte.

"Siete arrivati a questo punto?"

"Quasi. Eravamo una cinquantina di coltivatori nella zona, quando loro sono nati, siamo rimasti appena una decina. Tutti gli altri hanno firmato dei contratti onnicomprensivi. Thomas è ancora ragionevole, vuole solo continuare a produrre biologico. Ma Marc... Marc trascorre il suo tempo a pregare e organizzare cerimonie con quell'imbecille di Adrien, che sa a malapena leggere e crede di essere l'incarnazione terrena di Madre Natura."

"Ma... cosa vorrebbe che facessero se non vogliono firmare contratti? Non che acquistassero semi brevettati sul mercato nero, in ogni caso?"

"No. Preferirei che li rubassero, è più sano." Poi finì di bere e disse: "Non sta a me parlare di cereali. Il mio hobby è Plutone. Ma conosco persone che sono interessate all'argomento. Che hanno dei contatti."

Lui scosse la testa.

"No. Grazie. È impossibile. Troppo pericoloso."

La risposta non la sorprese.

"Come desideri."

Comunque, il ragazzo tornò ancora da Baris, e bevvero altre birre, ma non parlarono più del grano. Invece, lui iniziò a farle domande sulle sue attività di osservatrice del cielo.

"Non ho più il tempo di informarmi. Sta ancora succedendo qualcosa lassù? Anche senza soldi?

"Stai scherzando? La metà dei progetti ha finanziamenti collettivi, ma non abbiamo mai smesso di lavorare. Ci sono mappe di Marte abbastanza precise da fare un'escursione – tramite robot, ovviamente."

"Ma è riservato agli specialisti, giusto?"

"Non se si partecipa a programmi di osservazione da più di venti anni. Si accumulano punti che danno diritto a escursioni. Davvero non lo sai? "

Lui scosse la testa.

"Mi interessavo all'argomento quando ero ragazzo. In questo periodo, non ho un'ora per me stesso. Tranne che per venire qui, è la mia oasi di calma."

Aurore abbassò lo sguardo sul suo schermo. "Se vieni qui con gli occhiali 3D, posso cederti delle ore. Abbiamo dei robot su Europa, tutto qui, negli anelli di Saturno."

"Tutto qui?" ripeté lui, ridendo.

"Non è abbastanza. I cinesi sono su Io e nell'atmosfera superiore di Giove. Avremmo dovuto già da tempo lanciare sonde nella Nube di Oort verso Alfa Centauri."

La reazione del giovane sorprese davvero Aurore. "Ha ragione," disse, con espressione sognante. "Fin dall'inizio del secolo, non siamo stati più capaci di guardarci attorno."

"Sì," disse Aurore. "Quando ero giovane, si pensava che lo spazio fosse per i giovani. Oggi il sistema solare interessa solo i vecchi."

"Basta, penso che sia finita" disse Emma. "Non verrà."

"Sei stata gentile a provare ad aiutarci" disse Gaël ad Aurore, "ma francamente, è troppo pericoloso per lui, lo capisco."

Erano arrivati in cima alla collina del dolmen al calar del sole e avevano scelto il luogo come punto di incontro perché dominava una parte disabitata della città, dove la vegetazione era assente oppure cedeva il posto a cespugli bassi ed enormi agavi. Il posto era facile da riconoscere e se Jules avesse avvertito le brigate speciali, avrebbero avuto la possibilità di vederle arrivare.

Aurore aveva impiegato mesi per convincere Emma, Gaël e Manu da una parte e Jules dall'altra, del fatto che potevano arrivare a un accordo. Emma aveva trovato semi di grano duro mai usati nella ricerca, Jules le chip a DNA e le forbici genetiche di cui Manu aveva bisogno per aiutare le loro api. E altri organismi di cui non parlava.

"Verrà" disse. "Non è il tipo che dà buca."

"S'era detto al calar del sole," replicò Emma, indicando il cielo e le stelle che stavano apparendo, sempre più numerose. "E poi l'hai incontrato in un bar, magari su quel suo famoso computer aveva solo dei giochi."

Era delusa e arrabbiata.

"Altri cinque minuti" suggerì Aurore.

Aveva faticato per arrampicarsi fin lassù, anche se aveva un bastone e un esoscheletro che le sosteneva la gamba. Da anni non c'erano più le corse dei vecchi motori e aveva dimenticato quanto era alta la collina. Si poteva vedere assai lontano, ora che non c'erano quasi più latifoglie e, soprattutto, si poteva vedere il cielo, perché il ristorante di Baris e le poche case lì attorno disponevano di un'illuminazione pubblica molto modesta. Le doleva l'anca, aveva proprio il diritto di approfittare dello spettacolo.

Emma e Gaël avevano sistemato le loro borse nel cofano del carro a vela quando tra le prime agavi si materializzò la sagoma di Jules Simondon.

Si scusò a profusione. C'era stata una riunione interminabile, aveva avuto l'impressione di essere stato seguito, doveva aspettare, essere sicuro. E ovviamente nessuno di loro aveva mai comunicato per telefono.

"Grazie per avermi aspettato."

"Di nulla" disse Manu. "A meno che tu non sia venuto a mani vuote."

Di certo, quel che aveva promesso non poteva stare in una tasca, e Jules indossava pantaloni e giacca da città. Fischiò piano, e un robot di trasporto cingolato risalì tranquillamente la collina. Il mini laboratorio contenuto nel robot fu spostato nel cofano del carro a vela di Emma e il sacco di semi, che in confronto era minuscolo, scomparve nella pancia tonda del robot. Quindi, poterono sistemarsi per mangiare.

Quando ebbero terminato, Jules tirò fuori una bottiglia di Armagnac – Aurore non ne vedeva una da più di quindici anni, gli altri non ne avevano mai viste.

Si alzò dalla sua sedia pieghevole. L'esoscheletro non si stancava, ma l'anca e le ginocchia non apprezzavano l'immobilità. Si allontanò un po' e alzò lo sguardo. Orione era magnificamente visibile sopra l'orizzonte; Aurore aveva sempre avuto un debole per la sua cinta di diamanti e la sua freccia che puntava verso l'infinito.

Poco dopo, Jules venne a raggiungerla.

"Allora," disse lei a bassa voce, "si è avviato il processo? Cominciano ad avere delle idee?"

"Ne avevano già prima, giusto?"

"Sì, ma non osavano pensarci. Con quel che ci ha dato, saranno più abbordabili."

Lei alzò il braccio. "Come se venissi a sapere all'improvviso che posso dare una pacca sulla spalla di Orione."

"Per fare cosa?"

"Mah, che so, dirgli di puntare il suo arco di là – indicò il l'orsa maggiore – o di là. Non ci rivedremo per molto tempo, vero?"

Lei lo guardò di soppiatto. Stava osservando il cielo e poiché era un po' più alto di lei, non riusciva a vedere la sua espressione.

"No. Sono stato davvero seguito, e non era la prima volta. Devo mettermi tranquillo. Forse mi registrerò a uno dei suoi gruppi di osservatori di ciottoli."

"Pensi che avrai del tempo libero, con il lavoro che ti aspetta?"

"Probabilmente no. Ma mi piace l'idea. C'è della sapienza, lassù."

"E nessun essere umano per andare a raccoglierla. Solo robot."

"Non critichi i robot; senza il mio, i suoi amici non starebbero immaginando nuove piante – e api."

Sì, Manu voleva kiwi luminosi che si potessero cogliere di notte, col fresco, Emma voleva super api resistenti a tutto e Gaël si era innamorato dei batteri produttori di idrogeno.

"Dovrai tornare un giorno per vedere cosa avranno fatto."

"Non subito. Ci tengo alla mia vita, sa?"

"Se stai buono, tra due o tre anni ti avranno dimenticato. E se non fosse così, sei giovane, troverai un modo. Io sono troppo vecchia. Succederanno delle cose, qui e lassù in alto, e io non ne farò parte, nemmeno come spettatrice."

Per un momento, pensò di aver messo un termine alla conversazione, come le succedeva spesso in quei giorni, grazie al suo traboccante ottimismo. Venti anni prima, suo marito diceva che per una fissata di ciottoli spaziali com'era lei, il pessimismo era un vero dono.

"No," rispose lui. "No, non è vero. Lei e suo marito siete stati importanti qui e lo siete ancora. E qualunque cosa accada lassù," con un gesto, disegnò l'immenso arco della Via Lattea, delicatamente incurvato sopra le loro teste, "ne fate già parte."

Diario di un poliorcete pentito

di Ugo Bellagamba

Traduzione di Chiara Seri

Ugo Bellagamba (Nizza, 1972) è autore di numerosi romanzi tra cui Tancrède, une uchronie *e* La Cité du soleil et autres récits heliotropes *(Gallimard, 2005), racconti brevi (Chimeres, Bifrost n. 36, Prix Rosny aîné 2005) e saggi come* Solutions non satisfaisante, une anatomie de Robert A. Heinlein *vincitore del Grand Prix de l'Imaginaire 2008. Vive a Nizza con sua moglie Anne e i loro figli Margot e Clément. Insegna Storia del Diritto e delle Istituzioni Politiche presso l'Università di Nizza e dal 2012 al 2015 è stato il direttore artistico del festival internazionale di fantascienza Les Utopiales di Nantes.*

> *"Non vi è alcuna felicità al mondo
> sulla cui durata si possa contare"*
> Sébastien Le Prestre, maresciallo di Vauban

Fase 1: Campagna

Allora, visto che la mia storia molto probabilmente finirà male, tanto vale cominciare con qualcosa di leggero e divertente, no? Per esempio la mia ultima missione (o meglio, l'ultima prima che perdessi il controllo). Vi descrivo la scena, occhio! Sono le 19:30 sulla Riviera[5] francese. Esteve Brémachaud, radiosa quarantenne, sorride contemplando la sua enorme piscina, finalmente terminata. Il sole tramonta, ma la sua luce languida è ancora abbastanza forte da far risaltare le delicate venature del marmo nero di Golzinne nel

---

5 In italiano nel testo, N.d.T.

quale è stata intagliata la vasca. Proprio come a Versailles. La classe… giusto? E il designer di fama internazionale lo sa. Fa scivolare lo sguardo attento lungo il ponte in teck passando dall'impeccabile *oinochoe* greca fino all'ingresso della *pool house*. È un pezzo rarissimo, un ceramologo italiano l'ha fatto arrivare dagli scavi di Siracusa per un prezzo esorbitante e nella più totale illegalità.

Esteve Brémachaud è soddisfatto, ha trascorso una splendida giornata. Sente la moglie e il figlio giocare nella casa, mantenuta fresca dalle due file di ulivi secolari potati da una squadra di giardinieri istruiti a Washington. Risate e voci chiare come l'acqua di sorgente che riempie la piscina. Ma se l'uomo brizzolato sprizza gioia da tutti i pori è per un'altra ragione, più contingente: è sul punto di concludere il più grosso contratto della sua carriera con un giovane miliardario serbo che si è messo in testa di finanziare una rivoluzione. L'avventuriero è pronto ad acquistare cinquanta pezzi del Griffon, il più bel blindato prodotto dalla società di Esteve Brémachaud. Un fiore all'occhiello! Ma soprattutto: un grande affare. Certo, il designer sa che c'è da aspettarsi una guerra civile, ma tra un paio di mesi il suo *bambino* in titanio verrà trasmesso a raffica durante il telegiornale delle 20:00 e quella è una campagna di comunicazione pazzesca che non si può rifiutare.

Già, la fortuna sta sorridendo al signor Brémachaud. Anche se – lui ancora non lo sa – ha un *vauban* alle costole. Sì, sono io! Tranquillamente appoggiato al muro di cinta della magnifica villa sulla costa, fumo con calma la mia sigaretta elettronica mentre accarezzo, tra una boccata azzurrognola e l'altra, la cicatrice sulla mia guancia sinistra, simbolo dell'appartenenza all'Ordine. Mi presento. Il mio nome è Sébastian-42. Una variazione abbastanza comune del nome del Fondatore, che mi fu data alla fine del mio apprendistato.

La cifra indica un anno del secolo scorso. Ho i capelli bianchi come le nuvole che vagano indifferenti nel cielo azzurro. Mentre sto dettando a fior di labbra queste righe sul mio assistente personale, penso a voi, miei futuri lettori.

Mi appresto perciò a compiere, per l'ennesima volta, la missione per cui sono stato addestrato: la stabilizzazione dei poteri. Beh, solo di quelli che mantengono attivo l'abbonamento alla poliorcetica. In caso contrario, è un altro paio di maniche. L'attuale presidente della repubblica serba ha capito come funziona: se non salta neanche un pagamento, il suo potere durerà per sempre (o quasi). Peccato per Esteve Brémachaud. Ma prometto che sarò delicato.

Riesco già a sentire la crisi di tachicardia, seguita dallo svenimento, magari sul ponte, per un effetto più drammatico. La moglie esce da casa gridando, poi lampeggianti, pronto soccorso, rianimazione e ricovero. Diciamo due o tre settimane, comprese le complicazioni e gli accertamenti al cuore? Sì, dovrebbero bastare per impedire al nostro uomo di firmare il contratto con il tiranno in erba, del quale, con molta probabilità, si sta già occupando un mio collega, a Belgrado.

Pronti! Faccio un respiro profondo, tiro la testa indietro per far scattare l'apertura del polmone artificiale, spalanco la bocca e le legioni di naniti si diffondono nel vapore acqueo della mia esalazione. Trasportate dall'aria della sera, si orientano da sole, come rondini, verso il bersaglio che ho stabilito. Quasi senza fiato, mi aggiusto il colletto della camicia, faccio un tiro dalla mia sigaretta sempre accesa e torno ad accomodarmi nell'automobile. Seguire i movimenti dei naniti è sfiancante, anche per un vauban navigato. Bisogna mettersi comodi. Alla radio, la voce soave di Ray Charles intona *I can't stop loving you*. È tutto perfetto, sono concentrato al massimo. Consulto il mio assistente personale che, da fuori, sembra un banale smartphone di una marca molto nota. Ma una delle applicazioni preinstallate non è quella che sembra, sia ben chiaro.

Tasso di penetrazione: 47%.

Tempo di connessione in rete: 24 secondi.

I naniti si infiltrano nel bersaglio attraverso la pelle, gli occhi (passano per la congiuntiva), le orecchie, le narici e, naturalmente, l'ano. Esteve Brémachaud diventerà presto una marionetta di carne, sangue ed enzimi nelle mie mani. E il suo sistema endocrino sarà completamente ai miei ordini.

Da giovane, quando ero ancora un novellino, ci tenevo sempre a verificare l'azione dei naniti. Volevo vedere il bersaglio piegarsi in due dal dolore e collassare, gemente. Mi piaceva osservare gli oratori perdere ogni capacità nel bel mezzo del discorso, e come venivano portati via i conferenzieri dopo che si erano accasciati sul leggio. Da giovane ero proprio stupido. Credevo, come molti altri prima di me, di dover dare dimostrazione in ogni circostanza della potenza dei miei naniti, invece essere un vauban è proprio il contrario. Chi afferma di essere un musicista esperto non massacra i tasti del pianoforte. Li accarezza, balla assieme a loro. Questo si apprende solo con la pratica professionale. Bisogna sempre partire da ciò che esiste e accentuarlo, semplicemente. È tramite la dolcezza, la misura e l'intervento discreto che manteniamo il mondo in equilibrio. In pratica, ci guadagnamo da vivere facendo in modo che la vita dei nostri clienti sia più semplice. I vauban però non sono sicari. In qualsiasi circostanza, dobbiamo risparmiare vite umane: è una delle nostre regole deontologiche più sacre. Allergie, edemi, cefalee, vertigini, sciatiche ed ernie di ogni sorta sono gli strumenti che usiamo più di frequente. Alteriamo il sistema endocrino dei nostri bersagli per incrinare e indebolire la loro determinazione, interromperli nella loro azione politica, ostacolarli nella loro attività filosofica o frenare la loro lotta sociale. In breve, rendiamo il loro corpo un ostacolo per la loro mente. In certi casi eccezionali si possono impiegare crisi cardiache, epilettiche e ischemie transitorie, con il presupposto imprescindibile che le conseguenze non siano mai più gravi di quelle probabili nella condizione naturale del bersaglio.

Ecco, ci siamo! I miei naniti sono stati assimilati da Esteve Brémachaud. Il bel designer si dirige verso la casa con un senso di malessere crescente. Non voglio che svenga davanti a suo figlio. Con un dito, comando ai naniti di accelerare bruscamente il battito cardiaco. 140 sarà sufficiente. Poi conto fino a cinque e ordino un repentino abbassamento del flusso sanguigno nel cervello: sincope. Di certo sarà caduto per terra. Sento un grido provenire dall'altra parte del muro di cinta. Passo da un'applicazione all'altra e violo la connessione domestica. Fatto! Ho appena chiamato i soccorsi dal telefono di casa. Ritorno a Esteve Brémachaud, stabilizzo il suo ritmo cardiaco e richiamo i naniti. Sono docili come agnellini, ma bisogna dare loro ordini precisi. Mentre digito la sequenza corretta sul mio assistente, mi ricordo quanto tempo ci ho messo a imparare il linguaggio macchina, derivato dal PASCAL, che mi permette di controllarli. Lascio comunque una retroguardia. Il suo ruolo: fare abbastanza rumore negli atrii cardiaci da convincere della necessità di un ricovero il medico del pronto soccorso che sta arrivando. I naniti saranno quindi evacuati per vie naturali, nell'arco di due ore. Senza lasciare traccia.

Raddrizzo il sedile, apro del tutto il finestrino del veicolo, sbadiglio fino quasi a slogarmi la mascella per recuperare le mie legioni, che somigliano a un soffio di aria calda. Dietro di me, non lascio nessun dramma: un uomo è a terra, ma se la caverà. E un paese dell'est Europa che, al prezzo di una piccola perdita nel prodotto interno lordo, eviterà la guerra civile, la fame e anni di embargo.

Fase 2: Bastione

Il ritrovo annuale dei poliorceti si tiene sempre nello stesso posto e lo stesso giorno: al castello di Bazoches, nel cuore del massiccio del Morvan. Sébastien le Prestre, marchese, poi maresciallo di Vauban, l'aveva acquistato verso la fine della sua vita, nel 1675. Una tale visibilità, mi obbietterete, è poco consona all'esercizio discreto dei nostri talenti. Non fatevi ingannare! Vista dall'esterno è una convention annuale di appassionati di storia monarchica, in generale, e di Vauban, in particolare, dove si ritrovano collezionisti, universitari e giornalisti, a fare baldoria. Questo alimenta il turismo e le comunità locali ci sostengono al cento per cento. Mentre in una sala al riparo da sguardi indiscreti scegliamo con cura i ricchissimi clienti di cui consolideremo il potere, spesso succede che un elicottero della televisione riprenda la quadratura dei dongioni, la rotondità delle torri d'angolo, la forma trapezoidale del castello. E, nel cortile interno di Bazoches, questa trasmissione di documentari riunisce una prestigiosa cerchia di storici che dissertano sul ruolo politico e miliare dell'uomo più celebre del Morvan. È l'ideale per il budget. Non siamo mai a corto di sovvenzioni: biglietti aerei, caffè, buffet a volontà, e gli Atti del Convegno che, ovviamente, pubblichiamo ogni anno, con il contributo della Regione. La trasparenza è la migliore forma di opacità: ci permette di fare un convegno all'interno del convegno.

Con la valigetta sotto braccio, la cravatta annodata male e i capelli grigi un po' troppo lunghi e sempre arruffati, attraverso il parco di Bazoches; saluto di passaggio una bella giornalista che mi sono ripassato due anni fa, contro una delle querce centenarie. Come? Vi segnalo che non sono sposato! Come mia abitudine sono in ritardo. Quando entro nella sala delle guardie, il Gran Maestro si sta già sistemando al leggio. Proseguo, fingendo la più profonda concentrazione e mi siedo sulla poltrona in stile Luigi XIV in seconda fila, con il mio nome scritto sopra. Avere acquisito il titolo di maestro ha i suoi vantaggi. Gli apprendisti sono in fondo alla sala, sulle sedie di plastica. Si direbbe che siano studenti, cosa che realtà sono, in questa fase. Del resto, devono riportare i loro naniti nella Cisterna tutte le sere, finché non avranno ottenuto il livello di compagno.

Il Gran Maestro è molto curvo ma il suo sguardo luccica e i suoi tratti sono fermi. Deve essere vicino ai cento anni, eppure sembra poco più vecchio di me. All'inizio, un vauban non è autorizzato a servirsi dei naniti per il suo benessere fisico: non sono di sua proprietà, ma dell'Ordine. Sono strumenti da utilizzare solo per le missioni e gli addetti non devono trarne vantaggio al di fuori del completamento delle stesse. Tuttavia la tolleranza è frequente. I naniti facilitano la vita quotidiana del vauban e gli danno l'energia per portare a termine in modo corretto la sua missione. A quelli che ne abusano però, vengono confiscati per diversi mesi, cosa che non impedisce loro di assolvere al meglio i doveri poliorcetici. Dopo tutto, l'Ordine esisteva anche prima che la tecnologia migliorasse le prestazioni dei suoi membri. Alcuni, me compreso, pensano addirittura che l'utilizzo dei naniti abbia diminuito le competenze iniziali dei vauban. Usiamo molto meno retorica, falsificazione o travestimento ed è un vero peccato. Ma, come si suole dire, bisogna vivere nella propria epoca e questo, per noi, è un imperativo professionale. Il Gran Maestro, da parte sua, ha il diritto di sfruttare appieno i suoi naniti. È un suo privilegio poiché, com'è giusto che sia, deve avere la piena padronanza dei propri mezzi. Detto ciò, i Gran Maestri prima di lui invecchiavano meno. Tenevano sempre a mente che, oltre ad assegnare missioni difficili ai membri dell'Ordine, dovevano anche accettarne. Per questo erano meno esigenti. Infine, essere Gran Maestro è quantomeno una responsabilità molto pesante, quindi tanto vale che ne tragga profitto, poiché, come tutti gli altri vauban, il suo tempo è limitato. Da qualche parte nel futuro, lo attende la sua embolia polmonare. È inevitabile.

Il Gran Maestro alza la mano che non trema e, alla sua destra, un apprendista alto e con le spalle larghe, del tipo tutto sport e studio, recita il suo ruolo con un'espressione serissima brandendo il blasone dell'Ordine: azzurro, con capriolo d'oro, una mezzaluna d'argento con tre trifogli. Tutta la platea si alza e intona il canto dei vauban.

"Siamo gli eredi di Vauban,
Il nostro metodo è antico trecento anni,
Costruiamo sempre a partire dall'esistente.
La nostra discrezione è di bronzo, le legioni di silicio,
Estirpiamo dal cuore dell'Uomo ribellione e sedizione.
Trentatré, cinquantatré e trecento sono i nostri numeri d'oro."

L'ultima frase vi sembrerà oscura, ma è la più chiara: trentatré è l'età dopo la quale nessuno può diventare apprendista, cinquantatré, il numero minimo di missioni che un compagno deve completare con successo per concorrere al rango di maestro. E trecento è il numero massimo di poliorceti attivi in Francia e nel mondo. Ce ne sono sempre stati trecento, fin da quando, all'inizio del diciottesimo secolo, fu fondato l'Ordine da Jean Colas, che fu il valletto personale del maresciallo di Vauban e raccolse le sue ultime volontà il 30 Marzo 1707.

Il discorso di apertura del Gran Maestro è, come al solito, grondante di autocompiacimento. Va bene, per farvi contenti, ecco un piccolo estratto.

"L'anno scorso e quello che sta finendo, devo ricordarvelo,
non sono stati facili, sebbene particolarmente fruttuosi per il

nostro Ordine. In effetti, nell'oscurità portata dalla crisi economica, abbiamo impiegato tutte le nostre risorse per mantenere i governi al loro posto e stabilizzare i nuovi clienti che si sono affidati ai nostri servizi. E, sebbene dobbiamo lamentare qualche fiasco, abbiamo provato le nostre capacità e giustificato l'aumento delle tariffe di sottoscrizione e di rinnovo della protezione poliorcetica, presso tutti i nostri clienti, sia francesi che stranieri (questi ultimi sempre più numerosi).

A beneficio dei membri più giovani del nostro Ordine, permettetemi di farvi qualche esempio eloquente: la nostra opera di consolidamento delle relazioni tra Germania e Francia, ha raggiunto il suo punto culminante con la presenza di Angela Merkel e Nicolas Sarkozy alla commemorazione dell'armistizio dell'11 Novembre davanti alle telecamere di tutta Europa. In più, vorrei ringraziare la squadra di vauban, comandata dal Maestro Julian-55 che, dai due lati del Reno, ha fatto di tutto per dissipare le resistenze, soffocare gli attacchi e fare progredire l'Unione Europea. Nel secondo semestre del 2010, la votazione della legge "Grenelle II" che modifica la maggior parte dei codici esistenti, tutti a favore dell'abolizione della carbon tax, la votazione della legge sulle pensioni, nonostante i numerosi scioperi che, grazie al nostro lavoro, non hanno causato vittime gravi, sono alcuni dei nostri migliori risultati.

Ma ovviamente, il lavoro più importante, quello che secondo me merita di essere messo più in rilievo è quello dei compagni che, tutti i giorni, attraversano il paese, come pastori scrupolosi nel riportare all'ovile le pecorelle smarrite. È grazie ai loro piccoli interventi, con o senza naniti, che i fermenti delle contestazioni e le fiamme della violenza, si estinguono come fuochi di paglia sotto il freddo cemento. Lavorando nell'anonimato, anche nelle loro case, tali vauban aggravano coscienziosamente le condizioni di salute di coloro che cercano di sollevare l'ira del popolo e dirottano, attraverso gli incidenti domestici, il seme della rivoluzione.

Cadute, divorzi, mal di denti. Nessuno sforzo è troppo grande per loro. Sono la nostra prima linea, gli unici che garantiscono una continuità al nostro mondo e che ci consentono di lavorare, ve lo ricordo, con i clienti più grandi. Non dimenticatevi che la stabilizzazione parte sempre dallo scalino più basso.

Il mio obiettivo è di aumentare le nostre risorse così da poter disporre di un maggior numero di naniti per loro. Noi dipendiamo dalla Ricerca che, come sapete, costa terribilmente cara. Abbiamo investito in molte università, controlliamo i dipartimenti più dinamici di fisica applicata, e li abbiamo messi a contatto, grazie alla legge sull'autonomia, con le migliori aziende di nanotecnologie. La prossima generazione di naniti, che è sul punto di essere testata col pretesto della ricerca sulla resistenza dei nanomateriali, costituirà una rivoluzione. Più autonomi e meglio coordinati, saranno più simbiotici. I polmoni artificiali e gli assistenti personali saranno presto obsoleti. Giovani apprendisti, rallegratevi! Da ora a quando diventerete maestri, è probabile che non dovrete fare altro che alzare il braccio o chiudere il pugno per diffondere o richiamare le vostre legioni."

Applausi entusiastici. Proprio alla mia destra Gustave-28, un vecchio maestro che conosco appena, viene colto da un violento attacco di tosse. I capelli arruffati ricordano un mucchio di alghe secche. Rifiuta il fazzoletto che gli porgo, i suoi occhi sporgenti brillano di lacrime e di insulti trattenuti. Si alza e mi volta le spalle, senza parlare. Sta andando dritto verso la sua embolia, che me ne importa.

Terminato il discorso, mi alzo anche io e recupero un bicchiere di vino bianco al buffet freddo. Proprio di fianco alle cibarie c'è la cassa dove ogni vauban deve versare il contributo associativo annuale a sostegno della confraternita. Serve ad aiutare i nostri membri che si trovano in difficoltà personali. Verserò il mio obolo più tardi. Per adesso, la bacheca cattura tutta la mia attenzione.

Ecco: Sébastian-42, 11:45 Ufficio 407.

Quarto piano sottoterra, mi piace. Devo prendere l'ascensore segreto, situato tra la sala delle guardie e l'anticamera del maresciallo; ho sempre la sensazione di essere uno di quegli agenti segreti della corona britannica, uno dei "doppio zero," che condivide una missione con il famoso Bond. Di colpo, il mio vino Muscadet prende l'aspetto di un Martini on the Rocks e mi pento di aver lasciato lo smoking nell'armadio.

Fase 3: Cammino di Ronda

Il problema non è il caldo. In questo periodo dell'anno, in Tunisia, è moderato e la vicinanza col mare lo rende sopportabile. Non è nemmeno il fatto che la mia ultima missione ufficiale, da quando il Gran Maestro me l'ha proposta un mese fa, nei sotterranei di Bazoches, necessiti di un espatrio di cui avrei fatto volentieri a meno. No, il mio cazzo di problema è Colin-88, il compagno che mi hanno appioppato. Ha i naniti da neanche quindici giorni e già si crede Tom Cruise in *Mission Impossible*. Penso che gli spaccherò la faccia alla prima occasione utile, per esempio all'uscita del bar di Youssef dove passiamo le sere a spiare la gente, cercando fermenti d'insurrezione. Capiamoci bene: quando dico che gli spaccherò la faccia, intendo dire che voglio *provarci,* perché a livello di stazza fisica, se volete, Colin è paragonabile a un armadio del diciottesimo secolo in pino massiccio, mentre il vostro umile servo è più simile a un armadietto delle medicine. Di compensato. Perciò, se non decido di utilizzare i naniti per irritargli l'intestino crasso, non ho molte possibilità.

Ah, in realtà voi conoscete già Colin-88. Ma sì, è il biondo enorme che reggeva con fierezza il blasone del nostro Ordine, a destra del Gran Maestro, a Bazoches. È raro che un compagno, appena ricevuti i suoi naniti, sia spedito in missione fuori dalla Francia, anche sotto la sorveglianza di un maestro. Forse è particolarmente dotato, questo 88, o forse si è portato a letto la persona giusta. Ho un'esitazione. La patria del maresciallo di Vauban è la sola al mondo a formare poliorceti con talenti che tutti si disputano a peso d'oro, dall'Oriente all'Occidente, da Spitzberg al Madagascar. La formazione dei poliorceti è un'eccezionalità francese conservata gelosamente. Si è sempre considerato il rischio di vedere sbucare scuole parallele fuori dalla Borgogna, soprattutto senza l'autorizzazione dei Gran Maestri dell'Ordine, e ogni velleità in questo senso è sempre stata combattuta. Spedire un compagno alle prime armi a fare esperienza in Africa non è logico. Se gli venissero delle manie di grandezza sarebbe deplorevole per la nostra comunità. Un rischio in più, quindi, che pesa in maniera greve sulle mie vecchie spalle. Francamente, ci sono giorni in cui aspetto l'embolia.

Parliamo del bersaglio, o dovrei dire dei bersagli. Un popolo intero, in effetti. Siamo qui, io e Colin-88, per sostenere il potere traballante del presidente Zine el-Abidine Ben Ali. Ben Ali è uno dei clienti migliori dell'Ordine da venticinque anni, e non mi venite a dire che ne siete sorpresi. Quando è salito al potere al posto di Bourguiba, il presidente Ben Ali ha sottoscritto un abbonamento poliorcetico di tipo *premium*. Il pacchetto completo, per intenderci. Ma, occhio, cari lettori, conoscete il nostro principio sacro: sosteniamo solo i poteri *già* instaurati. Ben Ali se l'è cavata da solo per arrivare al potere, mai e poi mai l'avremmo *insediato*. D'altronde, il suo predecessore aveva beneficiato del nostro aiuto e i vauban non speculano mai sugli ingaggi. Onoriamo tutti i nostri contratti fino all'ultimo versamento o fino alla morte del loro beneficiario. In realtà, all'epoca di Bourguiba, eravamo sotto contratto con l'intera Lega Araba.

Adesso, adempiere del tutto alla mia missione, presuppone di consolidare la posizione dell'attuale presidente della Tunisia, punto e basta. Io e Colin-88 dobbiamo estinguere tutti i focolai di ribellione che puntualmente si accendono nei più piccoli paesi del Maghreb. Sono la conseguenza logica dello spettacolo della corruzione generalizzata e dell'utilizzo ripetuto di violenza da parte della polizia, che caratterizzano il regime presidenziale di Ben Ali da più di venti anni. Queste velleità, queste scaramucce che dobbiamo ridimensionare, sorgono sia in città che nei paesi in campagna. Ma l'agitazione nel mondo contadino si basa sulla durezza delle condizioni lavorative degli agricoltori. Quindi tenerla sotto controllo è più complicato. Tanto più che l'agricoltura tunisina ha dei legami privilegiati con l'unione Europea dal 1976 ed è un'attività essenziale per l'economia del paese. Ebbene, dato che è in fase di modernizzazione, conosce notevoli disparità di trattamento tra i conduttori e il prezzo dei prodotti, cosa che provoca un'agitazione rurale che è suscettibile di compromettere la stabilità del potere centrale e, di riflesso, andare a toccare l'equilibrio del commercio con l'Unione. Quindi, da navigato maestro vauban, m'incaricherò io di questa faccenda, lasciando i piccoli disagi della vita urbana, i mezzi rivoluzionari brilli, alle dolci cure di Colin-88. So già che non gli dispiacerà se ci dividiamo i compiti. Innanzitutto perché ho il privilegio dell'età e l'autorità dell'esperienza, poi perché lui di certo preferirà continuare a trarre piacere dalla città e, infine, perché in ogni caso, il sollievo sarà reciproco, lo so. Parto domani, quindi, anche se sono abbastanza inquieto riguardo al modo in cui Colin-88 intende compiere la missione. Quel giovane gioca con i suoi naniti come altri scoprono la masturbazione. Che importa, direte voi. Non sono suo padre, e se si scredita davanti agli occhi dell'Ordine, sarà una liberazione.

Tuttavia, un incidente, l'altro ieri sera, mi è stranamente dispiaciuto. Eravamo scesi a Sidi Bouzid per passare la serata. *Le Café des Délices*, penso lo conosciate: il meraviglioso locale dai muri bianchi, a strapiombo sull'eterno mar Mediterraneo, profumava di gelsomino appena raccolto e brillava di mille *fotofore*. I turisti somigliavano a fiori appassiti che il vento mattutino avrebbe spazzato via senza difficoltà. L'88 voleva assolutamente che diffondessimo i naniti in quel luogo per scovare eventuali focolai di ribellione, nascosti tra le risa gioiose, i canti e i cesti di spezie. E, in fondo, non aveva torto: i locali turistici costituiscono eccellenti coperture per eventuali rivoluzionari.

A un certo punto della serata, il mio compagno è sparito e, a dirvi la verità, non ho creduto neanche per un secondo che potesse essere andato in un altro posto che non fosse il bagno. Invece avrebbe dovuto mettermi in allarme il fatto che per l'intera serata non avesse mai smesso di giocare con i suoi naniti sparpagliati, provocando ai tavoli vicini risatine isteriche, slanci di libidine fuori luogo e avesse fatto addormentare spontaneamente alcuni bambini troppo agitati. L'ho aspettato, sorseggiando un tè bollente. Un quarto d'ora dopo, i lampeggianti e le sirene di due ambulanze tunisine hanno squarciato la notte. Salivano verso *Le Café des Délices*. Ho assistito, interdetto, al soccorso di diverse persone. Una di loro, a giudicare dallo sguardo attonito dei dipendenti, doveva essere il padrone del locale, messo sotto flebo. Il modo di fare precipitoso degli infermieri non era buon segno. Ho pazientato ancora un po', sperando che la festa riprendesse il suo corso, poi ho pagato il conto e ho lasciato tranquillamente il locale, dirigendomi verso il porto. Lì ho ritrovato il mio compagno, che vagava sul molo, dondolando la testa per l'effetto dell'abuso di alcol, del tutto esausto. Quando l'ho interrogato sul suo stato attuale e sulla sua sparizione, all'inizio si è rifiutato di rispondermi. Poi, dopo alcuni minuti, imbronciato come un bambino beccato con le mani nel sacchetto delle caramelle, ha mormorato: "Ho sbagliato, maestro."

Ve lo confesso, lì per lì ho pensato, per una frazione di secondo, che l'accidentale annegamento di un giovane turista francese un po' brillo nelle acque del porto sarebbe stata la fine perfetta di quella spiacevole serata.

Fase 4: Fossato

Scendendo a sud, verso le steppe che segnano la discesa del fianco della dorsale tunisina, prolungamento dell'Atlante, e sotto lo sguardo altezzoso dell'imponente Djebel Chambi, sono entrato a Sidi Bouzid e ho scoperto un'altra Tunisia. La città è selvaggia, antitesi della Tunisi aperta e variopinta che mi sono lasciato alle spalle. Qui, tutte le attività sono rivolte all'agricoltura e all'allevamento. L'aria rimane secca, nonostante le piene regolari delle *uidian* circostanti e dei milioni di decalitri della falda freatica sulla quale è fondata la città. Non ci sono molti turisti, a eccezione di escursionisti esperti che si allenano per la scalata del Djebel El Kebar.

Al mio arrivo, il mese scorso, mi sono presentato al governatore e al consiglio municipale come ingegnere agronomo francese dell'ENSA di Nancy, venuto a fare una ricerca sulle colture delle steppe del sud. Mi hanno sistemato in uno dei quartieri più animati di Sidi Bouzid, vicinissimo al mercato ortofrutticolo, anche se avrebbero potuto sfruttare i loro istituti di ricerca ed esigere un mucchio di prove del mio lavoro. Sono stato accettato di buon grado da una popolazione più ghiotta di diversità di quanto mi aspettassi. Gli abitanti del governatorato di Sidi Bouzid sono industriosi, calmi, conducono la loro vita giorno per giorno e danno prova di serenità di fronte alle difficoltà del lavoro nei campi. Parte della mia cultura di vauban, acquisita durante il primo anno di apprendistato, si è riattivata. Nei suoi numerosi trattati, il padre della nostra scienza poliorcetica si era interessato a questioni di agricoltura e allevamento, inventando, attraverso i suoi "tempi di inattività," la nozione dello sviluppo sostenibile ante litteram. Senza dubbio in Tunisia ha trovato un'enormità di soggetti per le sue appassionanti riflessioni.

Ieri, durante il viaggio verso Regueb, alla scoperta dei palmeti da dattero, ho fatto questa considerazione: non è proprio strano che un maestro poliorcete, in ottima forma ed erede delle idee e delle abilità tecniche di Sébastien Leprestre, arrivi fino al cuore arido della Tunisia, non per migliorare le condizioni di vita dei suoi contadini ma per consolidare il potere di chi li opprime?

Nonostante gli anni di perfetta lealtà, ho avvertito un certo disagio. Tutti i poliorceti sanno che il primo anno di studi è solo una fastidiosa introduzione al mestiere di vauban e che quello che si impara non servirà mai più. Però, al di là del tempo e della distanza che mi separavano dal grande morvandese, realizzai subito che la mia conoscenza della storia forse non era così inutile. Beninteso, certo, il maresciallo di Vauban è sempre stato prima di tutto al servizio del potere in auge e ha sempre agito in modo da fortificarlo agli occhi dei cittadini che amministrava; in questo noi, vauban del XXI secolo, aderiamo perfettamente al suo modello. È anche vero che Sébastien Le Prestre, pur facendo diventare la Francia l'orticello privato della monarchia con una gran quantità di fortezze si era anche interessato da vicino alla vita quotidiana, alla situazione economica e igienica dei sudditi del re e, in particolare, a quelli più umili, i contadini. E che aveva cercato di migliorarle. In nome del re, ma per il bene di tutti.

Mentre, calata la notte, rientravo verso Sidi Bouzid, gustando i datteri freschi, mi rammentavo delle peregrinazioni di Vauban rievocate dal nostro professore di storia, durante il primo anno. Il maresciallo viaggiava dal centro alla periferia di ogni regione su una portantina da lui stesso modificata e migliorata per farne un ufficio itinerante. Aveva quindi rimpiazzato i portantini umani con due muli molto forti e sollevato tutta la struttura della sedia per evitare di sobbalzare durante il tragitto. Così facendo, poteva dettare al suo segretario personale, non solo la corrispondenza amministrativa, ma anche numerosi trattati. Perciò, mentre serviva il re o rinforzava le difese strategiche francesi, approfittava di ogni secondo per servire anche i sudditi. Vauban aveva saputo comprendere che l'interesse del monarca e quello del suo popolo erano indissolubili. In più, aveva affrontato il potere politico, nella sua continuità, ed era passato progressivamente dalla promozione della gloria regale al servizio dello Stato, per essere precisi. Dopo aver letto i *Six Livres de la République* di Jean Bodin, aveva capito che essere sovrano non significa disporre del potere bensì esercitarlo pienamente in nome dello Stato. Aveva saputo mostrare a Luigi XIV che per essere un vero monarca, bisognava tornare ai sudditi, agli uomini, conoscere la loro vita quotidiana e, in quanto sovrano, risolvere tutte le loro difficoltà.

Quella mattina, mentre preparavo l'equipaggiamento per un'altra esplorazione dell'entroterra tunisino, ho realizzato fino a che punto il frequentare quotidianamente le persone che vivono e lavorano qui ha cambiato la percezione che ho del mio ruolo, della mia professione di poliorcete. Ho trovato meno focolai di contestazione, meno sacche di rivolta rurale di quel che mi aspettavo. Tutti questi agricoltori, questi allevatori, affrontano comunque serie difficoltà materiali e la maggior parte delle loro richieste di aiuto, per quanto legittime, non trova eco nelle autorità centrali, a Tunisi. La loro collera è ampiamente giustificata. Invece, cosa ben più sconcertante per me, questa collera è *rientrata*, quasi mai espressa né con atti insurrezionali né a parole. O meglio: tutti sanno che la corruzione fa incancrenire il commercio. Ne sono irritati, ma restano calmi, fumando il narghilè con lo sguardo un po' perso all'orizzonte.

Un mese che mi trovo qui e ancora non ho visto una sommossa. Ho liberato i naniti una volta sola e soltanto per separare due contadini di una certa età che litigavano violentemente riguardo la successione di un gregge di pecore e della servitù di passaggio tra due proprietà private di Maknassi, che permette di accedere ai pascoli migliori. Sono intervenuto perché temevo che si ferissero e che questo avrebbe compromesso la vita delle loro numerose famiglie. Gli ho diminuito il tasso di serotonina e si sono riconciliati davanti a delle leccornie al miele e rabarbaro. La Tunisia, da parte sua, dorme ancora sotto la cappa di piombo di una presidenza infinita.

Fase 5: Mezzaluna

C'è un abitante di Sidi Bouzid che mi ha colpito il modo particolare. Si chiama Tarek, ma preferisce Mohamed, come il Profeta. È un bel ragazzone, dallo sguardo diretto e fiero. Stamattina, all'alba, è venuto a cercarmi nel mio albergo e abbiamo preso la strada che conduce a Sfax, prima di tagliare verso nord, all'incrocio che porta a Bir Ali. Dopo una buona ora e mezza passata a inghiottire la polvere che entrava dai finestrini rotti del suo 4x4 antidiluviano, abbiamo raggiunto un piccolo villaggio situato sulle frange delle basse steppe orientali, fondato vicino a una fonte d'acqua dove Mohamed doveva farmi incontrare un patriarca in grado di descrivermi le più antiche coltivazioni di cereali della regione.

Abbiamo parlato durante il viaggio. Lui, in un francese impeccabile. Suo padre, un operaio agricolo, è morto quando aveva tre anni e, a quattordici, è diventato fonte di sostentamento della sua famiglia. Arrotonda le esigue entrate lavorando come venditore ambulante di frutta e verdura nelle strade di Sidi Bouzid, e facendo da guida agli escursionisti verso i luoghi turistici più belli o, semplicemente, nelle *uidian*. È felice di vedere che, per una volta, un francese s'interessa della Tunisia centrale per qualcosa di diverso dalle sue montagne. Non ho osato contraddirlo, ma questa bugia per omissione, sorprendentemente, mi pesa più di tutte quelle che, architettate con cura, ho propinato ad altri bersagli delle mie missioni. Una pressione subdola mi schiaccia i polmoni. Potrei avere meno tempo di quel che penso. Sono tentato di chiedere ai miei fedeli naniti una scarica di endorfina, ma invece domando a Mohamed di ripetere, dato che non ho sentito l'ultima frase che ha detto. Sorride, ma prima che lui parli, un bip arriva a insinuarsi tra i colpi del motore diesel martoriato

"Ho appena ricevuto un SMS," mi dice, frugando nella tasca interiore del giubbotto.

"Hai un cellulare?"

"Certo, come tutti, Sebastien. Pensi sul serio che siamo così arretrati?"

Sbaglia a pronunciare il mio nome, ma la cosa non mi disturba. Legge il messaggio senza rallentare di un chilometro orario. La macchina sbanda e mi dico che, dovendo morire, tanto vale che sia qui, la faccia spiaccicata contro il parabrezza. Invece, Mohamed riprende il controllo del fuoristrada, ha le sopracciglia aggrottate.

"È mia madre. C'è un problema a casa."

Fa una pausa, poi: "Devo rientrare, Sébastien."

"Capisco. Che succede? Posso aiutarti?"

"Sono arrivati dei poliziotti. Dicono che non ho l'autorizzazione ufficiale per vendere frutta e verdura al mercato e per strada."

"Ed è vero?"

"Sì," mi risponde. "Vogliono confiscarmi il carretto."

"Cazzo."

"In realtà se ne sbattono. Vogliono solo più soldi da dare al Dittatore."

"Intendi il presidente Ben Ali?"

"E chi altro. Lo sapevi, Sébastien, che Ben Ali è al potere da quando è morto mio padre? E osa ancora presentarsi come nostro presidente? È un tiranno, te lo dico io!"

"Che governa con la corruzione..." mi sento dire, mio malgrado.

Mi guarda e i suoi occhi diventano rossi di collera. Annuisce lentamente, in silenzio. E la vergogna che provo aumenta. Perché il dittatore sotto il quale ha vissuto tutta la sua vita, o quasi, è il frutto marcio di un abbonamento poliorcetico completo di cui io, in un certo senso, sono l'ultimo aggiornamento.

Ci siamo lasciati verso mezzogiorno, all'ingresso di Sidi Bouzid. Sono tornato direttamente in albergo, con il falso pretesto di redigere il mio trattato sull'agronomia. Gli sono di certo sembrato un vigliacco. Ovviamente, se avessi assistito al minimo atto di ribellione da parte sua, sarei dovuto intervenire. E tenerlo sotto controllo con i naniti artificiali, mentre lui è l'essenza della libertà naturale. Mi rifiuto di farlo. Perciò me ne sono andato, l'ho lasciato al suo destino. Ma l'ho pagata cara: entrando nella camera d'albergo, in preda a uno sgomento a cui non ero preparato, mi sono ritrovato faccia a faccia con Colin-88, in bermuda e maglietta variopinta, a rilassarsi sorseggiando una birra ghiacciata, stravaccato sul mio letto.

"Ehi. Come butta, zio?"

Ho improvvisamente avvertito l'impulso di picchiarlo.

"Salve, compagno."

"Senti che roba. *Salve, compagno.* Non eccitarti troppo, eh."

"Hai avuto difficoltà a Tunisi?"

"Certo che no. Ma, vedi, mi sono detto che forse ti stavi annoiando in questa topaia e che, probabilmente, i tuoi naniti si stavano arrugginendo in fondo al tuo polmone artificiale. Perciò eccomi qua. Sono venuto a salvarti."

"A salvarmi?"

"Sì. Mi ha chiamato l'Ordine."

In quel momento ho ritenuto fosse meglio sedermi sull'unica sedia della stanza.

"Evidentemente," ha continuato Colin-88, "hai messo un po' da parte la missione da quando ci siamo divisi. Forse uno sprazzo di senilità, ma forse ti sei scordato che ogni volta che utilizziamo i naniti viene inviato un rapporto a Bazoches attraverso le reti di telefonia mobile. È per le loro statistiche, lo sai. Dal canto mio, ho avuto un'attività poliorcetica molto rilevante. La Tunisi bassa pullula di piccoli pezzi di merda senza lavoro che sognano di riempire di manganellate la polizia di Ben Ali; non ti dico, vecchio mio, sono stato costretto a intervenire ogni sera, capisci cosa intendo? In un attimo, l'ospedale della capitale si è riempito di facinorosi e le strade, di colpo, sono tornate calme. Sono diventato un vero e proprio supereroe, qui."

Ho serrato i pugni. Quell'arrivista stava giocando con il fuoco e non se ne rendeva conto. Tuttavia, la mia esperienza mi faceva da diga contro la cieca rabbia che stava salendo e i miei naniti sono rimasti al loro posto.

"Insomma, per quanto mi riguarda, mi spetteranno delle congratulazioni quando torneremo, poco ma sicuro" riprende. "Ma tu? Nessun rapporto, nessuna attività. Sono preoccupati. Sébastian-42 si sarà perso nel Sahara tunisino, lontano da ogni gruppo umano? Mi hanno chiesto di verificare e, all'occorrenza, di agire al tuo posto. E sai cos'ho fatto?"

"Cosa?"

"Ho cominciato... Sto ispezionando questo buco da quando sono atterrato due giorni fa a Gafsa. Mentre tu esploravi i dintorni perlustrando a vuoto villaggi assopiti, io ho discusso e ottenuto un sacco di risposte. *L'agronomo francese? Quando torna? È con il giovane Mohamed Bouazizi, non corre alcun pericolo, sapete, è una buona guida. Ah, sì? Interessante. E dove abita? Perché, capisce, devo informare il mio collega che la facoltà lo richiama prima del previsto.*"

"Tu... sei andato da Mohamed?"

"Ho anche incontrato sua madre, amico mio. Lo sapevi che lei lo chiama Besbouss? È molto grazioso, ma un po' imbarazzante. Ho controllato. Quel tuo amico sta diventando un ribelle. Ho ritrovato il suo nome nelle schede che ho sistemato a Tunisi: frequenta cattive compagnie. L'ho denunciato subito alla polizia, logicamente."

A quel punto mi sono alzato.

Colin-88, da parte sua, non si è mosso.

"Quando gli sbirri sono arrivati da lui, due ore fa, e non lo hanno trovato, si sono un po' innervositi. Beh, avevo stuzzicato un pochino il loro sistema endocrino, capisci? Porca troia se erano su di giri. Hanno strapazzato un po' sua madre, per forza. Giusto un pelo. Le hanno confiscato il carretto, la bilancia e i pesi e hanno buttato via tutta la frutta e la verdura di scorta del figlio. Immagino che, quando scoprirà quello che gli hanno fatto la tua piccola guida si arrabbierà, no? E se escogita qualche cazzata, maestro Sébastian, dovrai fare il tuo lavoro e avrai qualcosa da spedire a Bazoches. Lo vedi che ti sto aiutando?"

Ho fatto un passo in avanti, l'ho preso per il collo.

Ma, prima di riuscire a sollevarlo dal letto, le mie gambe si sono fatte deboli e, con un velo nero davanti agli occhi, sono crollato per terra. Tuttavia, il suono della testa che sbatteva mi è sembrato distante. Emissione forzata di endorfine. Ho visto la faccia di Colin-88 che si avvicinava verso di me e ho capito, dal suo ghigno, che mi ero fatto incastrare. Lo stronzetto aveva rilasciato i suoi naniti contro di me e, al momento, loro controllavano la mia pressione sanguigna e il mio ipotalamo. Probabilmente li aveva liberati nella camera d'albergo prima del mio arrivo.

"Riposati, devo fare una corsa alla sede del governatorato, e torno presto."

Ho realizzato che era stato lui a frenare la mia collera controllando le ghiandole surrenali. Ho provato a rialzarmi, un'altra volta. Mi è mancato il respiro, come durante una crisi d'asma, e mi sono lasciato andare.

Quando ho ripreso conoscenza ero solo. Il mio assistente, rimasto nella tasca, mi ha informato che i naniti erano al loro posto, nel polmone artificiale, pronti a servirmi. Ma mi sembravano agitati. Colin-88 aveva cercato di prendermeli? Perlustrando la stanza con lo sguardo, ho notato l'orologio a pendolo troneggiare al centro della scrivania. Sembrava esser stato messo lì apposta per me. Erano le 16:30. Ero rimasto incosciente quasi quattro ore! Ho pensato subito a Mohamed. Bisognava che lo trovassi prima che si facesse arrestare per oltraggio a un agente. Ancora barcollante, mi sono precipitato fuori dalla camera.

L'albergo non era molto lontano dalla casa della famiglia Bouazizi ma, considerando l'ora, mi sono invece diretto verso la sede del governatorato, in viale Habib-Bourguiba. E sono arrivato troppo tardi.

Proprio di fronte all'entrata, un giovane stava bruciando vivo. Non gridava, ma era circondato da urla. Non si muoveva, ma era attorniato da gente in tumulto. Non lo aiutavano. Sembravano tutti paralizzati per l'orrore inatteso dello spettacolo che si svolgeva davanti ai loro occhi, in pieno centro città, e che spezzava la normalità di un pomeriggio autunnale in mille frammenti taglienti come rasoi. Mi sono avviato verso di lui, sapevo che era Mohamed, ma il suo volto già non si riconosceva più in mezzo alle fiamme. È caduto e anche io sono caduto, a pochi passi da lui. In ginocchio. Ho teso il braccio verso di lui, ma non mi ha visto. Alla fine, un uomo, un poliziotto con una coperta, si è precipitato e, con coraggio, lo ha abbrancato, rotolandosi a terra insieme a lui per soffocare le fiamme nella polvere. Poi, urlando, ha chiamato un'ambulanza. Il corpo del giovane Bouazizi, in una posizione poco naturale, fumava. Sembrava raggrinzito. Il petto gli si sollevava appena. Quell'essere libero e fiero che avevo conosciuto si era appena immolato nel fuoco.

Ho esaminato la piazza con gli occhi e Colin-88 era lì, all'ombra tenue di una stradina fresca, appoggiato con noncuranza contro un muro. L'ho visto *attraverso* le onde di calore che salivano dal piccolo corpo martirizzato. Mi ha guardato e ho capito che aveva orchestrato tutta la scena. In quell'istante preciso, il maestro vauban è morto dentro di me. Al suo posto, è rimasto un uomo anziano, folle di collera, ebbro di turbamento, a capo di un'armata di miliardi di soldati fanatici. Mi sono precipitato a inseguire Colin-88 per ucciderlo, lasciando la piazza senza voltarmi, anche se sarei dovuto restare accanto a Mohamed. Dietro di me, una madre velata piangeva suo figlio, un'intera città, esterrefatta, dava prova della propria determinazione e cominciava già a perdere la propria calma. Sfortunatamente per il potere centrale tunisino, quel giorno, il 17 dicembre 2010, a Sidi Bouzid non c'era neanche un maestro poliorcete disposto a frenare una rivolta popolare. Non ho adempiuto al mio contratto, intenzionalmente. Ho tradito, direbbero alcuni. Non capiscono niente. Il solo appellativo che mi si addice è quello di pentito.

Fase 6: Fossato

Eccoci qua! È giunto il momento che vi avevo annunciato all'inizio di questo diario. Quello dove *perdo il controllo*. Registrando quanto segue nell'espansione di memoria del mio assistente personale, non so ancora se avrò il fegato, o il tempo, di diffonderlo in rete. Vedrete: per il momento, scrivo per non gridare. Undici giorni fa, Mohamed si è immolato col fuoco, sotto i miei occhi. Dal giorno dopo, a Sidi Bouzid, cominciava una rivolta che avrebbe raggiunto Tunisi in appena qualche giorno. La settimana scorsa, gli scontri tra la polizia e i manifestanti, per la maggior parte contadini esasperati dalla corruzione del regime di Ben Ali, si sono moltiplicati.

Io avevo già deciso davanti al corpo fumante di Mohamed che l'Ordine e il mondo che lui ha contribuito a stabilizzare, dovevano pagare con il sangue. E ho cominciato con Colin-88; proprio adesso mentre vi scrivo, il suo corpo sta marcendo da qualche parte nella piccola cantina di un edificio fatiscente della periferia nord di Sidi Bouzid. E, credetemi, io e i miei piccoli naniti gli abbiamo riservato un trattamento di favore. Nervo dopo nervo, vena dopo vena. Quando ho smesso di comprimergli il cuore, era asciutto come una muta di serpente. Ovviamente ho recuperato i naniti del biondino. Ho dovuto solo allungare la mano, o meglio spalancare la bocca per appropriarmene. Sono programmati per lasciare un corpo morente e raggiungere il maestro vauban più vicino che li riporterà alla Cisterna, per il riciclaggio. Altrimenti, si disgregano nell'aria aperta nel giro di qualche ora. Si tratta di una misura di sicurezza, del resto, perché nessuno se ne impossessi. Se succedesse, bisogna tornare a Bazoches immediatamente.

Io non tornerò. Sono a capo di due armate di naniti, e conto proprio di servirmene. Le mie letture oziose mi hanno suggerito di dividerle in unità alta e bassa, la prima per gestire la strategia e la seconda incaricata dell'attacco. Così, la mia tattica può evolversi in tempo reale, tanto velocemente quanto è richiesto dalla situazione. L'acquisizione dei miei obiettivi risulta accelerata e su una zona geografica più vasta. Prima, potevo sorvegliare un quartiere. Con i naniti di Colin sommati ai miei, il campo d'azione si estende a una cittadina. Posso toccare centinaia di persone alla volta, forse migliaia.

Ma torniamo a Tunisi, dove Mohaed Bouazizi è sempre in rianimazione, all'ospedale politraumatico Ben Arous, dove era stato rapidamente trasferito. Malgrado tutti gli sforzi dei medici, non sopravvivrà. Ho rilasciato qualche legione invisibile nel suo corpo per tenermi informato del suo stato, ora per ora. Ma Mohamed non è il solo paziente che visito, travestito da anestesista – questa faccenda mi ha permesso di rispolverare un'antica tecnica dei vauban: il travestimento.

Vi ricordate di quando Colin si era vantato di aver mandato all'ospedale un grande numero di agitatori? Li ho ritrovati quasi tutti qui, a Ben Arous, e ci ho parlato per cercare di capire le loro motivazioni. Anche stavolta, una buona retorica mi ha evitato il ricorso spossante ai naniti. Un terzo di loro, come credevo, è composto da poveri diavoli straziati dalla vita. Un altro terzo ha di certo velleità di resistenza al potere ma, dato che hanno famiglie numerose, preferisco risparmiarli. L'ultimo terzo, infine, corrisponde a una decina di uomini, tra i venti e i trent'anni, ben inseriti nei loro campi di attività commerciale o intellettuale: quattro universitari, tre dirigenti e due ingegneri civili che hanno studiato in Francia. Dopo averci parlato, si sono rivelati tutti dei veri rivoluzionari con dei contatti già predisposti e determinati a cambiare il destino della Tunisia. È tramite loro che compirò la mia rivoluzione: non più consolidare, ma indebolire il potere in auge, associando i miei innumerevoli naniti a qualche uomo determinato. Far emergere un'insurrezione che permetterà l'insorgere di un cambiamento politico, ecco lo scopo. Ben Ali deve cadere, lo devo a Mohamed. Lavoriamo, quindi, dalle camere di terapia intensiva dell'ospedale, per costruire il futuro. Senza uscire, utilizzando le reti sociali. Dal canto mio, evito quelle di telefonia mobile, così che i miei ex confratelli non riescano a ritrovarmi. Il mio assistente personale è sempre in modalità "connessione dati disattiva" e ho sostituito la batteria con una comprata al mercato nero. Abbiamo già organizzato diverse manifestazioni, pacifiche, che si sono diffuse in tutti i media occidentali e hanno già costretto il presidente Ben Ali a uscire dal suo mutismo.

Ieri, 27 dicembre 2010, ho ricevuto un regalo di Natale un po' tardivo. Più di mille cittadini di Tunisi sono scesi in strada per una marcia legittima in onore di Mohamed Bouazizi e per protestare contro il tasso di disoccupazione e la scarsità di misure governative attuate per combatterla. Perciò, si è verificata una connessione, nei cuori e nelle menti. Da Sidi Bouzid a Tunisi. Da un giovane disperato a un popolo risvegliato. La pressione sale, come speravo, malgrado il prezzo che andrà pagato affinché possa far saltare il coperchio della pentola. Stamattina, a Gafsa, degli scontri tra sindacalisti e poliziotti hanno fatto numerose vittime. La morsa si stringe attorno al presidente e ho appena appreso un'ottima notizia: Ben Ali oggi farà visita alla prima vittima di questa rivoluzione dei gelsomini.

Perciò potrò avvicinarmi a questo presidente-dittatore, toccarlo quasi, cosa ben più che sufficiente per i miei naniti. Mi sento libero, stimolato, determinato. In una guerra totale contro il potere, ogni strada diventa percorribile. E già mi chiedo se l'uomo che incarna la stabilità della Tunisia saprà mantenere la sua impassibilità quando il suo sistema endocrino s'impallerà. Certamente il presidente sarà circondato da guardie del corpo. Di certo avrà al suo fianco anche uno o due esperti vauban, travestiti da consiglieri alla comunicazione. Dei vauban che, senza dubbio, avranno analizzato gli avvenimenti di Sidi Bouzid in una chiave di una lettura più poliorcetica di chiunque altro. Ho tagliato tutti i ponti con l'Ordine, lo sanno. Saranno pronti a qualsiasi cosa pur di recuperare i miei naniti e cancellare l'onta della mia diserzione.

Sì, la morte mi alita sul collo. Riuscirò a scamparla? Non più di Mohamed. Questo, in fondo, allevia la mia coscienza. Se gli sopravvivo, anche solo per qualche giorno, sarà stato unicamente per aumentare le probabilità di vedere il suo paese ritrovare quella gioia di vivere che non avrebbe mai dovuto perdere. Mi sento un poliorcete più *autentico* che mai. Lancio un'occhiata dalla finestra della camera assegnata a Mohamed, facendo finta di controllare le dosi di antidolorifici nella flebo. Una grossa automobile presidenziale, circondata da poliziotti in moto con i lampeggianti blu e rossi, entra lentamente nel viale principale del centro traumatologico. Ne escono degli uomini, occhiali neri e abiti neri. È arrivato il momento. Aggiusto la mia casacca da infermiere e stringo leggermente la mano fasciata del giovane allettato che non è cosciente del mio tocco. E, allungando la testa indietro, come un attore che aumenta l'enfasi per gli spettatori seduti in fondo alla sala, esalo tutti i miei naniti in un muto grido di rabbia.

Fase 7: Cortina

Nasce un nuovo giorno su piazza Tahrir, al Cairo e non ho dormito, come i centomila egiziani insorti, uomini, donne, adolescenti e anziani che la tengono da una quindicina di giorni, resistendo coraggiosamente ai ripetuti assalti delle forze rimaste fedeli al regime del presidente Mohammend Hosni Mubarak. Tutte le notti mi sforzo di *consolidare* i risultati ottenuti durante la giornata precedente, che sia in termini di infrastrutture, proposte di riforme oppure di mantenere alto il morale dei rivoluzionari, scrivendo sempre il mio diario alla tastiera di un vecchio portatile Toshiba, gentilmente prestatomi da Khaled, che ha quasi vent'anni, ed è uno dei giovani insorti con i quali agisco e discuto ogni giorno. Tutti fanno il possibile per comunicare, per attirare l'attenzione della comunità internazionale. Alcuni tengono un blog. Altri sorvegliano chi entra e chi esce dalla piazza, alla ricerca di chiunque voglia causare problemi oppure di soldati in borghese. Per quanto mi riguarda, faccio quello che so fare: dal 28 gennaio 2011, ho rilasciato i miei naniti su tutta la piazza, partendo dalla rotonda centrale – non lontano da lì ho eretto la mia tenda, una Quechua scolorita – fino agli edifici che delimitano l'inizio delle vie Qasr al-Ayn, Talaat Harb, al-Mogamma e del viale al-Tahrir, senza dimenticare il ponte Qasr al-Nil che scavalca il fiume eterno il quale, di solito, accompagna le passeggiate degli innamorati piuttosto che le marce delle truppe. Da direttore d'orchestra discreto ma attento, sistemo le produzioni di adrenalina, endorfina, serotonina, melatonina, testosterone e insulina degli insorti; e se è il caso, danneggio il sistema endocrino delle milizie di Mubarak a gran colpi di cimbali THP. Ogni sera, cacciamo via dalla piazza quei mercenari frignanti, annegati in un'angoscia incontrollabile, accovacciati in posizione fetale mentre stringono la loro carabina Rasheed scarica come fosse un orsacchiotto.

Nessun insorto ha ancora gettato la spugna, anche se il prezzo è un prosciugamento delle mie energie che riesco a controllare sempre meno. Per quanto ne so, nessuno ha lasciato la propria tenda. Nessuno si è lasciato impressionare dalla pioggia di proiettili, di colpi, di fumogeni e di insulti che si rovescia su questa piazza nella quale si riflette forse il destino dell'Africa e del mondo arabo da più di una settimana. Certo, un quarto dei manifestanti è stato ferito: alcuni, malgrado i miei ripetuti interventi, stanno agonizzando mentre vi scrivo. Altri sono stati trasferiti agli ospedali circostanti, a rischio di subire lì un interrogatorio. Per loro ho sacrificato alcune delle mie legioni. Agendo sulla produzione di bradichinina, i naniti freneranno il metabolismo dei prigionieri, mettendoli in uno stato di ipo-recettività al dolore. E, se necessario, scateneranno il morbo di Basedow che provoca un'aritmia fatale. Tuttavia, non riuscirò a salvare tutti i difensori del popolo egiziano. Questi lontani figli di Horus dovranno continuare la loro lotta, quando non sarò più qui.

La rivoluzione dei papiri, dopo quella di gelsomini, è innescata.

Il fervore chiassoso che, ogni notte, fa vibrare i fianchi strappati della tenda dei blogger egiziani, a due passi dalla mia, mi mostra che questi giovani sono più determinati e forti di quanto io non lo sia mai stato. C'è Gigi Ibrahim, coraggiosa brunetta allevata col latte della scienza politica, che scova inesorabilmente gli sbirri infiltrati tra i manifestanti con il suo portatile e twitta, ora dopo ora, le novità in diretta da piazza Tahrir. C'è Mahmud, alias @Sandmonkey, che sostiene di essere stato qui sin dai primi giorni e che sta costruendo, tweet dopo tweet, la leggenda di una rivoluzione senza classe, senza ideologia, eccetto quella della libertà del popolo. Gli insorti non vogliono semplicemente le dimissioni di Mubarak, ma la fine di uno stato di emergenza che ha dato il via agli abusi nel sistema governativo. Vogliono diventare il crogiolo del nuovo mondo e io sono qui solo per galvanizzarli. Ci tengo a precisarlo. Non ho innescato io quello che sta succedendo in piazza Tahrir. Gli abitanti del Cairo hanno fatto tutto da soli.

Ho lasciato la Tunisia dopo la morte di Mohamed Bouazizi, non avevo più niente da fare. I due vauban che accompagnavano il presidente Ben Ali? Me li sono mangiati! Non avevano trovato un travestimento migliore che quello di guardie del corpo. Così, mi hanno facilitato il lavoro. Il primo, un panzone cinquantenne, l'ho beccato al bagno mentre pisciava. I miei naniti gli sono risaliti attraverso l'uretra fino ai reni che hanno fatto esplodere dall'interno. Il secondo mi ha dato più filo da torcere, solo perché correva più svelto. Ma l'ho preso. È finito nel sistema di aerazione dell'ospedale sotto forma di pioggia cremisi. Ovviamente, ho recuperato anche i loro naniti. Niente sprechi. E il dittatore che dovevano proteggere? È ripartito dall'ospedale con gli ormoni in subbuglio, terribili vertigini e l'angoscia che gli attanagliava le budella. Sì, a Ben Arous è stata una vittoria facile. Anche troppo, in realtà. Quei vauban erano delle mezze calzette. Credevo che mi avrebbero opposto gente di alto livello in materia poliorcetica. Macché: due incompetenti, troppo sicuri di sé. Preso com'ero dalla situazione tunisina, avevo giudicato male il carattere "periferico" degli avvenimenti accaduti in Tunisia, rispetto alle questioni occidentali. L'occidente è una talpa, cari lettori. Non appena mette il naso fuori dalla sua tana diplomatica, sotto il sole radente della sera, è miope, quasi cieca. L'Occidente non vede nulla che sia oltre la punta del proprio naso. Ammettere che, dall'altra parte del Mediterraneo, un grande paese fondato su sedimenti di civiltà, antiche diverse migliaia di anni, possa bruscamente accedere da solo alla libertà politica, è al di là delle sue capacità cognitive. Per questo i migliori vauban sono sempre in servizio in Francia, mentre in Africa potrebbero essere dei demiurghi. L'Ordine dei Poliorceti ha sbagliato epoca, crede ancora di essere alla corte di Luigi XIV, quella che, precisamente, il maresciallo di Vauban rifuggiva. Solcava il regno alla ricerca della sua verità. Il suo vero erede sono io.

Mezzogiorno, piazza Tahrir. Sullo schermo macchiato del mio portatile c'è tutto il mio diario, a partire dalla frase numero 1. Il documento non è pesante, in formato pdf, pronto da spedire. Gli amici di Gigi hanno hackerato una connessione satellitare stabile, ieri sera. Adesso o mai più! Il mio dito esita, ancora un attimo. Ma il dolore che sale dai miei polmoni è diventato troppo acuto per essere ignorato, anche per iscritto. Sono diverse notti che mi sveglio in un bagno di sudore, senza respiro. Devo uscire strisciando dalla tenda e cercare, disperato, l'aria che mi manca. Il mio polmone sano si sta ostruendo, le arterie stanno per implodere e presto morirò.

No, in realtà, lo *spero*. Quella che ho portato a termine a Tunisi e al Cairo, credo sia una bella operazione poliorcetica. Discreta, complementare. Non ho creato niente che non esistesse già. Ho solo accompagnato il movimento. Quanto al mio pentimento tardivo, non lo ritengo disonorevole, ai miei occhi. Ho ritrovato una strada che l'Ordine aveva perso. Ho infranto il coperchio poliorcetico che pesava sull'Africa, e lei ha spiccato il volo. Non le ho dato le ali, ma le ho solo mostrato la cima della scogliera. La Tunisia si sta incamminando verso una democrazia che avrà la saggezza di praticare, piuttosto che decretare. La rivoluzione del Cairo sarà presto stabilizzata con le sue stesse forze e piazza Tahrir sarà solo l'epicentro di un sisma politico. Mi sembra sufficiente. Non ho la vocazione di un profeta o di un legislatore. Sono solo un vecchio vauban ai margini che sta per morire.

Qui interrompo la mia azione. Ma voglio rassicurarvi, cari lettori, non abbandono quelli che ho *consolidato*, nell'ora della battaglia finale. Nessuna orda di poliorceti si abbatterà su di loro, ve lo prometto. I vauban non sono un esercito di mercenari. Seppure costruiscono fortezze, non fanno la guerra per questo. Non sono neanche vendicatori. "*Costruiamo a partire dall'esistente,*" ricordate? I vauban s'interessano solo ai poteri *in atto*. Non hanno la vocazione di salvare dittatori e generali in fuga, anche perché questi ultimi, in linea di massima, sono pessimi pagatori. Sì, la primavera araba che si annuncia sarà quella del popolo, non quella dei poliorceti né quella dell'Occidente, bruciato da un'estate canicolare durata sin troppo. Ogni cittadino di questo lato del Mediterraneo è diventato un nanita al servizio di un solo padrone: la libertà.

Premo il tasto: il mio diario parte e io mi disconnetto.

A Mohamed Tarek Besbouss Bouazizi,
che, in un mondo ideale, o semplicemente migliore,
sarebbe rimasto anonimo, e soprattutto vivo.

CHANGELING

di Lionel Davoust

traduzione di Francesca Secci

Lionel Davoust è nato a Parigi nel 1978. Ha scritto numerosi romanzi, raccolte di racconti e sceneggiature.

La sua carriera letteraria inizia nel 2001 con la pubblicazione del suo primo romanzo, intitolato Les dieux sauvages.

Nel corso della sua carriera ha vinto ed è stato finalista a diversi premi letterari, tra cui il Grand Prix de l'Imaginaire, il Prix Imaginales e il Prix Elbakin.net. Tra le sue opere più conosciute, il romanzo La Volonté du Dragon *e il romanzo* Port d'Âmes. *Ha anche tradotto opere di autori come Sean Russell, Bruce Holland Rogers e Terry Pratchett.*

Mi è venuta come una voglia irresistibile alla fine dell'estate in cui ho compiuto quattordici anni: d'un tratto, ho deciso di dover verificare una teoria che avevo da un po'. Non sapevo con precisione come fosse nata: ci sono cose che si radicano a poco a poco nel tempo. Un giorno, ci svegliamo e sono lì. Impossibili da evitare come il nostro riflesso sullo specchio.

C'entrava anche il mio riflesso in qualche modo, a dire il vero. Insomma, per farla breve, il piano mi è venuto in mente molto in fretta. Cominciava con l'eludere la sorveglianza dei miei nonni, cosa che non era difficile. Ero abbastanza saggio, di solito. Troppo saggio. Faceva anche parte delle cose che mi sembravano strane. Ma in realtà, ero più inconsistente che saggio.

Sono sceso dalla mia camera prestando attenzione a non far cigolare i gradini della vecchia scala. Facile. Quando si passano tutte le vacanze in una vecchia fattoria svedese, si impara dove mettere i piedi. Mia nonna sferruzzava nel salone su una sedia a dondolo: perfetto stereotipo da cartolina analogica. Mio nonno non era visibile da nessuna parte. Probabilmente stava pescando nel lago di un azzurro vivace, color Twitter, che si estendeva davanti alla casa. Tutto era così intenso a Källskärr. Troppo vivace. Dalla vetrata del bovindo, scorgevo l'erba verdeggiante, uno scenario da sogno per gli ecoturisti. Ma per me era uno scenario da prigione. Troppa natura. Felicità fossilizzata nel passato. E nessuna rete degna di questo nome per accedere al Cloud.

C'era anche il fatto che ero stufo: erano sempre le stesse vacanze. Non potevo proprio osare di suggerire a mia madre un qualsiasi altro piano, ohi ohi: sosteneva che la cosa avrebbe spezzato il cuore dei miei nonni. Ma, a quanto pareva, quello di cui avevo voglia io non doveva essere preso in considerazione.

Quindi, mi sono infilato in cucina. Ho aperto lentamente il cassetto delle posate che scorreva a fatica nella guida mal calibrata. Mi aspettavo che il mio cuore battesse forte contro le costole, perché non avevo mai fatto una cosa simile. Non superavo mai i limiti. Inconsistente, dicevo. Ma non provavo un granché. Ero sempre troppo calmo. Distaccato da tutto.

Era proprio così; avrei avuto delle certezze molto presto.

"Hai bisogno di qualcosa, *liten* Seb?" ha gridato la nonna dal salone.

Ho fatto una smorfia: per la sua età, aveva un udito da pipistrello. Dato che la discrezione era andata a farsi benedire, ho evitato di essere losco: "Tutto a posto, nonna, grazie."

Ho tirato fuori con delicatezza il grande coltello da carne dal cassetto, l'ho nascosto sotto il maglione, e poi sono risalito in camera mia, richiudendo la porta dietro di me.

Ecco qua, semplice.

La mia finestra dava anche sul lago scintillante, sulle belle foreste nello sfondo. Il soffitto mansardato scendeva verso delle scaffalature dove si ammucchiavano libretti cartacei in svedese che ero incapace di leggere. Vecchia roba di mia madre. Sedendomi sul letto disfatto, il coltello in mano, mi sono detto che lei aveva un po' ragione, non potevo negarlo. In effetti, Källskärr mi faceva talmente bene che era deprimente. Non avevo il fiato corto dopo aver salito le scale. Qua, avevo sempre la mente lucida, e dormivo come non mai. Riprendevo le forze, qui. Ma io amavo Parigi. L'inquinamento che indugiava sulla città da decenni nonostante lo stop alle emissioni di anidride carbonica, i monumenti antichi che emergevano dal grigiore, l'agitazione costante. E l'accesso al Cloud, ovviamente. Già non vedevo molta gente in RL durante l'anno, quindi non avevo nessuna voglia di seppellirmi vivo dai miei nonni. Senza possibilità di proiezione, la mia scarsa vita sociale si volatilizzava completamente.

Ho appoggiato la punta del coltello nell'incavo del gomito.

La pelle ha ceduto dolcemente.

Ho alzato le spalle. Dopotutto, che cosa poteva succedermi?

Ho premuto. Il metallo mi ha forato il braccio e mi ha fatto perdere una grossa goccia di sangue, colorata, rotonda. Non ho sentito granché. Forse sarebbe successo dopo? Ho tirato verso l'alto il manico, premendo forte, e la lama ha lasciato un'incisione profonda lungo tutto il mio avambraccio sinistro, tipo apertura facilitata. Un fiotto rosso è traboccato, colando fino al gomito, sgocciolando poi sulle lenzuola. Ero affascinato. Ho osservato. Dunque, avevo davvero del sangue. Eh, non è scontato esserne sicuri quando non esci mai di casa e di conseguenza non hai troppe occasioni di farti male come qualcun altro.

Ho posato il coltello per scostare i bordi della ferita e guardare di che cosa ero fatto, *davvero*, all'interno.

Ed è stato in quel momento che la porta della mia camera si è aperta al volo.

"*Sebastian!*" ha esclamato mia nonna Frida.

È corsa verso di me. Ho solo sospirato e alzato gli occhi al cielo. Non sapevo come facesse a sentire sempre quando c'era pericolo, o qualcosa del genere, come quella volta che, da ragazzino, ero andato dove non si toccava nel lago e lei mi aveva riacciuffato a nuoto. Si diceva che la sua generazione, nata prima del Cloud, fosse più affidabile della mia. Bisognava pur dire che c'era del vero.

Si è inginocchiata davanti a me, mi ha afferrato i polsi con forza e li ha scostati. Non riuscivo a resisterle. Il suo vecchio viso corrugato era l'avatar stesso del rimprovero. Avrebbe potuto facilmente vendere la sua scansione facciale sul *marketplace* per ricoprire le proiezioni di vecchi brontoloni se avesse avuto abbastanza rete a Källskärr. E se fosse stata interessata a tutto ciò, ovviamente.

"Non bisogna farlo, Sebastian!"

Già, così sembrava.

Ho pensato ad altro mentre mi strapazzava e mi trascinava verso la scala. Il mio sguardo indifferente si è perso nella finestra, verso il lago blu e le sue sponde vergini, probabilmente rimaste così da un millennio o quasi.

Ma almeno, tanto per cambiare, succedeva qualcosa anche qui.

Non era la ragione principale, ma avevo sperato un po' che tutto ciò avrebbe accorciato il mio soggiorno a Källskärr. E invece no. Ho dovuto scontare la mia pena fino alla fine come un bravo bambino condannato alla noia. Uscendo dal ritiro bagagli a Roissy, la mia valigia a rimorchio, ho individuato mia madre tra la folla, e l'imbarazzo mi è stranamente cascato addosso tutt'a un tratto. A causa della tensione che leggevo nella sua postura, forse. Ho nascosto il braccio dietro di me per nascondere la fasciatura impermeabile realizzata da nonna Frida – decisamente, chi era stata infermiera sapeva fare di tutto – ma capivo bene che non sarebbe servito a nulla. Mia madre doveva essere già al corrente.

Era bella, mia madre. Biondo platino come me, ma alta e magra; e io vedevo sempre in lei l'ex-modella intravista sulle rare foto del nostro Cloud familiare. Non eravamo molto per le foto, in famiglia; probabilmente a causa di Mona. Aveva fatto passare ai miei genitori la voglia di conservare immagini. Lo trovavo strano: io, al posto loro, ne avrei scattate di più, al contrario. Per ricordarmi. Mi sarebbe piaciuto avere più foto di mio padre, per esempio. Lavorava così tanto che, a volte, dimenticavo com'era fatto.

Mia madre mi ha abbracciato e stretto contro di lei. Ma vedevo bene gli sguardi inquieti che gettava al mio braccio fasciato. L'età e la preoccupazione le avevano tracciato delle nuove rughe attorno agli occhi e scavato le guance. Mi vergognavo: non di essermi ferito, ma di ciò che questo le causava. E poi la sua reazione mi aveva anche fatto arrabbiare. Potevo fare quello che volevo, no? Io mi appartenevo.

O invece forse no, ed era tutta lì la questione.

Mi domandavo cosa avevo ottenuto con quel gesto. Ok, avevo del sangue. Ma cambiava qualche cosa alla mia teoria? Forse non era neanche vero. Come saperlo? Assaggiarlo? Non che avessi qualcosa con cui confrontarlo.

Mia madre ha sorriso con un'aria corrucciata mentre superavamo le sale e gli ascensori verso i parcheggi. Non abbiamo detto niente, per cui mi sono reso conto di quel che significava, e cioè che rischiavamo di parlare molto di più in seguito.

Ha aperto le ostilità appena dopo che ci siamo seduti dietro nella macchina a guida autonoma, e ha chiesto all'IA di riportarci a casa. Il veicolo ha lasciato il suo parcheggio con un sibilo di motori elettrici per iniziare la lunga risalita dal sottosuolo verso l'atmosfera inquinata di Parigi.

"Allora? Me lo vuoi spiegare?" ha detto indicando la fasciatura che cercavo di nascondere in maniera maldestra dietro il bracciolo.

"Mi chiedevo..." ho cominciato senza sapere bene dove stavo andando a parare.

Ma lei mi ha interrotto subito: "Che cosa puoi mai chiederti? Se nonna ha coltelli che tagliano? Sebastian, buon Dio. Ti saresti potuto fare molto male. *Ti sei* fatto molto male."

Aveva ancora un accento svedese che io non avevo mai avuto, essendo nato e cresciuto in Francia. (Credevo anche questo, ma dopo tutto, nulla mi impediva di dubitarne.)

Ho alzato le spalle, guardando altrove, attraverso i finestrini oscurati dell'autonoma che imboccava ad andatura sostenuta lo svincolo dell'autostrada.

"Oh, tutto a posto" ho mormorato, "non è grave."

È vero: mi ero aspettato molto peggio, ma non sentivo quasi niente. Mi chiedevo se non avrei dovuto sentire più dolore.

"Sebastian, ti renderai conto che con questo incidente non potremo lasciarti andare alla scuola IRL quest'anno" ha dichiarato mia madre.

Ecco, stavolta mi sono girato verso di lei; merda, non ci avevo pensato.

"Ma lo avevate promesso, tu e papà!"

"Lo so." Aveva l'aria di essere davvero dispiaciuta, cosa che mi dava ancora di più sui nervi. "Ma capisci bene che se sei un pericolo per te stesso o per gli altri, non possiamo lasciartici andare di persona."

"Mandatemi da uno psicologo, allora!" ho gridato. "Che mi esamini!"

Una cosa del genere mi avrebbe ficcato in un bel guaio. Ma lei si è lasciata sfuggire un risolino brusco, senza gioia, e stavolta è il suo sguardo che si è perso verso l'esterno.

"Non essere ridicolo."

Bel tentativo, Seb. Ma evidentemente non mi avrebbe mandato a farmi visitare da un medico esterno alla famiglia. Dopo la morte di Mona, ero il gioiello di famiglia. Troppo prezioso per lasciarmi fuori. Per mettermi a rischio.

E poi questo avrebbe potuto confermare la mia teoria, beninteso.

Ho stretto i pugni, ma il senso di rivolta ha vacillato, per poi spegnersi e morire nel mio petto. Quando non sei stato troppo abituato a fare quello che vuoi, diventi un perdente.

Avevo fretta di arrivare a casa, di poter sfuggire a quella discussione. Contavo di restare sveglio, stavolta, invece di addormentarmi come ogni volta come un bimbo di cinque anni; ma non ci potevo fare niente, il volo mi devastava sempre. O forse era il cambio di atmosfera. Diversi giorni dopo essere rientrato a Parigi, l'aria mi pesava come una trama spessa, avevo gli occhi che mi pizzicavano. Era un aspetto che migliorava solo durante la mia cura annuale a Källskärr.

Mia madre si picchiettava la tempia seguendo un ritmo irregolare. Per via dell'agitazione, o forse consultava i suoi social mentre mi parlava: va' a saperlo. Per com'era andata, i miei genitori avrebbero pure potuto trovare un falso pretesto per rifiutarmi le Lenti alla mia maggiore età digitale, dato che c'eravamo.

Be', bisognava comunque ammetterlo, il passo del braccio, non era affatto una finzione.

"Resterai in proiezione 3D anche quest'anno, Sebastian."

"Quindi, davvero, non ti interessa sapere perché l'ho fatto" ho grugnito, alzando le spalle. "Hai già deciso tutto, eh?"

"Perché, vuoi parlarmene, finalmente?"

Ho sospirato. Stavo per incrociare le braccia, ma non volevo mostrare la fasciatura. Non sapevo più bene come mettermi sul sedile. Ovviamente non potevo spiegarle il perché e il percome. Non avrebbe mai confermato, era chiaro. Rischiavo solo di smascherarmi. Bisognava che lo scoprissi da me.

Il silenzio si è prolungato come un'estate a Källskärr.

"È per il tuo bene, Sebastian" ha sospirato alla fine mia madre con stanchezza. "So che fai fatica a capirlo, ma te lo prometto. Solo fidati di noi, di tuo padre e di me. Sii un po' paziente, per favore."

Sempre la stessa cosa: fidarsi, aspettare. Aspettare cosa? L'irregolarità del suo accento era sparita per lasciare solamente una dolcezza tutta scandinava, e ho ripensato alle sue foto di quand'era una modella. Sulle foto, da giovane, rideva molto. Si sarebbe detto che, invecchiando, la serietà le fosse caduta addosso. Ed io, io ci ero nato, con quella serietà.

Ho riportato lo sguardo sul traffico dell'autostrada e, prima di rendermene conto, mi sono addormentato come ogni volta, come se avessi ancora cinque anni.

La mia vita parigina ha dunque ripreso il suo corso monotono. I rientri a scuola si assomigliavano tutti e tuttavia c'erano sempre dettagli sottili, un'atmosfera che cambiava, mostrando che gli anni passavano. Soprattutto in una scuola privata all'antica, con aule e professori umani, destinati a ricreare i luoghi di vita e di socializzazione del XX secolo per formare l'élite di domani. Stronzate. O forse no.

Gli avatar degli alunni in proiezione, come me, ci guadagnavano in raffinatezza, perfino in maturità. Ma così appariva ancora più falso. Sempre più arie fasulle da adulto, abiti e tailleur da futuri quadri dirigenti: il futuro che ci veniva promesso, per molti di noi. Ma io lo trovavo ridicolo. Restavamo dei mocciosi. Avevo l'impressione di vedere fratellini e sorelline che avevano preso in prestito i vestiti troppo grandi dei loro genitori. E che ne scimmiottavano gli atteggiamenti a essi associati. Non avevano identità, quindi adottavano quella che conoscevano. Dopo tutto, avrei potuto fare la stessa cosa: anche mio padre era uno ai vertici. Aveva, per così dire, salvato l'industria di mobili in kit organizzando la transizione dal commercio fisico alla vendita di progetti quando la stampa 3D era diventata accessibile a tutti. Aveva occupato un posto di livello molto alto da Elon Musk, algoritmi genetici, intelligenza artificiale e altre cose segrete ma, quando Mona era morta, aveva lasciato la ricerca per assumere un incarico molto più remunerativo da IKPlans. Mia madre diceva che lo aveva fatto per occuparsi meglio di noi. Io mi chiedevo in che cosa fosse meglio, visto che non lo vedevo mai, alla fin fine. Viaggiava in tutta Europa: spostarsi nell'IRL restava un segno di cortesia, dato che era molto più fastidioso che proiettare il proprio avatar in una sala riunioni dotata di proiettori olografici. Anche questo lo trovavo idiota.

Ma a scuola non facevo neanche parte del clan dei ribelli, dei provocatori, né di quelli che si erano soffermati nella loro identità da scolari delle elementari, che rifiutavano di lasciar andare il personaggio del passato. Dopo tutto, poiché la proiezione ci ha liberati dai limiti del nostro aspetto fisico, molti si lasciavano andare. E testavano i limiti del codice di buona condotta della scuola. Con lava texture piazzate artisticamente su una tenuta da vampiro per simulare il sangue che cola, sagome più grandi per intimidire meglio gli altri o più piccole per passare inosservati, le restrizioni sugli avatar si inasprivano di anno in anno, e gli alunni si mostravano sempre più creativi per aggirarle.

E poi c'ero io da qualche parte là dentro. Io, sempre in panchina sociale. Sistemato nella sala di proiezione della nostra casa immensa nel pieno centro delle Nuove Zone Verdi parigine, mi mostravo ogni giorno così com'ero. Jeans, maglietta a tinta unita, nessuno sforzo d'immaginazione. Mi chiedevo talvolta se ne avevo una. Attraverso le Lenti, uno dei rari utilizzi autorizzati prima della mia maggiore età digitale, vedevo le orge di effetti speciali o di normalità degli altri, e mi sentivo decisamente diverso, ma non riuscivo a capire come questo mi definisse. Assomigliavo a un alunno IRL, ma senza il beneficio di poter toccare, sentire, respirare la tangibilità dell'aula con gli altri. Un fantasma senza esistenza, una costruzione di luce e suono in un ambiente che non ho davvero visto coi miei occhi.

E che, pure, forse non è molto più reale di me.

"Be'. Davvero, che cosa dovresti essere?"

Si è seduta accanto a me su una panchina del parco della scuola, là dove i proiettori olografici si camuffavano tra i germogli di vegetazione autentica o artificiale, permettendo ai poveracci come me di uscire a discutere con gli altri. Facevamo una strana combriccola, con degli imponenti *ifrit* infiammati che ridevano tranquillamente con dei responsabili marketing in miniatura. Il caldo era continuato a lungo, quell'anno. Le foglie cominciavano appena a ingiallire anche se eravamo a ottobre.

Mangiavo da solo la mia merenda preparata dalla governante, una fantasia che mi avevano concesso per anni senza discutere, per una volta, al fine di massimizzare la mia immersione nell'istituto. Ma visto che restavo sempre in disparte dagli altri, non cambiava granché.

Mi sono girato verso la ragazza. Era nuova: l'avevo notata da lontano all'inizio dell'anno scolastico. Faceva parte dei ribelli o degli attardati: il suo avatar esitava tra l'eroina di anime steampunk e la cantante virtuale Vocaloid. Portava un bustino e una minigonna in pelle a quadri neri e bianchi, ma soprattutto sfoggiava una cascata di interminabili mèches, trecce e codine bionde e ondulate che spuntavano dal cuoio capelluto in ogni direzione. Sapevo che i suoi lineamenti erano reali, la proiezione in ambito scolastico esigeva l'utilizzo del viso vero, ma lei aveva sotterrato il suo sotto tre tonnellate di trucco che le ingrandiva gli occhi e le tingeva le labbra di un colore rosso sangue.

"Allora?" ha insistito guardandomi.

"Allora cosa?"

"Questo" ha detto lei indicandomi dalla testa ai piedi con la mano dalle unghie tinte di smalto giallo. "Hai una vera cura del dettaglio nella banalità, è impressionante. Qual è il tuo messaggio? Che siamo tutti fasulli e che mentiamo? Perché sono troppo d'accordo."

La sua osservazione mi ha irritato... e inquietato, soprattutto perché colpiva proprio dove faceva male.

"E tu perché ti proietti così?" ho replicato. L'ho guardata accuratamente, dall'alto in basso e viceversa, e ho tirato fuori senza riflettere troppo una vecchia battuta da film 2D: "Tua madre ti lascia uscire vestita così?"

Lei non si è scoraggiata; ha scimmiottato una smorfia ferita e si è portata la mano al cuore, chiaramente sfottendomi:

"Ok, è così sessista!" Con un rovescio di mano, ha scostato la mia irritazione, il disagio che aveva provocato la sua domanda in me, e persino la sua stessa serietà. "Mi chiamo Dolly" ha accennato con un'aria di sfida. "Se hai un nome da bambola o da pecora, tanto vale affrontare i troll accettando direttamente quello che la vita ti ha imposto, no? Avendo l'aspetto del mio nome, me ne riapproprio e quindi ridivento quello che voglio, capisci?"

Ho aggrottato le sopracciglia. Non sapevo molto bene cosa rispondere perché in effetti c'era un sacco di buon senso in quelle parole. Sono rimasto a guardarla, il mio panino momentaneamente dimenticato.

"E i miei genitori sono installatori virtuali" ha aggiunto davanti al mio silenzio, credendo probabilmente che attendessi un'altra giustificazione. "Quindi sì, se ne fregano un po', del mio avatar. Sono artisti."

"Io voglio sapere quello che la gente vede di me" ho sbottato tutt'a un tratto. "Che mi riflettano quello che sono. Perché non lo so. Quindi, mi proietto senza trucchi."

"Ma non mi dire! Nessun avatar, niente, neanche una piccola mod simpatica per togliere un foruncolo o un neo?"

Non mi era mai manco venuto in testa, ma immaginavo che fosse una cosa da ragazze. Mi sono rimproverato interiormente, mi sarei ritrovato nei guai con questo genere di riflessioni.

Animato da un brusco impulso, ho brandito il mio braccio sinistro per mostrarle la fasciatura impermeabile. Era proiettato esattamente come il resto del mio aspetto, dal momento che ero senza filtro.

Non sapevo perché, ma avevo voglia di impressionarla, di toccare qualcosa in lei sotto lo strato di trucco, dietro la bambola ricciuta col nome di un clone. Di far nascere una vera reazione sui suoi lineamenti a distanza, dove lei si trovava realmente, nella sua sala di proiezione.

"Ah già, avevo notato" ha annunciato. "Mi domandavo che cosa significasse."

"Bah, non resterai delusa."

Ho afferrato gli adesivi sterili posizionati con cura da nonna Frida a Källskärr e ho cominciato a staccarli: ho fatto una smorfia, tirava molto, come se mi stessero applicando un puntaspilli sulla pelle. Era fissata davvero bene. Sotto avevo la pelle arrossata e ho iniziato a sudare un po'. Era molto più sgradevole che affettarmi con il coltello. Se fossi stato solo, avrei lasciato perdere, ma Dolly aveva gli occhi inchiodati sulla compressa bianca, nutriente, che attivava la rigenerazione dei miei tessuti intorno alla ferita.

Ho finalmente liberato tutto un lato della lunga fasciatura e, con un'aria trionfale che doveva sembrare anche un po' stupida, ho afferrato l'orlo tra il pollice e l'indice, come un mago pronto alla grande rivelazione.

"Non è una cosa che vedi tutti i giorni, con il controllo parentale" ho sussurrato con fervore.

Poi ho abbassato gli occhi anch'io sul mio braccio e ho sollevato di colpo la fasciatura per rivelare la mia ferita.

"Oh, ben fatto" ha esclamato Dolly con un gran sorriso. "Me l'hai data a bere. Ragazzo, sei proprio forte!"

Mi ha dato una pacca d'approvazione sulla schiena.

Ho sgranato gli occhi mentre contemplavo il posto in cui avrebbe dovuto trovarsi la mia ferita, lì dove immaginavo si fosse formata una cicatrice rossastra, ricordo della ferita profonda scavata due mesi prima a Källskärr con il coltello da carne.

La pelle era perfettamente illesa, liscia come il primo giorno.

Dovevo restare calmo. Dolly mi guardava con un'attrazione e un rispetto inusuali, una reazione che non mi aspettavo; niente di tutto questo era ciò che mi aspettavo. Sono riuscito a scuotere la testa e anche a sorridere mentre lei si complimentava con me per la mia creatività e il mio discorso autoreferenziale segno dei più grandi installatori virtuali, e poi la vecchia campanella analogica ha suonato, e siamo rientrati in classe.

Per tutto il giorno, ho fatto finta di capire tutto, ma non ero per niente attento a quello che facevo. Ho rincollato attentamente la fasciatura come il vaso di Pandora. Ho pensato di occuparmene la sera. Mi sentivo ancora più distante del solito, estraneo a me stesso, come a Källskärr. Per tutto il giorno, ho attaccato e staccato in maniera meccanica un pezzo di adesivo sterile sulla mia pelle per farmi male, per tormentarmi, per sentirmi umano.

Terminate le lezioni, non ho neanche fatto finta di uscire da scuola per rientrare a casa. Smaterializzarmi in mezzo all'aula mi sarebbe probabilmente costato un rimprovero, ma non ce la facevo più; mi sono disconnesso e ho tolto le Lenti, ritrovando l'arredamento bianco, austero, della sala di proiezione. I limiti temporali si sono staccati e la poltrona si è raddrizzata piano. Mi sono guardato il braccio come se non mi appartenesse.

Ero terrorizzato e al tempo stesso pieno di adrenalina. Il cuore mi batteva molto forte e avevo paura di cadere alzandomi; talvolta mi prendevano attacchi di debolezza, avevo la salute fragile. Ma finalmente avevo una prova. Una prova di che, esattamente, non lo sapevo, ma almeno era chiaro: mi nascondevano qualcosa. Perché fingere che avessi bisogno di una fasciatura inutile? Per iperproteggermi ancora?

O per nascondermi che avevo delle facoltà di rigenerazione sovrumane... Ma non aveva senso. Al contrario, Parigi mi logorava lentamente, mi corrodeva i polmoni e mi svuotava di energia prima dei miei soggiorni a Källskärr. Tuttavia, la sede del dipartimento digitale di IK Plans si trovava lì. Con il lavoro di mio padre, non avevamo scelta.

E se fossi stato un esperimento illegale? Il pensiero mi ha dato un brivido di eccitazione. Papà non parlava mai nel dettaglio di quello che aveva fatto sulle interfacce neurali quando lavorava per Elon Musk. I silenzi, le mezze risposte, le domande evitate, li avevo vissuti da sempre. Tanto da rendermi diffidente e farmi dubitare di tutto. Vedevo mia madre lanciarmi sguardi strani al mio ritorno dalla Svezia, come se mi riconoscesse solo a metà: ma se non le piaceva quello che vedeva, perché perseverare a mandarmi là? E poi c'erano le assenze prolungate di mio padre. Il respiro mi si è bloccato d'un colpo nel petto. Forse lavorava ancora per Musk. Forse ero un progetto. Di che cosa potevo esattamente fidarmi nella mia vita?

Era facile mentire quando non si diceva molto. Non avevo conosciuto Mona, ma a casa la sua assenza era più assordante di quanto non lo sarebbe stato lo sbraitare di una qualsiasi sorellina.

Ho preso fiato. E poi mi sono alzato, la testa leggera. Dopo essermi assicurato che la mia medicazione fosse abbastanza aderente e non avesse l'aria rovinata, mi sono recato nell'ufficio di mia madre e ho bussato al battente aperto.

Lei ha alzato gli occhi dal suo schermo avvolgente: per compiti di lunga durata, restava più pratico delle Lenti, e lei aiutava mio padre con gli incarichi secondari legati al suo posto. Nonostante fosse il numero tre di IKPlans, lui non aveva assistenti di direzione, a causa della riduzione dei costi.

"Sei tornato presto, oggi" ha detto mia madre.

"Mi chiedevo se abbiamo altre foto di famiglia." L'ho buttata là con l'aria più disinvolta possibile. "Un archivio che non sia stato trasferito sul Cloud, o anche delle stampe analogiche non digitalizzate?"

Lei si è lasciata andare contro lo schienale della sua poltrona.

"Perché ti interessa?"

"Oh, niente di speciale" ho risposto sorridendo. "Dato che non ce ne sono molte online, forse ne restano altrove..."

"È tutto lì sul Cloud familiare" ha subito replicato. "Sai che io e tuo padre non amiamo troppo le immagini."

E noi, i più giovani, senza le Lenti, per scattarne eravamo condannati a tirarci dietro vecchie macchine fotografiche o degli smartphone all'antica, una cosa terribilmente pallosa. L'idea era sempre di proteggere la nostra vita privata scoraggiando la condivisione a oltranza prima della nostra maggiore età digitale. Ma io, stavolta, trovavo davvero la mia vita *troppo* privata.

"D'accordo, non fa niente" ho risposto andandomene.

La sola cosa che ho fatto nel mio tempo libero nei quindici giorni seguenti è stato spulciare il Cloud familiare al sicuro della mia camera. Senza Lenti, avevo comunque accesso agli schermi classici così come a un Cloud inquadrato in base alla mia età. Questo isolamento non mi cambiava troppo rispetto al solito, quando mi connettevo sui giochi online che si sbloccavano non appena consegnati i compiti. Di giorno, facevo il minimo sindacale: seguire le lezioni ma, alla prima pausa, ricreazione o pranzo, mi disconnettevo per continuare il mio piccolo progetto personale.

Ho cominciato con esaminare al minimo dettaglio, tipo zoom a 1600%, tutte le foto in cui ero taggato da quando ero bambino. Ero probabilmente il più presente sui nostri album, ma anche lì il raccolto è stato magro. Mi sentivo un po' a disagio a esaminarmi da cima a fondo, un po' come un perverso eccitato dalla sua stessa immagine e, alla fin fine, questo non aiutava il mio solito cattivo umore. Variavo le informazioni di messa a fuoco per cercare di far risaltare i dettagli, tipo difetti di pelle, nei o cicatrici, ma dato che non mi facevo male e che apparivo sempre vestito nelle foto, non imparavo granché. Le foto delle vacanze erano le più rare: non c'era quasi nessuna immagine scattata a Källskärr, ma dato che i miei nonni rifiutavano le Lenti, non era neanche così sorprendente. Ho lo stesso constatato di nuovo quanto l'aria pura della Svezia mi facesse bene: a ogni ritorno dalla fattoria, sembrava che fossi cresciuto un po', come se il mio corpo, finalmente in grado di respirare, si ricordasse come fare. Questo forse spiegava gli sguardi un po' sconcertati di mia madre. D'altronde, ho dovuto cominciare a radermi l'anno prima al rientro a scuola, proprio al ritorno da Källskärr, appunto.

Ho passato in rassegna le altre foto del Cloud familiare. Le conoscevo quasi a memoria, avevo osservato molto queste immagini nel corso degli anni, cercando di distinguere quel disagio diffuso che sentivo sempre, provando a determinare se assomigliassi davvero ai miei genitori. Eravamo tutti e tre biondi come il grano, ma be', quella non era mica una cosa difficile da sistemare geneticamente; anche se qualsiasi manomissione era altamente illegale, ovvio. Le rare foto di Mona mi avevano sempre messo a disagio – un bebè malaticcio in una culla circondata da macchine – ma lì mi sono davvero costretto a osservarle con attenzione, alla ricerca di un dettaglio che ci collegasse. Invano. Soprattutto perché non sapevo cosa cercavo. Fin dall'inizio, andavo a tentoni, agendo solamente sulla fiducia in quella sensazione viscerale di non essere al mio posto in questa famiglia, né altrove.

Due settimane più tardi, avevo esaurito tutte le richieste che potevo immaginare sul nostro database familiare e mi lasciavo andare contro lo schienale della mia poltrona, il mio schermo disperatamente inutile davanti a me. L'icona dell'*Universo di Warcraft* mi invitava ad andare a perdermici, ma non ne avevo la minima voglia.

Una notifica ha bippato nell'angolo inferiore destro, annunciandomi una chiamata virtuale. Fonte: Dolly Peeters.

Ho aggrottato le sopracciglia. Poi le ho alzate. Dopotutto, perché no. Ho inviato in fretta una richiesta di utilizzo della sala di proiezione a mia madre, che doveva essersi spostata verso la sua camera a quell'ora. Il mio pretesto: esercizi di matematica con una compagna. La tacca verde è ricomparsa velocemente. Dolly figurava nell'elenco di contatti della scuola, sembrava verosimile.

Ho preso l'astuccio delle mie Lenti e sono andato alla sala di proiezione per prepararmi.

Dolly aveva scelto una delle ambientazioni standard, un vecchio *café* parigino di Montmartre affollato dove aleggiavano il vocio delle conversazioni e fumo di sigaretta inoffensivo. Nessuno dei clienti era reale, si trattava solo di bot generati dall'ambiente: eravamo soli. Mi aspettava a un tavolo d'angolo davanti a due tazze di cioccolata calda, con il suo avatar traboccante di mèches, adatta a quell'ambientazione storica quanto un barboncino rosa in una SPA.

"Ah, non sei morto, quindi?" se n'è uscita brusca mentre mi sedevo. "Se vuoi che gli altri ti restituiscano uno sguardo, bisogna anche che possano guardarti un po', sai."

La cioccolata calda evidentemente era lì solo come decorazione: potevamo fare finta di berla, ma niente era reale in proiezione.

"Sgobbavo su una roba" ho risposto, sulla difensiva.

"Spero che non ti creerai un avatar meno classico?"

Ho riflettuto un istante, e poi mi sono azzardato a parlare. In teoria, avrei potuto dubitare proprio di tutto nel mio ambiente, ma in realtà, bisognava pure che scegliessi di fidarmi di qualcosa, o di qualcuno.

"Come si fa a nascondere un neo o un brufolo su un'immagine?" ho chiesto. "Non solo in proiezione; in generale. Si può vedere se è stato fatto un ritocco?"

"Perché dovrei saperlo?" ha replicato, diffidente a sua volta.

"Non è una roba classica del trucco?"

"Non ci sono solo le ragazze che si truccano. Sai, finirò per credere che sei tonto per davvero."

"Scusami" ho subito risposto alzando le mani in segno di resa.

Ho sospirato, e il mio sguardo si è perso verso l'agitazione procedurale degli NPC che componevano l'atmosfera del caffè.

Quindi ho finito per spiegarle perché facevo quella domanda. Che cercavo incoerenze tra il mio aspetto attuale e quello che avevo avuto quando ero più piccolo: dei nei o dei difetti che mi mancavano o che si erano spostati. Avevo una pelle perfetta: era effettivamente l'unica cosa che ispirasse salute in me. Ma le rare volte in cui mi mettevo in costume, era per nuotare a Källskärr, e quasi non avevamo foto scattate laggiù.

Invece non ho voluto riparlarle della fasciatura, del taglio fatto quest'estate. Ma lei non ne ha avuto bisogno, ha rimesso insieme i pezzi da sola.

"Credi che tu non sei...tu?" si è lasciata sfuggire, al tempo stesso mezzo incredula e completamente appassionata.

"È stupido" ho replicato sentendo come suonava dalla sua bocca. "Lascia perdere."

Questo ha troncato la conversazione. Ci siamo ritrovati tutti e due a guardare dappertutto, tranne che l'uno verso l'altro. Le antiquate volute di fumo sollevate dalle pipe e dalle sigarette turbinavano intorno a noi e ci avvolgevano nella loro totale assenza di odori. Mi stupiva che una tale ambientazione fosse accessibile a dei minorenni, ma immaginavo che il tabacco fosse talmente caduto in disuso da non rappresentare un vero rischio.

Dolly ha finalmente ripreso la parola, con mio grande sollievo.

"Dici che la tua casa delle vacanze è un inferno, ma ha l'aria simpatica quando ne parli."

Mi sono fiondato sull'argomento: tutto, piuttosto che quel silenzio. Con lei, mi disturbava.

"Vuoi che te la mostri?"

"Credevo che non avessi quasi nessuna foto."

"Su Maps."

Ha alzato le spalle, della serie "perché no."

Sul tavolo del caffè, ho delimitato con il pollice e l'indice una superficie che si è subito animata con una versione pubblica del mio desktop personale. Ho aperto Maps e dettato l'indirizzo di Källskärr.

"Oh, il lago, lo vedo" ha detto Dolly. "Bella riserva di acqua dolce."

Allargando le dita, ho zoomato fino ad arrivare al livello del terreno, nel sentiero che passava dietro la casa. Le foto scattate dagli automi hanno rivelato una giornata nuvolosa, piuttosto uggiosa, ben lontana dalle estati colorate che ci passavo. L'erba era indisciplinata, il lago aveva un bagliore metallico sotto le nuvole.

"È là?"

Ho fatto girare il punto di vista per trovare la fattoria. L'edificio principale si stagliava dietro delle siepi; ho zoomato al massimo perché riempisse tutta la schermata.

"I miei nonni sono vecchio stile" ho spiegato. "Amano la loro vita privata e hanno sempre rifiutato che il sentiero si prolungasse per evitare le riprese dalla strada. La mia camera è al primo piano e dà dall'altro lato..."

Mi sono bloccato.

"Che c'è?"

Ho zoomato ancora, e ancora, sull'immagine. Non sulla fattoria, ma proprio accanto, verso il lago, fino a non vedere più che un ammasso di grossi pixel verdi, blu e...

"Che cosa cerchi?"

Mi sono reso conto che c'è una differenza tra giocare a volersi spaventare per noia, per occupare una vita resa smorta da una salute precaria, per dare qualcosa da fare a un'immaginazione poco sollecitata (quindi ne avevo una), e avere *davvero* paura. La sedia del cafè sotto le natiche e dietro la schiena mi è sembrata tutt'a un tratto poco solida quanto l'illusione delle sensazioni inviate ai miei nervi dalla sala di proiezione. Preso dalla vertigine, mi sembrava di dissolvermi poco a poco nel Cloud, evanescente quanto il gioco di luci e di suoni che formavano la mia proiezione IRL.

Ho diminuito lo zoom freneticamente fino a ritornare alla modalità Mappa. Källskärr compariva come una semplice località in riva al lago. Ho fatto scorrere l'immagine fino alla riva opposta.

Dei rettangoli si dispiegavano pigramente, segnalando l'esistenza di un complesso alberghiero di lusso.

Il fiato mi si è bloccato in gola; mi sono messo ad ansimare. Non mi sentivo più le gambe. Era proprio il caso di avere un attacco di debolezza in quel momento; davanti a Dolly, per di più.

"Seb?" ha insistito. "Ti sei piantato o cosa?"

Ho indicato i simboli con una mano tutt'a un tratto molto pesante. Il tremore del mio dito era perfettamente ritrascritto dalla sala di proiezione.

"Questo" ho mormorato con voce strozzata. "Non ho mai visto questo laggiù. Tutti questi anni, e non l'ho mai visto. Compreso l'estate scorsa. E credimi, ho avuto tutto il tempo di ammirare il paesaggio."

La porta d'ingresso ha suonato e sono sobbalzato sul divano; mi batteva il cuore come se stessi per annegare per davvero nel lago di Källskärr. Sono corso fino al pannello di controllo domotico e ho aperto senza prendermi il tempo di verificare l'identità del visitatore: non c'era nessun dubbio in proposito.

"Fai attenzione a non stancarti, Sebastian" mi ha avvisato mia madre dalla sala da pranzo in cui stava sistemando la cena consegnata dalla rosticceria.

Il mio stato in effetti peggiorava nel corso delle settimane, come al solito; ma ce l'avrei fatta. Quella sera, avremmo fatto dei progressi.

Qualunque cosa fosse successa.

La serratura connessa si è sbloccata con un clicchettio discreto e ho spalancato la porta.

Era strano vedere Dolly dal vivo. L'avevo immaginata bionda, ovviamente, ma era castana, i capelli fino alle spalle, un po' più bassa che in proiezione. Portava una semplice gonna in jeans e una canottiera bianca, con un ciondolo minuscolo. Aveva molti brufoli, a dire il vero. Ma era lei. Dietro, sulla strada, l'autonoma che l'aveva portata si inseriva già nel traffico.

Ci siamo baciati sulle guance, un po' maldestramente. Dopotutto, era la prima volta che ci vedevamo IRL. Abitava a un'ora e mezza da Parigi, non lontano dalle vere foreste; era per quello che assisteva alle lezioni in proiezione, per via del tempo di percorrenza fino a scuola.

Siamo restati sulla soglia come due idioti. Ma lei ha sorriso, poi si è accorta del mio braccio sinistro.

"La tua fasciatura?"

"L'infermiera che me l'ha tolta fa finta che sia stato molto fortunato, che posso ringraziare mia nonna per aver fatto una medicazione così pulita. Perché sarei potuto rimanere con una bella cicatrice."

Lei ha sollevato le sopracciglia, riassumendo con quell'unica espressione quello che pensavamo entrambi di quel sedicente miracolo.

"Sebastian, non lasciare la tua giovane ospite fuori" ha detto tutt'a un tratto mia madre dietro di me. "Entri, signorina, prego."

Le ho maldestramente presentate una all'altra: *Dolly, ecco Birgit; Birgit, Dolly. È la compagna che mi aiuta in matematica da un mese. È per questo che ci connettiamo tanto spesso.*

Mia madre ha dedicato a entrambi un'occhiata complice, e questo mi ha un po' infastidito: allo stesso tempo, non vedevo mia madre con un'espressione così leggera da anni. Questo la riavvicinava un po' alle poche foto che la vedevano a Källskärr con Mona neonata.

Siamo passati nel salone. Non era ancora Natale, ma mia madre aveva ordinato un pasto in tema, e aveva fatto appendere alcune ghirlande agli angoli dei soffitti. La governante era rientrata a casa sua, ci saremmo serviti da soli quella sera; era la prima volta che portavo qualcuno IRL a casa, e questo meritava un po' di intimità.

"Quanto tempo ha, Dolly?" ha chiesto mia madre separando maldestramente le fette di salmone affumicato dai fogli di plastica.

"La noma verrà a riprendermi alle undici, signora."

Più che abbastanza per fare la domanda cruciale.

Il pasto si è avviato tranquillamente: mia madre ha torchiato Dolly con molte domande. Sembrava affascinata dall'apprendere che i suoi genitori erano più sul genere artisti che dirigenti, cosa che mi ha stupito. Lei, Dolly, rispondeva quasi senza timidezza apparente. Ha spiegato il suo interesse per il *marketplace*, il suo desiderio di proporre personalizzazioni di avatar più spinte delle solite varianti umanoidi; cose che non mi aveva mai neanche raccontato. Mi impressionava; al suo posto, sarei stato paralizzato dalla fifa. Per fortuna, la conversazione non si è quasi mai diretta su di me. Anche a casa, mi fondevo con l'arredamento.

Al dolce, Dolly ha sentito mia madre abbastanza rilassata per lanciarsi:

"Sebastian ed io andiamo d'accordo, signora. Ho parlato ai miei genitori, e ci piacerebbe invitarlo qualche giorno durante le vacanze, per Capodanno, per esempio."

Mi sono quasi aggrappato al tavolo in attesa del verdetto.

Il viso da ex modella di mia madre si è bloccato come un'app che crasha. Ha abbassato gli occhi sul tortino al cioccolato che si è messa a tagliare con gesti tanto offesi quanto il suo accento che ritornava con tutte le sue forze:

"Sebastian passa tutte le vacanze dai nonni a Källskärr. Gliene avrà sicuramente parlato."

Sono volato in soccorso di Dolly: "Esattamente, mi piacerebbe cambiare un po'. Potrei andare a trovare nonno e nonna per qualche giorno, e andare dai Peeters un po' prima del r..."

"Källskärr è di difficile accesso. Non vorrai atterrare a Stoccolma e farti tutta la strada solo per ripartire subito, no?"

"Ma ho due settimane di vacanza, non è come se..."

"Sai che Källskärr ti fa bene. Ricominci sempre a faticare alla fine del quadrimestre. Hai di nuovo avuto attacchi di debolezza, no?"

Effettivamente. Ma io e Dolly ci eravamo scambiati uno sguardo. Avevamo previsto questa reazione. La mia amica ha indirizzato un gran sorriso a mia madre e dichiarato: "Non vorrei mai scombussolare le vostre tradizioni familiari, signora Frisk. Era una semplice proposta. Le feste di fine anno sono un periodo importante, e se Sebastian ha già previsto di andare a trovare i suoi nonni, allora noi lo inviteremo un'altra volta."

Mia madre si è rilassata e si sarebbe potuto dire che la conversazione non aveva mai avuto luogo.

"Bene. Chi vuole un pezzo di dolce?"

In fin dei conti, andarmene di casa era facile quasi quanto spingere il pannello domotico e superare la porta sbloccata.

Talmente facile, in effetti, che mi sono chiesto che cosa mi avesse trattenuto tanto a lungo. L'abitudine. Non essermi mai posto domande. Era talmente semplice, in effetti, che mi sono chiesto se non stessi facendo un'enorme cazzata, se Dolly ed io non ci stessimo sbagliando di grosso. I miei genitori erano dei pessimi carcerieri. Ma nel caso, non avremmo rischiato granché, a parte una gigantesca ramanzina. Ce la saremmo cavata.

Sono sceso lungo la scalinata della casa e ho guadagnato la strada, così, i pugni affondati nelle tasche della felpa, uno zaino sulla spalla con tre vestiti. Avevo sollevato il cappuccio per complicare un po' la vita agli algoritmi di riconoscimento facciale. Il mio respiro formava dei pennacchi; era un giorno di dicembre insolitamente freddo. Mi pizzicavano i polmoni e avevo la sensazione di sentire l'inquinamento pesare in fondo ai bronchi. Ho camminato di buon passo, ma mi è quasi subito venuto l'affanno.

Dovevo ripartire per Källskärr dopo due giorni e il mio stato non era granché.

Dolly aveva più libertà di movimento e soldi di me. Di conseguenza, avevamo convenuto che sarebbe stata lei a venire a prendermi.

Sul piazzale della stazione, le persone passavano camminando in fretta. Ho individuato la mia compagna che mi aspettava, imbacuccata in un giubbotto da sci, il suo zaino sulla spalla.

"Pronto per l'avventura?" mi ha chiesto con tono spavaldo.

"Sì," ho risposto velocemente per non riflettere un'altra volta su quello che stavo facendo.

"Grande!"

Ci siamo diretti verso il terminal delle corriere. Erano i mezzi di trasporto più difficili da rintracciare.

Dovevamo lasciare Parigi e la sua rete di videocamere al più presto prima che fosse lanciata un'allerta "persona scomparsa." Ho considerato l'ironia di andare a rifugiarmi in una zona bianca, lontano dal Cloud, quando avevo imprecato così spesso contro la sua assenza a Källskärr.

Ci siamo andati a sedere sotto la pensilina in attesa dell'arrivo della linea che avevamo scelto.

"Grazie" ho detto all'improvviso.

Mi sono tolto lo zaino e me lo sono poggiato sulle ginocchia. Non c'era molto dentro, ma avevo già l'impressione che pesasse una tonnellata; il sudore m'imperlava la fronte e avevo freddo.

"Non ti preoccupare. Mio padre ripete sempre che quello che differenzia la vita da un'installazione virtuale è la dose di rischio. E che l'arte, quella vera, dovrebbe sempre comportare una parte di rischio per quelli che l'accolgono." Ha alzato le spalle. "Quindi non faccio altro che obbedire alla sua educazione. Se ci facciamo beccare, ti assicuro che, in segreto, lui sarà fiero di me. Tu sei il mio progetto artistico."

Ho ridacchiato, un po' disilluso.

"Vorrei che i miei genitori fossero così fighi."

È sceso il silenzio. Sentivo benissimo che eravamo nervosi. Andavamo in zona bianca, e poi? Presi dall'eccitazione della fuga, ci eravamo detti che avremmo improvvisato in seguito, una volta sfuggiti alla sorveglianza dei nostri genitori. Che avremmo trovato un modo per determinare di che cosa ero fatto esattamente. Ma adesso che lo facevamo davvero, che era reale, le incognite nel nostro piano mi sembravano degli abissi spalancati.

Un ronzio stridulo ha squarciato il canto elettrico delle autonome sul piazzale della stazione. Dolly ha aggrottato le sopracciglia, poi si è sporta per guardare in aria, oltre il tetto della pensilina.

"Merda" ha fatto. È indietreggiata di colpo e mi ha spinto perché restassimo perfettamente fuori vista dal cielo.

"Che c'è?"

"Un drone."

Il rombo delle pale si è accentuato, segnalando che il veicolo scendeva verso la nostra posizione. Dolly mi ha guardato e, nei suoi occhi, ho letto una punta di collera, e di angoscia, anche.

"Cazzo, hai messo la navigazione in incognito, vero?"

"Mia madre sgobba ancora per un po' in ufficio a quest'ora" mi sono difeso. "Non si sarebbe già dovuta accorgere che..."

Il veicolo è entrato nel nostro campo visivo: gracile, nero, ricoperto di sensori.

"Seb, è un drone privato, questo" ha osservato Dolly. Si è voltata bruscamente verso di me. "Porca puttana, non dirmi che hai una cimice?"

"Non lo sapevo, te lo giuro!"

A pensarci bene, avrei dovuto immaginarlo: le leggi di protezione digitale esigevano che i bambini dotati di un tracciatore GPS alla nascita ne fossero informati, ma non mi avevano mai detto niente. Tuttavia, non si può dire che i miei genitori non fossero loschi.

Ho ficcato il mio zaino tra le braccia di Dolly e sono balzato in piedi. Sono corso fuori dalla pensilina, dritto davanti a me, lontano dal drone che poteva riportarmi a casa, dovunque andassi, come una mano invisibile. Non riflettevo. Non avevo nessun posto dove andare. L'aria fredda mi ha bruciato i polmoni bruscamente. Mi sembrava che le mie gambe, poco abituate all'esercizio, si stessero liquefacendo. Tuttavia, ho continuato ad avanzare, dondolando le braccia in aria come l'avatar di uno sprinter concepito da qualcuno che non ne aveva mai visto uno. Ho attraversato il piazzale in mezzo alle autonome che sono entrate in modalità panico e hanno emesso allarmi di prossimità sforzandosi di evitarmi. Sentivo il drone ronzare dietro di me mentre sorvolava il traffico confuso.

Non so come, sono riuscito a raggiungere l'altro lato della strada e mi sono dovuto tenere a un palo per non crollare. Tutta la CO_2 persistente di Parigi sembrava essersi data appuntamento nella mia gola per soffocarmi. Pensavo che avrei vomitato e le mie gambe hanno ceduto; sono crollato sull'asfalto freddo, tra odori di piscio di cane. La mia vista si è offuscata.

"Sebastian" ha gridato Dolly da qualche parte.

Una sagoma si avvicinava a me nella strada che ondeggiava. Un uomo. I miei polmoni mi sembravano troppo piccoli per la mia misura. Il mio respiro mi strideva nelle orecchie. L'uomo si è inginocchiato davanti a me. Si picchiettava ritmicamente la tempia, interagendo con le sue Lenti.

Ho strizzato gli occhi nella speranza di chiarire quello che vedevo. L'uomo portava un abito con la cravatta, era snello, biondo platino, con un viso dolce, familiare.

Appena prima di addormentarmi di colpo, l'ho riconosciuto. Ho mormorato:

"Papà...?"

Nero.

Il lago immutabile estendeva le sue acque turchesi con la purezza di una laguna. L'erba color smeraldo scendeva per le scarpate in piacevoli tappeti. E io speravo disperatamente, almeno, che la mia pelle diventasse rossa sotto quel cazzo di sole radioso di Källskärr, ma sembrava che abbronzarmi fosse alquanto impossibile in quel luogo perfetto, asettico, irreale, dove mi ero risvegliato, come ogni volta, come in ogni periodo di vacanza.

Passavo le mie giornate immobile, il culo sullo sdraio, a cercare di decidere che non ero pazzo: o che bisognava esserlo davvero per trovare una logica a tutto questo. I miei nonni facevano finta di non essere al corrente di nulla.

Scrutavo la riva opposta, offuscata per il calore, sforzandomi di convincermi che scorgevo davvero laggiù le forme spigolose di un complesso alberghiero. Se ero riuscito a convincermi che ero artificiale, be', mi sarei benissimo potuto convincere che, invece, tutto era normale nella mia vita. Non sapevo più quale differenza potesse proprio esserci. Ogni cosa sembrava uguale.

Era l'ora. Nonno Herbert è passato davanti a me, con un sorriso tanto perfetto quanto il sole che gli increspava il viso rugoso:

"Una partita a domino, ometto?"

"No grazie, nonno" ho risposto con tono allegro.

Ogni giorno la stessa cosa.

Non era così complicato rivelare le falle dell'insieme. Bastava agire il meno possibile per svelare i parametri per difetto. Piuttosto che ribellarmi, facevo ciò che sapevo fare meglio: stare da parte, e aspettare. Le prove comparivano, ma non sempre sapevo che cosa significassero.

E poi, un giorno, qualcuno si è seduto accanto a me.

Non ho guardato. Non volevo. Anche se cominciavo a capire, non ero sicuro di essere pronto. Ho mantenuto gli occhi inchiodati su quel brutto orizzonte identico a se stesso.

"Allora, stai con loro?" ho fatto. "Anche tu mi spiegherai che è per il mio bene?"

C'è stato un momento di silenzio, come sotto la pensilina.

"È... molto diverso dal solito" ha risposto Dolly. "Molto più completo. Con anni d'anticipo rispetto alla proiezione classica. Una... vera opera d'arte."

"Vorrei ben vedere" ho borbottato. "Doveva esserlo, perché mi lasciassi fregare tutti questi anni."

Nuovo imbarazzo. Ma non riuscivo ad avercela con lei.

"Seb, i tuoi genitori non sono cattive persone" ha detto. "Volevano davvero aiut..."

"Mi hanno mentito" ho tagliato corto con una collera che, tuttavia, non riuscivo a provare fino in fondo. L'effetto di Källskärr. "Per tutti questi anni, mi hanno fatto credere..."

"Sei davvero loro figlio" ha detto Dolly. "Davvero."

Strizzavo gli occhi, e tra le piccole onde che si increspavano incessantemente in lontananza, potevo forse immaginare quadrati e cubi: pixel, alberghi, che importa...

"Non vuoi guardarmi?" ha chiesto la mia amica.

"Ho paura" ho risposto subito.

Era vero.

"Vedi? È per questo che ti nascondevano la verità. Immagini lo shock che sarebbe stato quando eri bambino?"

Mi ha preso la mano. La *percepivo* davvero. Una sensazione distante, tuttavia, soffocata come un po' tutto qui, con i colori troppo vivi e il vissuto troppo diluito, ma lei aveva la pelle tiepida e morbida.

Ho abbassato gli occhi sulle sue dita sottili e sulle sue unghie smaltate di giallo.

Il mio sguardo si è alzato da solo. Ho risalito le trecce e le ciocche bionde, interminabili, lo scollo del suo vestito corto a scacchi, fino al suo viso perfettamente esaltato dalla simulazione, con il trucco impeccabile. Il suo avatar di proiezione.

Ho singhiozzato, ma adesso sapevo fare la differenza tra la vera sofferenza fisica e quella che immaginavo di vivere. E questa, era evidente, la vivevo nella mia testa.

"Dove sono?" ho mormorato.

"Sei proprio a Källskärr" ha risposto una voce familiare dietro di me.

Mi sono voltato.

"Mamma?"

Era lei. La sua voce, in ogni caso. Le rughe di inquietudine erano scomparse, la grana della pelle era perfetta, liscia, leggermente truccata: agli antipodi dell'esuberanza di Dolly. I suoi lunghi capelli ricadevano come un fiume d'oro, raccolti da un cerchietto. Era splendida. Identica alle foto di una volta. Vent'anni, di nuovo.

È venuta a sedersi dall'altra parte e ha fatto un sospiro che tradiva bene la sua stanchezza del momento, al di là delle apparenze.

"Almeno, Källskärr come me la ricordo nella mia infanzia" ha detto lei. "Un piccolo angolo di paradiso."

Nonna Frida è spuntata dal nulla per dare a ognuno di noi un bicchiere di aranciata, poi se n'è andata sorridendo, senza dire una parola. Ho accettato senza riflettere. Era un po' surreale.

"Adoravo questa casa" ha continuato mia madre. "Così lontana dal mondo e dalle sue seccature... Quindi, quando si è trattato di trovarti un rifugio, tuo padre ha ricreato l'ambiente che amavo. Speravo che potesse ancorarti, darti un punto di riferimento..."

"Ma un riferimento *per cosa*?" ho replicato. Mi sarebbe piaciuto provare quell'angoscia che avevo percepito fuggendo a Parigi, quella tensione nel petto, un po' di verità, invece di questa buona salute perfetta e disperante. "Dov'è papà?"

"Deve restare fuori dalla simulazione. Per farla funzionare e assicurarsi che tutto vada bene. Sai, è molto sperimentale quello che ha messo a punto. Molto... illegale, anche."

"E davvero troppo figo!" ha esclamato Dolly. "La sua tecnica di scansione neuronale e di stampa biologica è..."

"Ti abbiamo mentito, Sebastian" l'ha interrotta mia madre, rivolgendo uno sguardo di avvertimento alla mia amica.

"È vero. Ti chiediamo scusa. Ma non sapevamo che cos'altro fare. Dopo Mona..."

Si è zittita, ha sospirato. Sembrava sul punto di piangere: non era in linea con quello che avevo visto della giovane donna allegra in foto. Sentivo che qualcosa in me voleva reagire, commuoversi, ma Källskärr smussava gli angoli, attutiva le sensazioni. Era un sogno lucido, adesso lo sapevo.

"Hai lo stesso difetto genetico di tua sorella, Sebastian" ha ripreso mia madre. "Non volevamo, non *potevamo*" ha serrato i pugni e la mascella "lasciar morire anche te. Tu..." Ha inspirato profondamente. "Riuscire ad averti era già stato complicato."

Ho guardato Dolly, poi mi sono girato di nuovo verso mia madre.

"Voglio sapere tutto, adesso" ho dichiarato con voce ferma. "Vivere tutto."

"No," ha risposto mia madre, tirando su col naso. "Potrebbe farti a pezzi. Se non ci si ricorda il trauma della nascita, è per una buona ragione. Tu, tu nasci... diverse volte in un anno. Per rallentare la tua malattia... Ma i tuoi corpi non sono vitali a lungo termine. La tecnica di stampa 3D messa a punto da tuo padre resta... imperfetta."

Mi sono ricordato dello strano sonno che mi prendeva sempre nell'autonoma di ritorno da Källskärr. Roissy-Charles-De-Gaulle, il parcheggio, anche tutto quello doveva far parte della simulazione. Un purgatorio, uno spazio di stoccaggio in attesa del mio prossimo trasferimento della mente. E poi c'era il torpore che mio padre aveva innescato davanti alla stazione, quando avevamo voluto fuggire con Dolly; allo stesso modo in cui erano rintracciabili, i miei corpi dovevano disporre di un meccanismo di ibernazione attivabile a distanza. Delle comode transizioni per passare dalla realtà di Parigi al sogno di Källskärr, e viceversa.

"Sono incapaci di crescere, eh?" ho capito. "I miei corpi."

Mia madre ha annuito senza una parola, gli occhi luccicanti.

Dolly mi teneva sempre la mano destra. Dall'altra, ho preso quella di mia madre.

"Ho l'età" ho mormorato solamente. "Per favore. Fammi sentire reale."

Il primo impulso elettrico che percorre i miei nervi mi lacera come un'onda di fuoco bianco. Lascia nella sua scia formicolii e bruciature. Allo stesso tempo, un ghiaccio siderale mi rinserra, mi fa sentire il freddo del nulla, mi mostra quanto la pelle sia una barriera irrisoria tra la violenza del mondo e la fragilità del sé.

Immagini sconnesse mi assalgono, senza continuità. Grottesca parodia della mia identità. Mostro la mia fasciatura a Dolly con un'aria spavalda. Vado a nuotare troppo lontano nel lago di Källskärr e nonna Frida mi riacciuffa. Gioco a domino con nonno sulla terrazza in un crepuscolo arancione. Un buon voto a scuola e una vittoria a *Universo di Warcraft* mi rievocano un medesimo piacere che confonde le frontiere tra il significativo e il superfluo. Il mio respiro mi batte nel petto mentre attraverso di corsa il piazzale della stazione tra le autonome disorientate.

I miei dubbi rispetto alla mia stessa realtà prendono la forma di crepe nere che si inseriscono tra i frammenti della mia coscienza in formazione. Una ruggine che corrode la mia anima ed evita di disperdermi, pur portando un legante tenebroso all'esperienza della mia vita.

Non sono quello che sono.

Mentre i ricordi e il senso che li accompagna si depositano in strati successivi, prendo coscienza di abissi vertiginosi nella mia mente, delle zone in costruzione delimitate dal terrore che là dovrebbe trovarsi qualcosa, ma che ne ignorerò la natura finché non tornerà.

Un fulmine mi trapassa il cuore. Provo improvvisamente il bisogno disperato di respirare. Ma il respiro mi si blocca nel petto. Ho l'impressione di stare per vomitarmi dentro, che la mia carne stia per rovesciarsi e ripiegarsi su se stessa, ogni cellula in guerra contro le altre. Non c'è spazio dove mi trovo. Solo la pesantezza terribile dell'esistenza.

Le mie braccia si tendono istintivamente. Le mie dita sovraccariche di sensazioni percepiscono a stento, tra i formicolii, una superficie flessibile.

Freneticamente, come un animale, spingo, graffio, do dei colpi con un'energia inaspettata. Sono nuovo. La pressione si allevia tutt'a un tratto intorno a me e un rumore di cascata trapassa il velo delle mie orecchie tappate; mani forti mi raddrizzano. L'aria trova non so come un percorso attraverso la mia bocca e un'inspirazione rauca mi sfonda la gola e la trachea.

"Respira" dice una voce maschile. "Piano. Va bene."

È mio padre.

Apro gli occhi, ma solo forme oscure, sfocate, danzano nel mio campo visivo. Sbatto le palpebre, ma è come passare una spugna bagnata su un vetro.

"La tua vista si stabilizzerà, Sebastian. Cerca di restare calmo."

È mia madre.

Un fluido nutriente dal vago odore di ammoniaca mi impiastra le labbra e il naso. Infastidito, mi asciugo il viso con una mano rabbiosa e tremante, malcerta, così bene che mi schiaffeggio a metà. Non so perché, ma questo mi fa sorridere.

"Uau." Un mormorio di ammirazione. "È così troppo, troppo figo!"

È Dolly.

Altre mani mi sostengono, cominciano ad asciugarmi, a frizionarmi vigorosamente. Mi fa molto male, ma il calore che genera sembra riportare una forma di equilibrio nel mio corpo, via via che la mia mente impara a conoscerlo e che si accettano con reticenza.

Rabbrividisco. Gemo. Piango. Non riesco a controllarmi; singhiozzo, scoppio in lacrime perché ho preso coscienza di quello che era veramente la morte.

Eppure, adesso, sono in vita.

E questa volta ne sono sicuro.

RITROVARTI

di Joëlle Wintrebert

traduzione di Giulia Palumbo

Joëlle Wintrebert è principalmente nota per i suoi scritti di fantascienza, ma ha anche esplorato il fantastico, la fantasy, i romanzi polizieschi e storici. Oltre ad essere scrittrice, è traduttrice, sceneggiatrice, autrice di libri per bambini e giornalista. Ha diretto la rivista Horizons du fantastique *e ha vinto il premio Rosny aîné per il suo racconto intitolato* La Créode *nel 1980, e per due romanzi* Les Olympiades truquées *nel 1988 e* Pollen *nel 2003. Nel 1989, il suo romanzo* Le Créateur chimérique *ha vinto il Grand Prix de la science-fiction française. Nel 2021, ha ricevuto il premio straordinario del festival delle Utopiales come riconoscimento per la sua carriera letteraria.*

"La prossima volta ti ucciderà."
Cara Nina, sempre così perentoria... Ciò che mi sorprende, invece, è il suo tono, quasi spassionato. Noto allora che la droga ingrandisce le sue pupille e le dà lo sguardo di suo padre. Quello sguardo paziente, pesante, di quelli che hanno lavorato a lungo per convincere gli altri. Nina è incapace di un simile autocontrollo. Senza l'aiuto della chimica, non avrebbe mantenuto la calma. Non di più rispetto alle sue due visite precedenti. E sospetto che Alec le abbia consigliato di allenarsi davanti a uno specchio perché riuscisse a mantenere un'espressione così neutra.
Mi mordo l'interno delle guance per trattenere le risa che quest'immagine mi suscita, e mi piazzo sul viso l'aria benevola che adotto in sua presenza anche quando mi esaspera.

"Non mi ucciderà. Dopo tanti anni, dovresti sapere che sono in grado di cavarmela. Adesso vado in giro con un taser."

"Lui è tre volte più pesante, più rapido e forte di te, mamma. Mentre starai ancora tirando fuori l'arma, sarai spazzata via. Ho visto il suo neurologo questo pomeriggio. È ufficiale: a questo stadio, non puoi più occupartene da sola."

"Da sola? Riceve cure e visite quasi dieci volte al giorno. Stai dicendo delle sciocchezze, bambina mia."

Nina detesta che la chiami "bambina mia." In generale, appena pronunciata quest'espressione, decolla, un vero razzo. Come riesce a contenersi? Bisognerà che le chieda il nome della sua droga, potrebbe essermi utile.

Riguardo alla mia giustificazione, mia figlia mostra una pazienza che sembra inalterabile. Un sorrisetto gentile ha corretto la sua alzata di spalle. Oggi non mi crocifiggerà. Peccato, in occasione delle sue visite precedenti, l'ho buttata fuori. Un litigio mi avrebbe dato modo di farlo ancora. Ed è la mia pazienza a sfaldarsi.

"Nina, se sei venuta un'altra volta a dirmi che il posto di Ianis è in un istituto, sai dov'è la porta."

"Perché ti rifiuti di ammettere che Ianis non c'è più? Tuo marito è morto, mamma. Ne resta solo un involucro, un residuo che purtroppo è capace di un'aggressione brutale. Ti ha anche fratturato uno zigomo."

"È stato un incidente. Dopo ha pianto. Non era così lucido da mesi."

"Se deve ferirti per ritrovare un po' di memoria, capirai che la cosa mi preoccupa, mamma."

Mi metto in cucina a preparare un tè. Ho smesso di ascoltarla. Non le è mai piaciuto Ianis, anzi è sempre stata furiosa poiché ha soppiantato Philippe quando lei aveva tredici anni. Allora aveva deciso di vivere con suo padre, e le ero stata grata di avermi lasciato il campo libero, mentre lei pensava di infliggermi delle rappresaglie con quella partenza. L'avevo avuta così giovane...

Senza Philippe, non avrei mai accettato la gravidanza. Lui avrebbe dovuto immaginare che avere un figlio poteva essermi d'ostacolo. E, infatti, per più di dieci anni, aveva spezzato la mia volontà di lasciare il nido.

"Pensa alla piccola. Non la distruggerai con un divorzio?"

La colpevolezza mi aveva incatenata. Eppure mi sembrava che avrei amato di più mia figlia se avessi lasciato suo padre. Legata, non riuscivo a uscire dall'ambivalenza che provavo per lei: quella complessa miscela di amore e di repulsione che mi spingeva a tenerla a distanza il più possibile.

Camminava appena quando già fuggiva dai miei brontolii o dalle mie crisi di lacrime rifugiandosi tra le braccia di suo padre. I nostri rapporti si tranquillizzarono quando cominciò ad andare a scuola. Io dedicavo il tempo scolastico alla mia passione, la pittura. Per fortuna, molto in fretta, cominciai a esporre.

Philippe brontolava ma non osava opporsi a quest'arte provvidenziale che riappacificava la nostra coppia. Se non ci fosse stato Ianis, chissà se lo status quo non sarebbe durato ancor più a lungo.

"Uh-uh! Mamma, sei con me?"

"Scusami, ero salpata per la luna."

Ridiamo. È una delle mie risposte abituali quando stacco. Un modo per ammettere che sì, mi sono estraniata invece di continuare a seguire i suoi discorsi: Nina ha accettato che si tratta di un privilegio del mio status di artista.

"Che intenzioni hai? Non puoi lasciarmi vivere nel terrore di ritrovarti morta. Se non vuoi l'istituto, ci sono altre soluzioni."

"Hum?"

"Non fare finta di nulla, il dottor Rafaz mi ha detto che avevate preso in considerazione tutte le alternative. Sei ricca, mamma. Puoi permetterti di prendervi un androide da compagnia. E anche a tua immagine, dato che il tuo Ianis cerca ovunque la giovane Eleni."

Un robot... L'irruzione della tecnologia in una casa che avevamo voluto il più vicino possibile alla natura, senza un sistema di domotica centralizzato, concedendo al mondo in cui viviamo solo un piccolo bunker collegato a distanza. Il mio Ianis non accetterebbe mai una presenza simile se godesse di tutte le sue facoltà. Però la verità è questa: l'amore della mia vita mi riconosce ormai così di rado al punto di aver finito con l'aggredire questa vecchia sconosciuta che cercava di indurlo a mangiare. Spaventate, l'assistente e la badante hanno dato le dimissioni.

E io ho dovuto assumere due infermieri per le cure quotidiane poiché anche l'infermiera si è data per vinta. Il fisioterapista viene ancora. È in gamba. I suoi esercizi vengono presentati come un gioco. Non insiste quando il paziente si dimostra recalcitrante. E se si scoraggiasse?

Il dottor Rafaz sa delle mie perplessità, ma durante il nostro ultimo incontro mi ha fatto immaginare la tranquillità di cui potrei godere con la soluzione dell'androide, che da solo rimpiazzerebbe tutta la squadra attuale. E potrebbe neutralizzare Ianis se avesse una crisi. Ben programmato, incarnerebbe la persona che Ianis sta cercando. Così soddisfatto, mio marito potrebbe ritrovare un po' di autonomia e di lucidità. Soprattutto, ci guadagnerei del tempo per dipingere.

Servo una tazza di tè a mia figlia, rialzo la testa e sorrido.

"Hai ragione. Ci penserò su."

Dopo esami approfonditi e vari paragoni, mi sono lasciata sedurre da uno dei modelli più sofisticati sul mercato:

migliaia di sensori disseminati sul robot gli permettono di vedere, capire, sentire, registrare e spostarsi con la scioltezza di un essere umano. Inviano informazioni a un cervello biomorfico, in parte quantistico, capace di replicare un cervello umano e dotato di miliardi di neuroni e di sinapsi che ne assicurano la connessione.

Il mio doppio non si limiterà a comprendere me e Ianis, avrà un'eccellente capacità di apprendimento. Continuando a stimolarlo, questo legame si rinforzerà, l'intelligenza dell'androide crescerà e, sentimenti a parte, non ci sarà più nulla a distinguerlo da un umano, riguardo la coscienza o la creatività. Non dubito di queste promesse, né che diventerà presto un buon compagno per Ianis: sarà dotato di tutta la pazienza che a me manca.

I venditori mi hanno invitato a raccogliere tutte le tracce digitali che potevo mettere insieme. Non ce ne mancano: abbiamo provato molto piacere a scriverci e a filmarci... Non è stato difficile formare una struttura di ricordi fedele a quella che ero per Ianis nei nostri primi tempi. L'abbiamo completata con i miei ricordi più importanti. Alla fine, una volta fuso il *ghost* con l'androide, l'Eleni sintetica parlava e si muoveva come una copia identica dei miei trent'anni ritrovati.

Ho avvisato Nina. La voglio al mio fianco per la consegna. Assaporo il momento in cui il mio doppio avanzerà e s'inchinerà davanti a lei, con quel sorrisetto divertito che ha sempre un po' tirato di più sull'angolo destro della mia bocca.

"Ci abbracciamo?" domanda l'androide.

A bocca spalancata, Nina la guarda, gli occhi fuori dalle orbite, un barlume di terrore danza sul fondo delle sue pupille dorate. Ritorna presto in sé.

"Non credevo fosse possibile fino a questo punto."

"Cosa?"

"La somiglianza. È inquietante. Ho l'impressione di tornare all'infanzia e che ti metterai a urlarmi contro."

"Bah! Questa Eleni ha riserve infinite di pazienza che alla sua età mi mancavano. Non alzerebbe mai la voce contro di te... a meno che tu non te la prenda con Ianis o con me. E inoltre, non avrebbe bisogno di urlare per neutralizzarti."

"Capito. Adesso che hai ottenuto il tuo piccolo effetto su di me, se andassimo a vedere cosa ne pensa tuo marito?"

Davanti alla camera in cui Ianis fa il riposino pomeridiano, decidiamo di lasciar entrare il mio doppio da solo. Il sistema di videosorveglianza di cui ho dovuto equipaggiare la casa ci permetterà di assistere al confronto senza disturbarla.

Dal mio studio, dove ho fatto installare gli schermi, guardiamo la giovane Eleni avanzare verso il letto. Ordino al sistema un piano ravvicinato sullo schermo principale e mi diletto come ogni volta dello spettacolo del mio sposo addormentato, così simile a quello che è stato: statura intatta, le sue belle mani tranquille sulle lenzuola, i lineamenti distesi, la bocca ben disegnata che sbadiglia a metà su un leggero russare.

Non mi stanco mai di contemplare nel sonno il viso dell'uomo che mi è più caro della mia stessa vita e, al fine di preservare questo momento, esito un istante a mandare la simulazione. Arriverà il momento in cui interverrà al risveglio.

Ma Nina è tutta tesa verso le immagini. Impossibile rinviare oltre la presa in carico di Ianis da parte dell'androide che attende da così a lungo. Trattengo un sospiro e lascio che l'incontro segua il suo corso.

Il simulacro si è piazzato al capezzale di Ianis. Gli sfiora il braccio più vicino. Dato che ho scelto questa opzione io stessa, so che la temperatura e la consistenza della sua pelle artificiale imitano alla perfezione un'epidermide umana.

Richiedo un primo piano e guardo il viso di mio marito svegliarsi... e illuminarsi, come quello di un bimbo che scopre sotto l'abete il più meraviglioso dei regali di Natale.

"Léni, mia cara," mormora, "ti stavo sognando."

"Dimmi, cosa facevamo?" chiede il mio doppio.

"Eravamo all'ospedale, dopo il tuo incidente. Ci tenevamo per mano. Mi avevi fatto così spaventare. Non immaginavo come avrei potuto vivere senza di te."

"Dopo, mi hai chiesto di sposarmi, non sono cose che si dimenticano. Dicevi che non t'importava se rischiavo di restare storpia."

Ianis si siede, si sporge verso la giovane Eleni e la bacia. La stringe con una sorta di frenesia, come se lei fosse sul punto di scappare da lui. L'androide si libera dolcemente dalla sua stretta.

"Vuoi che ti porti una tazza di tè? O preferisci che ti accompagni in cucina?"

"Vengo con te."

Nina li guarda lasciare la camera e s'inquieta.

"Sa dove si trova la cucina, il tè, e tutto?"

"Sì, le abbiamo insegnato tutto ciò che poteva esserle utile in casa: la topografia dei luoghi e la posizione di ciò di cui avrà bisogno all'inizio. Poi, imparerà. Allora, che ne pensi?"

"Bah! Gli androidi di compagnia non mancano, non sono una novità. Ma vederne uno a tua immagine, e fedele fino a questo punto, confesso che mi fa un po' venire i brividi."

"Li raggiungiamo?"

Ho tagliato corto, desiderosa di non incoraggiare Nina. A dire il vero, anch'io ho tremato guardando mio marito abbracciare il simulacro: *l'inquietante stranezza* di un altro simile a sé eppure leggermente differente. Mi avevano avvisata del fatto che avrei avuto quest'impressione. Ciò non mi ha permesso di dominarla in alcun modo.

In cucina, Ianis e il mio doppio interagiscono come se fossimo trasparenti. Posso anche ricordare che in accordo con il dottor Rafaz è la consegna che abbiamo dato al simul, ma non posso impedire di sentire il mio stomaco attorcigliarsi.

"Bisognerà che lei si mostri paziente" ha detto il neurologo. "Se questa compagna modifica lo stato di suo marito, i progressi saranno lenti."

Il mio doppio dispone su un vassoio una teiera, delle tazze, frutta e brioches, e accompagna Ianis sulla terrazza. Non vederli più mi aiuta a riprendere un contegno. Nina mi osserva, strizzando gli occhi.

"Non sei più a tuo agio di me, sbaglio?"

Alzo le spalle e mi do da fare a preparare il nostro tè. Lei torna alla carica.

"Sei sicura che sopporterai la giovane Eleni?"

"Che domanda divertente! Chi mi ha persuasa ad adottare questa soluzione?"

"Credevo di agire per il meglio. Non ne sono più così sicura. Il fatto che questa macchina ti scimmiotta mi infastidisce."

"Ti abituerai. L'importante è che Ianis si senta a suo agio. E si direbbe che l'obiettivo sia stato raggiunto."

Nelle settimane che seguono, ritrovo una tale libertà che i miei dubbi svaniscono. Come aveva previsto il dottor Rafaz, ho potuto mandare via la squadra di cura, compreso il fisioterapista, non senza dargli un bonus per ringraziarlo dei suoi eccellenti servizi... di cui non abbiamo più bisogno. Due volte al giorno, l'androide allena Ianis. Utilizzano la nostra piccola palestra. Poi, lo porta a camminare e finiscono con delle vasche in piscina. Il risultato è stupefacente. Ianis ha recuperato la maggior parte della muscolatura, e soprattutto la gestualità perduta. Non rifiuta più il cibo. Ho anche la sensazione che cerchi meno le parole da quando blatera senza interruzione con la sua Léni. È già da una settimana che non sento delle parafasie. Laddove, qualunque essere umano avrebbe lasciato perdere da tempo, come ho fatto io, la pazienza infinita dell'androide gli ha permesso di decifrare un senso nel magma frammentario e ripetitivo delle sue parole. E lui ha smesso di scambiare il giorno per la notte. Ormai si corica al crepuscolo e le camminate notturne che mi facevano impazzire si sono interrotte.

Di fatto, quando non m'ignora, si comporta con me come con una governante o una donna delle pulizie, né più né meno. Me ne accontento, adesso che ha recuperato la sua calma, ma la speranza che mi riconosca di nuovo per chi sono resiste, contro tutto e tutti.

Per la prima volta dopo quasi un anno, sono riuscita a isolarmi. Dipingo: la paura che non mi lasciava e mi paralizzava mi ha abbandonato o, almeno, si tiene a distanza, dormiente, questa ne è la prova. Riscopro il mio giardino, che ho tanto trascurato in questi ultimi mesi, il suo bel pendio arboreo di fronte al mare, i labirinti fioriti brulicanti d'insetti. Invece di tornare alle grandi tele tormentate che hanno fatto il mio successo, mi sono data all'acquerello per lasciare la casa in modo più agevole. Una sacca, un blocco, passeggiare per i sentieri profumati, fare gli schizzi di piccole scene: avevo dimenticato questa sensazione di libertà. Ieri sera, mentre guardavo le registrazioni della giornata per sorvegliare i progressi di Ianis, mi sono resa conto che anch'io non sono più incurvata. Sia benedetto il robot che mi ha tolto dalle spalle il peso che mi schiacciava.

"Eleni, cara, che piacere vederla! C'è mancata molto!

Abbiamo saputo di Ianis e delle difficoltà che ha avuto. Ha trovato una soluzione, quindi?"

"Sì. Una governante infinitamente più paziente di me. Ed è del tutto affidabile."

"Che fortuna! Trovare del personale qualificato, ai nostri giorni, è come trovare una pepita d'oro in giardino."

Annuisco e mi lascio incastrare da un'altra gallerista. Anche lei si è fatta vedere all'esposizione della grande retrospettiva che il mio agente ha venduto senza problemi ai musei, adesso che mi sto riaffacciando alla scena.

Continuano a interrogarmi su mio marito e a commiserarmi, questioni di pura forma, ascoltando a malapena le mie risposte. Anche se finora, ogni volta mi facevo prendere dall'eccitazione di questi incontri in cui ero protagonista, mi rendo conto che alla maggior parte della gente attorno a me non importa della mia presenza. La mia quotazione è il migliore dei loro argomenti. Ce n'è almeno uno che s'interessi davvero alle mie tele? Ianis era presente a tutte le mie mostre, che detestava benché mi aiutasse a superarne lo stress, e aveva sempre tessuto intorno a me un guscio protettivo di risate e sarcasmo. In sua assenza, l'obbligo di mostrare un'aria allegra diventa insopportabile, e più la serata avanza, più sento il mio sorriso diventare forzato. Vorrei scappare prima che si trasformi in una smorfia davanti allo sciame di videocamere che ronzano sopra di noi.

La folla si fende all'improvviso davanti a una donna che procede a lunghi passi, il capo sormontato da una sbalorditiva torta nuziale multicolore.

"Nina? Mio Dio, sono davvero i tuoi capelli?"

"In parte. E stai tranquilla, si tengono con lo zucchero. Una doccia e rivedrai la mia bella zazzera intonsa."

"Stavi cercando di distinguerti?"

"Me ne servo solo per farmi largo. Confessa che è efficace."

Ridiamo, è una distrazione gradita, e l'accompagno verso il buffet, preceduta dallo sciame che ci filma.

"Sei sola?"

"Ho dissuaso Alec dall'accompagnarmi. Sono di nuovo single, in questi giorni."

Ride di nuovo. Una risata breve, che non mi convince troppo. Non mi è mai piaciuto Alec, grande avvocato d'affari, molto sicuro di sé, sin troppo sprezzante. Se ama ancora mia figlia, lei lo maschera bene, e questo non le impedisce di civettare qua e là. Comunque, devo riconoscergli una qualità: non ha mai cercato di ostacolarla.

"Allora, questa mostra?"

"È riuscita alla perfezione, se devo credere a Jindrich. Per quanto mi riguarda, non avrei immaginato di annoiarmi fino a questo punto. Mi è bastata la pausa provocata da Ianis per scoprire a che punto è inutile questo gioco sociale."

"Parole da privilegiata, ne sei cosciente, spero. Mi spiace per il tuo agente. Si possono contare sulle dita di una mano gli artisti che non invidiano il tuo percorso. Difficile snobbare una retrospettiva quando si ha la tua carriera e si è riusciti in tutto."

"Anche mia figlia?"

Lei si acciglia, la mia predicatrice, e si vendica razziando i pasticcini. Come posso dirle che se ne avessi il coraggio, metterei fine alla serie di mostre che Jindrich ha preparato con tanta meticolosità?

Di ritorno, alla fine. Con una sensazione divertente. Come se la casa mi avesse un po' tradito durante la mia lunga assenza. Colpa mia. Avevo chiamato senza successo la simul e Ianis, andati a farsi una passeggiata.

Mi sono concentrata sui video di controllo. Un contenuto

avvincente al punto da far trascorrere le ore senza farmene rendere conto. Quando il mio stomaco ha iniziato a torcersi più del dovuto, ho deciso che era vuoto e sono andata a scaldare del cibo surgelato in cucina. Incapace di ingoiare più di tre bocconi, ho finito con l'identificare la fonte del mio malessere. In verità, non sopporto l'intimità che il mio doppio è riuscito a creare con Ianis e da cui sono del tutto esclusa.

È uno shock a cui non mi ero preparata. Durante la mia maratona artistica, mi ero accontentata di scorrere i rapporti giornalieri inviatimi dall'androide. Avevo lasciato andare, nella speranza di una sorpresa molto piacevole quando avrei ritrovato mio marito. Ora, mi basta ricordare gli spostamenti per capire che li avevo interpretati come un progresso, e non come un'espropriazione.

Sono tornata alle immagini più e più volte mentre la lingua continuava a battere sul dente dolorante. Ianis chino sulla sua Léni, testa a testa, che sussurra parole ermetiche ma dal tono tenero, il suo modo di sedersi davanti ai vassoi portati in terrazza chiedendo di essere imboccato, gli occhi socchiusi, fiducioso, abbandonato come un bambino, i loro corpi vicini, e le risate in palestra, i massaggi che gli prodiga l'androide e che sembrano carezze, e infine il cambio di stanza. Ianis ha lasciato il suo letto ospedaliero e si è preso la stanza degli ospiti più grande. Dormono insieme, il doppio e lui. Da quando?

Il dottor Rafaz scorre i video che gli ho portato, alza lo sguardo e mi fa un grande sorriso.

"Che successo!" esclama. "Prima dell'arrivo dell'androide, Ianis era in caduta libera. Ricordi che non gli davo sei mesi prima che entrasse nella fase 7, la fase terminale della malattia, che prelude alla morte. Qui non solo si vede che non ha cambiato livello, ma c'è un sicuro recupero su un insieme di punti con una prognosi molto buona. Riusciremo di sicuro a tenerlo più a lungo in una forma accettabile."

Annuisco, con la gola stretta, incapace di pronunciare una parola, incapace di esprimere il mio dolore. Gli interessa solo Ianis. Io sono trasparente. Esco con la sensazione che il mio doppio abbia rubato il mio posto.

Ho inviato un montaggio degli spezzoni a Nina, con questa richiesta: "Prenditi il tempo di guardarli, è importante." Dubito che ci trascorrerà le ore. Come magistrato all'apice della sua carriera, è sopraffatta dal lavoro. Tuttavia, mi ha chiamato la sera dopo. E ho visto in lei la stessa aria felice del dottor Rafaz.

Cerco una scusa per interrompere la comunicazione prima di sentire commenti dello stesso tipo, ma decido di ascoltare, almeno per fingere attenzione visto che si è sforzata di esaminare il montaggio.

Come previsto, le sue osservazioni sono laceranti. Come il neurologo, ha misurato solo i progressi eccezionali di Ianis. Per lei, il simulatore si riduce al robot che ha reso possibile tale progresso. Lo separa molto bene da me. Non ci vede quasi mai un duplicato di sua madre.

"Non pensi che questa Léni prenda troppo spazio?"

Nina è troppo attenta per non aver sentito, dietro il tono leggero, la mia angoscia. Aggrotta le sopracciglia e mi fissa. "Parli dell'androide al femminile, adesso? E lo chiami Léni, come Ianis?"

Mi rendo conto che sì, ho smesso di considerare il mio doppio come un neutro e ci penso come una "lei" e, peggio ancora, come la rivale che mi ha rapito Ianis. Cerco delle spiegazioni e m'impantano da sola.

"Mamma, non sarai mica quantomeno gelosa di questo surrogato?" sbuffa Nina, incredula.

Cerco di negarlo ma le parole mi si bloccano in gola.

Inorridita, mi rendo conto di quanto è ampio il mio senso di espropriazione. Prenderne coscienza mi devasta al punto che non riesco a controllarmi. Nella mia immagine sovrapposta, vedo i miei occhi riempirsi di lacrime.

"È un automa, mamma! Non si può essere gelosi di una macchina! Esegue un programma comportandosi come volevi tu: imitando la giovane Eleni in modo che tuo marito trovi ciò che voleva."

"Speravo che me l'avrebbe restituito. Non avevo immaginato che mi avrebbe soppiantato. Ho l'impressione che mi stia succhiando il sangue."

"E che beva la tua anima?" Nina ride. "Finirò per preoccuparmi, è vero che non hai un bell'aspetto. Eppure, hai ottenuto quello che volevi, no? Se amassi tuo marito come hai sempre detto, non dovresti esultare per averlo rasserenato?"

C'è una specie di avidità in quegli occhi castani dorati che mi scrutano? Mia figlia mi ricorda di colpo la mia gatta Lilith quando giocava con un toporagno. Una zampata, un morso... Non è il caso di prolungare il mio tormento. Taglio corto.

"Hai ragione. Sto subendo le ripercussioni della serie di mostre con Jindrich. Avrei dovuto abbreviarla."

I giorni successivi si trasformano in tortura. Capisco che intorno a me è cresciuto un vuoto dall'inizio della malattia di Ianis. Nessuno dei sedicenti amici della nostra cerchia mi darebbe i consigli e l'aiuto che cerco. Solo Josefa avrebbe potuto aiutarmi. Ci siamo sostenute fin dall'infanzia, purtroppo se n'è andata dalla mia vita due anni fa, stroncata da un infarto.

Ho cercato di unirmi ai giochi dei due piccioncini e ho subito rinunciato perché mi sentivo esclusa. Non è solo perché ignorano la mia presenza, ma anche perché non capisco niente dei loro scambi. Ianis borbotta una sorta di gergo incomprensibile, e Léni risponde in modo altrettanto oscuro, come se avessero una nuova lingua in comune.

Non ho risposto alle ultime chiamate di Nina. Cosa potevo dirle? Che languo e sprofondo nella solitudine? A che servirebbe preoccuparla? Per fortuna, viviamo lontane l'una dall'altra: lei nei Paesi Bassi, io nella mia isola greca. In caso contrario, sospetto che mi invaderebbe più spesso ora che Ianis è fuorigioco e non sopporterei che venisse a farmi la predica. Soprattutto perché non riesco a immaginare nulla da controbatterle. In effetti, la mia gelosia è irrilevante. Sembrerebbe insensato pure a me che io non riesca a gioire dei progressi di Ianis.

Mangiare, muoversi, dipingere: cerco di contenermi, sarebbe così facile lasciare la presa. Tuttavia, poco fa, mi sono svegliata davanti alla tela in lavorazione, una spatola in mano, per scoprire che l'avevo lacerata. Non ne avevo alcun ricordo. E se la demenza di Ianis colpisse anche me?

Ulteriori smarrimenti mi hanno portata a chiedere un consulto. La specialista paffuta che mi riceve mi assicura che non soffro di una malattia. I miei problemi sono causati dalla depressione. Nulla che non possa essere trattato efficacemente. Si mostra così categorica, bacerei volentieri le sue belle guance rosse!

Ora che mi ha rassicurata, ho la ferma intenzione di superare la mia confusione senza l'aiuto di una camicia di forza chimica. La neuropsichiatra ha intuito la mia riluttanza. Ritiene necessaria una prescrizione. Dietro mia richiesta, rinuncia a condividere le sue conclusioni col dottor Rafaz poiché ho preferito non consultarlo. Il pretesto è quello di evitare qualsiasi associazione con Ianis. "Stanotte riceverà la consegna con un drone," mi annuncia. "Non trascuri il trattamento." Mi trattengo dall'alzare le spalle. Ho ancora la libertà di disporre del mio corpo a mio giudizio. Per riappropriarmi della mia vita, del mio spazio, della mia arte... e perché no, del mio amore.

Tornata a L'Amaryllis, appena l'auto-plano atterra, cerco mio marito. Lo trovo in palestra, nel bel mezzo di una sessione di judo con Léni. Un tempo eravamo bravissimi in questo gioco. Vederlo inanellare le prese senza di me e sentire i suoi scoppi di risa mi torce lo stomaco. Provo a interferire, ricevo un colpo come benvenuto. Léni interviene, blocca il braccio di Ianis che mi sta attaccando, blocca pure me quando voglio insistere. Infuriata, cerco di resistere, ma è inutile. Stavolta, riesco a vedere chiaramente l'androide dietro il viso simpatico della giovane Eleni. Che non ha smesso di sorridere, ma m'immobilizza del tutto.

Sono stata di malumore per il resto della giornata. La sera mi viene in mente un'idea, come un faro che illumina la mia notte. Penso di sapere come ritrovare l'amore dell'uomo che è essenziale per la mia vita.

Stavolta sono sola al momento della consegna. Ho lasciato Nina all'oscuro. Non sa niente dei miei piani. Durante le nostre ultime conversazioni è stata felice di vedere che stavo meglio. Ora che è vicepresidente della Corte internazionale di giustizia, e nonostante mi assicuri del contrario, ha poco tempo per fare da mamma alla sua vecchia madre, cosa che accolgo con favore. Lei dice di rimpiangere i suoi inizi al TGI di Bordeaux, ma penso che sia molto contenta della sua posizione.

È il suo nuovo status che mi preoccupa? Dato che mi sono sempre mostrata così volonterosa in sua presenza, senza mai permetterle di dirmi che cosa fare, oggi dovrei tirarmi indietro per paura del suo giudizio?

Saluto Kenji, il mio analista e programmatore di laboratorio, che è venuto a portarmi l'ordine. O almeno ad accompagnarlo: l'androide era seduto accanto a lui nell'auto-plano. Ne è sceso da solo e con una disinvoltura che denota conoscenza del luogo. A sorpresa, l'umano sembrava meno a suo agio di lui. E non più di me, tra l'altro, che sono rimasta immobile sulla soglia di casa. Del resto, non c'è da stupirsi dato che avevo già visto il simulatore alla Yaskawa Robotics e grazie al *machine learning* avevo contribuito al suo imprinting, tuttavia scoprirlo nel mio cortile mi paralizza.

Non me l'aspettavo affatto. Quando avevo ricevuto Eleni, avevo avuto la sensazione di accogliere uno strumento. Oggi non c'è stato niente di simile. Il sole cocente di mezzogiorno non m'impedisce di tremare. E se mi fossi sbagliata? E se realizzare questo doppio di Ianis mi dovesse angosciare, invece di darmi la soddisfazione sperata? Guardando il simulatore, la sua magrezza atletica, le guance fresche, la criniera setosa dei capelli castani, mi chiedo cosa mi abbia spinto a optare per una versione così giovane. Lo Ianis dei primi tempi era perduto da così tanto tempo che, passato l'entusiasmo per la sua creazione in laboratorio, ormai dubito che possa accompagnarmi quotidianamente e di riuscire a ritrovare con lui la minima vicinanza

Cosciente del mio disagio, Kenji mi tocca con gentilezza la spalla e m'invita a presentare Eleni al nuovo arrivato. Il confronto gli interessa, nella misura in cui l'architettura operativa del mio doppio differisce da quella dell'altro simulatore, anche se gli è vicina in termini di reti neurali, protocolli e algoritmi.

È un fallimento? Sapevo del desiderio di Kenji, tuttavia ho trascurato d'informare Léni, figuriamoci di esigere la sua presenza. E adesso è l'ora della corsa mattutina. Saranno entrambi assenti. Balbetto scusandomi in maniera così afflitta che la contrarietà del programmatore svanisce. Rifiuta la mia offerta di aspettare il ritorno di Léni, mi fa promettere d'inviare i video dell'incontro, torna all'auto-plano e decolla.

Mi giro verso il simul, scopro sul suo viso l'inalterabile pazienza di Ianis, gli occhi fiduciosi fissi su di me. Tendo una mano esitante, mi arrendo, non sono ancora pronta a toccarlo. Alla Yaskawa Robotics, ho deciso di chiamarlo Ian, un'abbreviazione che non ho mai usato con mio marito così come lui non usava il mio nome completo a meno che non fosse molto scontento di me.

Con un cenno, lo invito a seguirmi. Non ho trovato il coraggio di rivolgergli la parola. A dire il vero, ora che siamo soli, sento la gola così stretta che non potrebbe uscirne un suono. "Mai soddisfatta!" avrebbe commentato Ianis prendendomi in giro. Sorrido a questo ricordo. Avrebbe aggiunto: "Hai ottenuto quello che volevi, vero? Concediti un po' di tempo per realizzarlo e per godertelo."

Quello che temevo di più non è successo. Non l'incontro tra i due androidi, a cui non ho prestato molta attenzione per quanto si svolgeva in maniera banale, con dei saluti, ma il confronto tra mio marito e il suo doppio più giovane.

Mi aspettavo almeno un po' d'inquietudine, di vedere uno di quegli scatti d'ira cui era solito prima dell'arrivo di Léni. Spalanca gli occhi quando scopre il simul, poi aggrotta le sopracciglia, un'indubbia prova che sta avvertendo una certa familiarità, ma il riconoscimento si ferma lì. Soprattutto perché Ian mi trascina in fretta fuori dalla palestra, come avevamo concordato. Dagli inizi della malattia, cerco di evitare a mio marito ogni stress inutile. Mentre raggiungiamo il mio ufficio, dove potrò spiarlo attraverso gli schermi, confesso che avevo sperato in uno sconvolgimento, persino un attacco di gelosia. Abbastanza per dimostrarmi che non mi ha cancellata del tutto.

Nelle settimane successive, invece, la distanza mostrata

da Ianis mi avvicina a Ian. Come mi aveva consigliato Kenji, gli ho lasciato completare insieme a Léni il suo deposito di informazioni sulla nostra vita passata. Il programmatore voleva che i due androidi si scambiassero elementi a loro non comuni, in modo da ottenere una precisione ancora maggiore nella loro architettura di doppi. Non mi intrometto. Trovo anche piuttosto eccitante che stiano insieme quando Ianis è addormentato e non richiede più la presenza della sua guardia del corpo. Quando, in seguito, Ian mi raggiunge a letto, ho l'assurda sensazione di essere la sua preferita. E poi avevo disimparato la dolcezza delle carezze, e fino a che punto mi mancavano. Ian ha saputo molto rapidamente come usare le mie migliori zone erogene. È un amante assai più abile di mio marito, ma quando mi sussurra all'orecchio, nell'oscurità della camera, mi capita di dimenticare che il robot non è Ianis, visto che la sua intonazione e il suono della sua voce riproducono con perfetta fedeltà la voce del mio amore fuggito.

Ian è la meraviglia raffinata che mi era stata promessa. Mi aspettavo che correggesse i suoi errori, meno che potesse decodificare alcuni contenuti impliciti delle mie frasi quando parliamo, e non avrei mai immaginato che potesse cogliere i deboli segnali delle mie emozioni. Questa decriptazione è reale? Quando mi dà l'impressione di poter analizzare il mio linguaggio del corpo, è una proiezione da parte mia? La mia solitudine lo adorna di tutte le virtù? Fino a considerarlo il compagno che mi mancava? Se esco, qualsiasi cosa debba fare, lo porto con me. Per discolparmi, mi dico che ogni stimolo, ogni informazione più recente, produrranno una nuova sequenza di pensieri e ne aumenteranno le capacità.

Oggi ho deciso di portarlo a fare shopping al Pireo. Ha

bisogno di un guardaroba, il laboratorio mi ha lasciato il compito di provvedere. Aveva solo una tuta quando è arrivato a casa mia, e se ho attinto liberamente dalla biancheria intima di Ianis per sopperire alla mancanza di un cambio, non ho più voglia di vederlo indossare i jeans e le magliette di mio marito.

Avrei dovuto sapere che questo giro non sarebbe stato esente da rischi e limitarmi a ordinare sul web. Appena entrati da Notos, incontriamo Kriss Argyrakis, che mi salta al collo con la sua consueta volubilità. Poi, l'amica di Nina squadra il mio compagno e il suo occhio si illumina di un bagliore avido.

"Non mi presenti?" dice con un tono inquisitorio.

In effetti, non ho la minima voglia di presentarle l'androide. Io, che in genere bado a evitare i luoghi dove rischio di più d'incontrare conoscenti, non potevo immaginare un incontro peggiore. Non appena ci avrà lasciati, questa piaga chiamerà Nina per saperne di più. Improvviso.

"Ian, mio nipote. È venuto all'Amaryllis per aiutarmi."

Non appena pronunciate queste parole, mi mordo crudelmente il labbro. Che scema! Il risultato non si fa attendere.

"Ah? Pensavo che fossi figlia unica."

"Un fratello da parte di Ianis."

"È vero che non può sfuggire la somiglianza di famiglia!"

Tende una mano avida, che Ian stringe, sfiorandola senza insistere, come gli ho insegnato.

"Kriss Argyrakis. Sono una vecchia amica di Nina. Vi inviterei volentieri a bere qualcosa, ma ho un appuntamento ora. Passate a casa sabato, ok?"

"Vedremo. Non mi piace lasciare Ianis troppo a lungo."

"Ma Nina mi ha detto che ora hai un androide. Non

rischi più nulla a lasciare un po' tuo marito."

"Non è così facile."

La furbetta si rivolge a Ian.

"Cerchi di convincerla. Altrimenti, venga da solo. Organizzo una piccola festa."

Un bip al polso la fa sobbalzare. "Ops! Sono in ritardo, devo andare. A sabato!"

Bofonchio guardandola allontanarsi. "Che dannata mignatta, povera ragazza!" Ian si gira a fissarmi. Ha l'espressione confusa che adotta quando il suo analizzatore slitta e non comprende una mia frase. "Kriss Argyrakis è una mignatta?"

La maggior parte delle volte, Ian non è in grado di decodificare le metafore. Dovrò inventare una buona ragione per sottrarmi all'invito. È fuori questione portare il simul in contesti simili. Mentre è abbastanza a suo agio in un dialogo con me, il suo analizzatore spesso deraglia di fronte a troppe ambiguità semantiche. Certe allusioni ironiche o sessuali che gli sfuggono sarebbero capite da un bambino di dieci anni. A meno di non fingere che sia autistico o stupido, dubito che potrebbe ingannarli a lungo.

"Bene, mamma, quindi hai dei segreti!"

La mia risata si gela. Ian era così irresistibile, macchiato di confettura di fragole. Ha girato un po' troppo energicamente il composto. Ne ha persino sui capelli.

"Nina, sai quanto odio che ti presenti qui senza preavvisare!"

Lei alza le spalle con un sospiro. Non ha staccato gli occhi dal simul, che s'inchina per salutarla. Lui la conosce, ovviamente, il che non è reciproco.

"Un androide non bastava? Perché me l'hai nascosto? Quando ho ricevuto la chiamata di Kriss, sembravo un'idiota. Ho capito che avevi tirato fuori dal cilindro il nipote di Ianis."

"E gliel'hai detto?"

La mia voce è stridente e lei se ne accorge.

"Per chi mi prendi? Le conosco, le sue zanne da vipera. Una volta piantate su qualcuno, non vogliono più lasciare la presa. Ho anche finto di averti consigliato io la presenza del famoso Ian. Stava immaginando un non so cosa da gigolò. O che comunque proteggevi con cura quella meraviglia senza la minima intenzione di condividerla."

A immaginarmi la frustrazione di Kriss, di cui abbiamo evitato la festa, non posso fare a meno di ridere. La risata contagia Ian e poi anche Nina che scuote la testa, metà divertita, metà esasperata.

"Comunque la sua chiamata mi ha fatto capire perché non davi più notizie nelle ultime settimane. E io che ti pensavo immersa nella tua creazione! Finalmente libera di dipingere grazie all'arrivo del tuo doppio!"

Ha un tono leggero, ma i suoi occhi scuri la tradiscono. E il controllo traspare dalla sua voce mentre ripete: "Perché me l'hai nascosto?"

"Dai, Nina, non sono nemmeno tenuta a rendertene conto. Ho ordinato Léni per soddisfarti. Dopodiché, a cominciare da tua madre, nessuno aveva più il minimo motivo di preoccuparsi. E quando si passa dall'occupazione costante al vuoto assoluto, si ha davvero voglia di riempire lo spazio. Un simul solo per me, mi è sembrata un'ottima soluzione."

Mi guarda in modo triste, ma cosa potrebbe dire? Che un androide non è una vera compagnia? Che questa scelta mi rende solipsista? È chiaro che questi pensieri le attraversano la mente.

Le sono grata di aver taciuto. Non avrei tollerato che li

esprimesse. Vive così lontano da me, come potrebbe pretendere di governare la mia vita? Non ho ancora perso la testa al punto che lei mi metta sotto tutela e mi rimpatri sotto la sua protezione.

In cucina, Ian non ha smesso di mescolare il magma profumato. Do un'occhiata alla bacinella di rame e aggiungo: "Adesso, se non ti dispiace, mettiamo la confettura di fragole nei vasetti. Aiutaci, puoi prendere una pentola." Sospira, poi annuisce, golosa.

Amo mia figlia, ma sono sempre sollevata quando se ne va. Tutto sembra più facile senza di lei. A ogni sua visita o quasi, ho come l'impressione che si stia vendicando.

Un giorno, mentre cercavo di analizzare questa sensazione di essere giudicata, sono giunta alla conclusione: "Colpevole, Vostro Onore!" Lo stato di Nina non mi aiuta a tenere a distanza il nostro passato. Volesse il cielo che non avessi ceduto a Philippe. Oggi non dovrei rendere conto a nessuno.

Respiro meglio, tuttavia, ora che Nina sa dell'esistenza di Ian. Il segreto mi pesava. Stare alla larga da ogni interferenza significava rifiutare il rischio di una valutazione. Una reazione infantile, che mi ha protetta per un momento, ma impossibile da mantenere a lungo termine.

Trascino Ian nella stanza della musica, mi metto al pianoforte, suono le prime note del *Canto del cigno* e, concentrata sullo spartito, dimentico di aver perso Ianis e che chi ha appena cantato il *lied* di Schubert al mio fianco è un simul. La bella voce baritonale di mio marito si innalza: sono i suoi accenti, le sue intonazioni, e per tutto il tempo che l'accompagno, trascinata, mi libro, ed è come se la mia vita mi fosse stata restituita.

La mia felicità si avvicinava troppo alla perfezione?

Dall'arrivo di Ian, ho ritrovato il sonno di quando ero bambina. In particolare, non mi sveglio più con l'impressione che mio marito stia cercando di uccidermi. Eppure, questa notte, il sogno ricorrente mi travolge di nuovo. Mi sveglio urlando, prima di ricordarmi che non corro più rischi e cerco a tentoni al mio fianco la presenza rassicurante di Ian. Senza trovarlo. Non avrei mai immaginato che il simulatore potesse abbandonare il letto senza un mio ordine. C'è un problema con Ianis? È stato richiesto il suo aiuto?

Incuriosita, lo vado a cercare e infatti lo trovo insieme a Léni, nel salottino che conduce alle camere degli ospiti. Se mio marito gli ha causato dei problemi, ovviamente la cosa è risolta.

Occupano due poltrone, una di fronte all'altra, ai lati del tavolino. Le braccia poggiate sul piano di vetro, le dita intrecciate, le fronti vicine, sussurrano. Ho l'impressione di rivedere me e mio marito, in un video che entrambi i simulatori hanno avuto l'occasione di guardare. Un quadro così intimo che mi devasta.

Questa scena è destinata a me? L'udito degli androidi è più fine del mio, impossibile che non mi abbiano sentita mentre mi avvicinavo. Dal momento che non interrompono il loro conciliabolo, cosa si può dedurre, se non che questo tenero incontro non si svolge a mio vantaggio?

Mi sforzo di allentare i pugni e noto i piccoli tagli che le mie unghie hanno inciso nell'incavo dei palmi. Torna a letto, povera sciocca! Tenerezza tra due robot? Di certo si tratta solo di uno scambio di dati.

Incapace di riprendere sonno, lascio di nuovo la mia stanza ed esco di casa. La piscina luccica, argentea sotto la luna, un invito. Nuotare mi calmerà. Faccio alcune vasche, poi mi fermo in posizione di plank. All'inizio solo dei piccoli movimenti delle mani e dei piedi mi permettono di mantenere la posizione. Tuttavia, l'acqua prelevata dal mare offre un buon sostegno. Finalmente, il mio corpo comincia a rilassarsi e quasi mi addormento, cullata dal canto dei grilli.

Molto più tardi, quando il fresco mi risveglia dalla sonnolenza, invece di tornare a letto, vado nel mio ufficio. La videosorveglianza mi mostra che i due androidi sono ancora insieme. Zoomo e aumento il volume, in modo da poter sentire quello che si stanno dicendo, e forse capire la natura dello scambio, ma parlano una lingua straniera e nonostante il passaggio della registrazione al Babel sofisticato di cui dispongo, il traduttore non fornisce una soluzione perché non riesce a riconoscere il linguaggio.

Divorata dalla frustrazione, decido di chiamare Ian e chiedere un massaggio. Le sue mani traditrici scivolano lungo il mio corpo con la consueta efficienza, m'immergono in un beato torpore, e alla fine mi addormento, con la sensazione che tutti i muscoli si stiano sciogliendo.

"Mi perdoni per il disturbo, Kenji, volevo farle una domanda."

"Prego, signora Koraïs, sa che qualsiasi acquisto da Yaskawa Robotics la autorizza a chiamarci giorno e notte."

"È normale che i due simulatori continuino a scambiarsi informazioni?"

Gli occhi socchiusi del programmatore si allargano. Di sicuro la mia domanda suscita il suo interesse.

"In linea di principio, il transfer learning è avvenuto appena Ian è arrivato, ma è possibile che continuino a rafforzare la loro architettura mediante apprendimento auto-supervisionato. Hanno la capacità di perfezionare le loro reti neurali."

"Ha guardato l'estratto che le ho mandato?"

"Non ancora."

"Li ascolti parlare. Ho un Babel Pro e l'IA non è riuscita a decifrare la loro lingua."

Lo sguardo di Kenji s'illumina. Un'attenzione appassionata rimpiazza la sua espressione dubbiosa.

"Avrebbero inventato una lingua? I loro scambi potrebbero aver portato alla creazione di nuovi algoritmi. Un'interlingua sarebbe un successo imprevisto. Mi dia un'ora, analizzo il video e la richiamo."

L'ora passa senza una risposta del programmatore. Avrà dimenticato la promessa? O ha pensato che la comunicazione possa aspettare fino a oggi pomeriggio? Dopotutto, è ora di pranzo. Una sorda angoscia mi travolge. Questo rinvio non è tipico di Kenji. Deve essere successo qualcosa.

Alle tre non ce la faccio più e mando un messaggio.

"Estratti in corso di analisi," manda come risposta Kenji, tanto breve quanto brusco, il che non aiuta a rassicurarmi. Ma che bisogno avevo di fare pressione per avere una risposta mentre è chiaro che il programmatore sta faticando sui video... Quando alla fine mi chiama, la sera presto, non mi sorprende che mi confermi l'interlingua. Alza le spalle imbarazzato e annuncia: "Non è un metalinguaggio che esprimerebbe solo una rappresentazione interna. È criptata. Per ora non ci capiamo nulla. I nostri sistemi di PNL non la decifrano. Le elaborazioni lessicale, morfosintattica e semantica non sono approdate a nulla."

"Questo riflette una forma di coscienza? Mi sono chiesta se provassero delle emozioni."

"No. Qualsiasi progresso abbiano potuto generare, è sempre a partire dagli algoritmi che abbiamo installato o da algoritmi derivati da essi. Immaginarli provare qualche tipo di emozione, implicherebbe che sono progrediti fino a un ordine di pensiero superiore e, allo stato dalle nostre ricerche, è semplicemente impossibile."

"E se potessero rimediare a quella carenza in un modo che non sospettiamo?"

Kenji sorride, un sorriso beffardo che mi fa venir voglia di cancellarglielo a suon di pugni in faccia.

"Credo che lei giudichi i suoi androidi più evoluti di quanto non siano, signora Koraïs. L'IA che sfugge al nostro controllo è fantascienza."

"E la creazione di questa interlingua? Non me la sono inventata! Né che *sfugga* alla sua analisi!"

Il mio fastidio è percepibile, il ragazzo lo percepisce e s'inchina, cerimonioso.

"Mi scusi se l'ho contrariata, signora Koraïs, ma i suoi simul sono macchine. Il loro comportamento si basa sulle informazioni che abbiamo loro fornito e quelle che hanno elaborato in seguito per produrre nuove sequenze di pensiero si articolano su queste basi. Se riescono abbastanza bene a scimmiottare i vivi, è solo un'apparenza."

Mi metto una mano sul cuore e m'inchino.

"È lei lo specialista, Kenji. Faccio solo supposizioni. Sentendo questi conciliaboli inaccessibili, ci si lascia subito trasportare. Passi una buona serata."

Sono di nuovo nel mio ufficio, a osservare i due androidi. Mi pare di essere tornata indietro di quasi un anno, quando spiavo i giochi di Léni e di mio marito. Non riesco a pensare ai due doppi che ho contribuito a creare come a semplici robot. Non riesco più a disfarmi di un forte senso di tradimento. Ripetermi che è assurdo non cambia niente. Il fatto che nessuno alla Yaskawa Robotics abbia ancora decifrato l'interlingua non mi aiuta a ritrovare la serenità. Oggi, mentre speravo di provare di nuovo piacere nel camminare con lui, ho sentito tanta frustrazione che l'ho mandato via.

Potrei separarmene? Kenji mi esorta a cederglielo per l'analisi. Il mio rifiuto l'ha sorpreso. E perché? Gli lascerei sezionare il simul dal momento che credo sia cosciente? Ha un bel daffare ad assicurarmi che mi sbaglio, le sue grandi spiegazioni non mi hanno convinta. Perché dovrebbe reclamarlo, in questo caso? La sua eccitazione non mi è sfuggita. E la scintilla di vita che ho visto accendersi in fondo agli occhi di Ian, non l'ho sognata, voglio godermela. Ma c'è uno spazio destinato a me, tra i due androidi?

La gelosia è un impasse, ragazza mia. Se non ne esci, non ritroverai il tuo appetito per Ian.

Ho rifiutato le ultime chiamate di mia figlia. Che potevo dirle? Avrebbe inevitabilmente notato che sono depressa. Quando compaio nei video, mi faccio paura. Si direbbe che sia invecchiata di dieci anni.

E ovviamente lei insiste. Tanto peggio, la interfaccio con il mio avatar, cosa che lei detesta. La mia incarnazione virtuale le impedisce di riconoscere le mie espressioni e lei afferma che questo distorce la relazione. La sua reazione non si fa attendere.

"Hai bisogno di una maschera, mamma? Cosa mi nascondi? Ianis ti ha rotto di nuovo lo zigomo?"

"Punto primo: sono nuda. Punto secondo: ho dormito molto male. Non ho la minima voglia che commenti il mio pessimo aspetto."

"Beh, ti ricordi che noi due facciamo il bagno nude nella tua piscina? E sembri così devastata? Per favore, fammi stare tranquilla. Togli quest'avatar."

Che piaga! Se non le do retta, è capace d'impormi la sua visita all'Amaryllis. Disattivo i sensori. Non delude, mia figlia spalanca gli occhi.

"Signore! È vero che hai un brutto aspetto. Pensavo fossi tornata in forma con il tuo Ian. E soprattutto che dormissi di nuovo come un bambino. Povera mammina mia, che sta succedendo?"

La sua commiserazione senza ironia o condiscendenza mi toglie le ultime forze. Mi sciolgo in lacrime. Tra i singhiozzi, spiattello tutto: i due simul in coppia, il linguaggio indecifrabile che si sono creati, le pressioni di Kenji, la mia disaffezione per Ian e, infine, la certezza che i nostri doppi abbiano raggiunto una sorta di coscienza. Cosa per cui troverei motivo di rallegrarmi se non li sentissi così estranei e maldisposti nei miei confronti.

"Mamma, ti rendi conto che ne parli come se fossero persone vere?"

L'impotenza mi strappa un gemito. Come potrebbe fare Nina a capire qualcosa della situazione? Riprende a parlare con un tono calmo che mi fa sentire come se stessi tornando all'infanzia, quando mia madre cercava di farmi ragionare.

"In nessun caso un androide può essere un Altro, mamma."

La maiuscola, molto accentuata, le riempie la bocca. E il giudizio ha soppiantato la tenerezza.

"Si può sapere cosa ti autorizza a essere così perentoria?"

La mia voce s'infiamma mentre dovrebbe restare calma.

"Stiamo studiando questi dossier all'Aia. Credimi, sono ben informata. Il tuo doppio, così come quello di tuo marito, è solo una macchina programmata per rispondere agli stimoli, come tu hai deciso. Quale che sia la complessità dei loro algoritmi, o i loro risultati, questi robot non diventerebbero mai consapevoli come un essere umano. L'illusione può sfiorare la perfezione, e quindi sembrare molto inquietante, ma tu stai operando una proiezione, te ne renderai conto prima o poi. Lo spero, comunque."

Alzo le mani in segno di resa. "Suppongo tu abbia ragione. Ti spiace se ci fermiamo qui? Sono rattrappita. Vado a dormire un po'."

Kenji ha fatto valere una clausola del contratto che ho firmato con Yaskawa Robotics. I simul tornano in loro possesso se compaiono modifiche significative ai loro algoritmi. Ovviamente, in tal caso, l'azienda non si limita a pagare un rimborso completo, ma anche un risarcimento sostanzioso. Potrò tenermi Léni, mentre mi costruiscono un nuovo doppio, sanno bene che questo simul è indispensabile per me, ma vogliono Ian senza attendere il suo sostituito. Quando gli chiedo un pareere, il mio avvocato mi assicura che hanno piena facoltà di inviare un ufficiale giudiziario per eseguire il sequestro.

"Se credono che glielo lasci fare!"

"Le consiglio di cedere prima del pignoramento. Ciò le permetterà di risparmiare per il futuro. A meno che non abbandoni l'idea che questa società le fabbrichi nuovi simul?"

"Lei è pagato per difendermi, Georgios, non per dirmi di arrendermi!"

Lo stupore gli fa spalancare gli occhi. Mi rendo conto del mio tono di voce: ho gridato. Non mi aveva mai visto perdere la calma.

"Mi perdoni, amico mio. Sono un po' al limite. Mi spiace di essermi lasciata trasportare. Però mi aspetto da lei un modo per resistere a queste persone. Non voglio dargli l'androide."

Alza le spalle, e il suo sguardo dispiaciuto comunica quanto è vana la mia idea di resistenza.

Non posso nemmeno pensare di nascondermi da qualche parte con Ian. Kenji sospettava che avrei avuto quest'idea. Mi ha spiegato che questi androidi valgono troppo perché i loro creatori corrano il rischio di un furto. Fin dal concepimento, sono pieni di chip di tracciamento. Ovunque dovessi andare, Ian o Léni sarebbero stati geo-localizzati.

"Continui a cercare, Georgios. Aspetto molto presto sue

notizie."

L'avvocato annuisce, mi saluta e sparisce. Non appena è scomparso, libero le grida di rabbia che mi stavano soffocando. Anche se sono consapevole della ridicolaggine della mia reazione e di ciò che essa implica riguardo al mio stato, provo comunque un profondo sollievo.

In cucina, sono impegnata a prepararmi il tè. Non ho appetito.

Ianis e Léni pranzano in terrazza e mi accorgo che da più di un giorno non ingerisco cibo solido. Mi rendo anche conto che le lacrime mi stanno inondando le guance. Esaurimento? Mi costringo a scongelare una moussaka, ma mi blocco dopo tre cucchiaiate.

Portata fuori la tazza, mi siedo accanto a Ianis, che per il momento è in silenzio, concentrato a mangiare. Sbava un po'. Ogni tanto Léni gli asciuga le labbra.

Osservo i dettagli del suo vecchio viso, le borse gonfie sotto gli occhi e le guance tremanti, e non posso inpedirmi di fare un paragone con Ian, occupato a potare un cespuglio di rose nel giardino sottostante. Eppure, provo un moto di tenerezza, gli accarezzo il braccio, sorpresa come sempre dalla morbidezza dei suoi peli.

Insensibile alla carezza, Ianis continua a masticare. La violenza di quest'indifferenza mi colpisce più brutalmente che se mi avesse fracassato di nuovo lo zigomo. L'ho perso. Per me, Ianis è perso per sempre. Incapace di tollerare oltre, sono fuggita.

Ho ricevuto l'ordinanza relativa all'ingiunzione di accettare la richiesta della Yaskawa Robotics. Georgios mi assicura che se non cedo, e se non agisco, sarò convocata in tribunale. Nina sopporterà questo affronto? Sua madre convocata per una simile infrazione? E le maldicenze del suo ambiente su questo argomento?

Georgios mi prega di mostrarmi ragionevole. Ma è troppo presto. Tutto è precipitato nelle ultime settimane. Mi ero di nuovo avvicinata ai nostri doppi e avevo cominciato ad accettare il loro legame privilegiato. Ian mi attrae ancora di più perché rappresenta un mistero. Come potrei accettare di perderlo? E rabbrividisco al pensiero che Kenji lo smonti. Inoltre, cosa scoprirebbe su di me? Tutta l'intimità che abbiamo creato, dispiegata di fronte a un programmatore? Impossibile, impossibile...

Da diversi giorni, contemplo un'azione terribile. Avrò la forza di realizzarla?

Ho chiesto a Ian d'inginocchiarsi. Ha posato il suo solito sguardo fiducioso su di me e ha obbedito. Se fosse cosciente, si metterebbe alla mia mercé mentre stringo l'enorme mazza di mio padre con entrambe le mani?

La decisione è presa e la domanda non ha più senso. Colpisci e Ian sarà tuo per sempre. Nessuno potrà comandare più né lui né te. Colpisci!

Brandisco l'arma e l'abbatto, ancora, ancora, ancora: sulla testa, sul petto, sull'addome che si schiantano in una poltiglia di elementi crepitanti.

Colpirei ancora una volta ma una mano s'interpone e blocca la mazza. Nina?

"Buon Dio, Georgios mi ha avvertito che non stavi bene, ma non immaginavo fino a questo punto!"

Lascio che mi disarmi, che mi prenda tra le sue braccia, che mi stringa a sé, e poi crollo, in lacrime.

"L'ho ucciso, l'ho ucciso!"

Nina mi culla. "È un androide, mamma. Non si può uccidere."

Singhiozzo così forte che finisco per soffocare. Mia figlia mi picchietta gentilmente sulla schiena per aiutarmi a riprendere fiato.

"Mamma? Calmati. Ordineremo un nuovo doppio di tuo marito. Dovranno per forza avere conservato tutte le matrici alla Yaskawa: lo riavrai prestissimo."

Ma so bene che si sbaglia, che i nostri doppi sono vivi, che la gelosia mi accecava, e soprattutto che non sopportavo il pensiero di farmi sottrarre Ian. L'ho ucciso.

Niente e nessuno potrà restituirmelo. Mi sento scivolare, scivolare, un lampo mi abbaglia e trascino nell'incoscienza il viso sconvolto di Nina, china su di me.

VIAGGIO CONDIVISO

di Olivier Paquet

traduzione di Giulia Palumbo

Olivier Paquet è nato nel 1973. Ha pubblicato il suo primo testo sulla rivista Galaxies e ha continuato a pubblicare racconti brevi fino a quando ha vinto il Grand Prix de l'Imaginaire per Synesthésie nel 2003. Nella sua narrativa, mescola cultura e politica europee, e ambienta le sue storie anche nello spazio, come con la trilogia di Melkine *(Atalante, 2012-2013), che ha vinto il premio Julia Verlanger nel 2014. Oggi esplora le capacità dell'intelligenza artificiale e la sua relazione con noi nel suo ultimo romanzo,* Les Machines fantômes *(Atalante, 2019).*

Avvolto dalla frescura mattutina sotto i portici del Colosseo, Maxime era pentito di non aver preso la giacca. A fine settembre l'estate stava terminando di colpo, anche nella Città Eterna. Certo, non avrebbero tolto le giacche a vento dall'armadio prima di dicembre, ma il caldo giocava a farsi rimpiangere. Ci sarebbero voluti ancora decenni prima che le stagioni si mostrassero meno violente, prima che tempeste e tornado si susseguissero a ritmi meno rapidi; in ogni caso lo speravano tutti. Inoltre, la brezza fredda che faceva rabbrividire era uno di quegli inconvenienti che si accoglievano con piacere, una forma di ritorno a una normalità che Maxime non aveva mai conosciuto.

I vecchi sportelli d'ingresso erano stati smantellati così come i tornelli. Pannelli ricoperti di codici QR fornivano tutte le informazioni sulle visite, audioguide e prezzi pagati dai turisti. Per analizzarli meglio, Maxime si mise gli occhiali consultando sul tablet le istruzioni del suo gruppo. Solo, nella sontuosità del luogo, era attento a non farsi schiacciare dalle pietre millenarie che lo dominavano. Il Colosseo continuava a stupire molto più di un'immagine da cartolina. Ci si dimenticava delle lotte dei gladiatori, dei giochi circensi, della storia, restava solo la grana del travertino quando si aveva il privilegio di toccare le mura.

Una volta che il gruppo ebbe deciso il programma, Maxime mise via il tablet e seguì il percorso che portava ai gradini. Il suo sguardo doveva rimanere abbastanza fisso per non arrecare disagio mentre offriva varie angolazioni visive: uno sguardo verso il foro, un mezzo giro per contemplare l'Arco di Costantino, poi l'apertura delle scale che consentivano di salire sul Colosseo. Flessibilità, attenzione, fluidità: questi erano i tre comandamenti del viaggiatore. Maxime li applicava con tutta la serietà di un professionista. Quando arrivò a livello dei gradini, impostò il pannello numerato dell'audioguida e si fermò.

All'inizio aveva ascoltato i richiami storici, i dettagli di costruzione e tutte le scoperte archeologiche che deliziavano i turisti. Dopo trenta o quaranta ripetizioni, Maxime avrebbe potuto condurre lui stesso la visita, ma oltre al fatto che la città di Roma gli avrebbe cancellato il permesso di lavoro per concorrenza sleale, la gente si fidava solo di guide certificate, non di un viaggiatore. Non c'era possibilità quel mese, poiché il gruppo era composto in massima parte da insegnanti: bisognava rimanere statici mentre loro facevano domande e l'algoritmo dell'app trovava le risposte giuste. Il giorno prima, a Villa Borghese, Maxime si era fermato davanti a ogni opera e cartiglio, costretto ad attendere pure dieci minuti quando qualche pignolo di turno non era contento dei dettagli forniti dai commenti registrati.

Il viaggiatore era ben pagato e non aveva l'impressione di

rubare quel denaro. A volte, usciva dai musei con la schiena distrutta, pregando affinché gli venisse concessa una pausa in un bar. Con la realtà virtuale, il turista perdeva ogni nozione del corpo. Dimenticava che un sostituto umano sopportava ciò che gli faceva subire dal suo divano. Un giorno, mentre Maxime si era dovuto sedere in fretta per non soccombere al malessere vagale, qualcuno gli aveva ordinato di alzarsi per ammirare la fontana a dieci metri di distanza. Altri nel gruppo avevano rimproverato il torturatore, ma la maggioranza a favore del viaggiatore non era schiacciante. Prima della drastica limitazione del turismo, questa gente sarebbe crollata molto più in fretta di lui sui gradini di Piazza di Spagna.

Al termine del segnale dell'audioguida, Maxime girò su se stesso per offrire un panorama completo del Colosseo. Immaginava già i sorrisi, quegli "ah" e quegli "oh" dei turisti, senza sentirli, senza vederli. Solo il canto delle cicale rompeva il silenzio nell'atmosfera che si stava riscaldando.

Con la mano sulla visiera, Maxime tentava di fissare la cima dei gradini nonostante il sole, solo per il piacere di quelli che non resistevano a registrare l'immagine di un disgustoso controluce con il proprio computer. Nel suo mestiere, ci si adattava a tutto, anche al cattivo gusto.

Facendo il giro dell'anfiteatro, Maxime notò nell'ipogeo al centro la presenza di un altro paio di viaggiatori. Anche lui sarebbe dovuto scendere nelle quinte per descrivere le ultime scoperte archeologiche e le ricostruzioni dei montacarichi per lo spettacolo. L'intero percorso durava due ore piene, senza pause. Alle 10, sarebbe partito per una passeggiata al Foro prima di arrivare al Campidoglio a mezzogiorno. Il programma prevedeva una ripresa dai musei della piazza alle 14. Se Maxime voleva mangiare tranquillo, bisognava attenersi strettamente a quell'orario. I turisti potevano interrompere la diretta quando volevano, lui no.

Maxime si mise a tavola solo verso le 12:30 imprecando tra sé e sé nei confronti della coppia che aveva insistito a fare una deviazione ai giardini Farnese mentre il tour si limitava al Foro. Lo avevano supplicato, promettendo di aggiungere un extra. Lui aveva ceduto: la somma era salita troppo in fretta per giustificare le sue proteste. Doveva tagliare di mezz'ora la durata del pranzo, ma con quei soldi in più avrebbe comprato un piatto di saporite tagliatelle al ragù di vitello e tartufo nero da Angelino.

"La prego di servirmi presto, ho fretta."

"Tutti i viaggiatori ne hanno," gli rispose il cameriere in tono beffardo.

"Il cliente è un re!" L'espressione era diventata una battuta comune tra i ristoratori e i viaggiatori, in un'epoca in cui il turismo fisico era ormai obsoleto e la gente del posto preferiva farsi consegnare il cibo per mangiare in famiglia a casa propria.

"Posso sedermi al suo tavolo? Non mi piace mangiare da sola."

"Non resterò molto."

"Siamo tutti nella stessa situazione, giusto?"

Maxime rimase subito impressionato dalla donna bruna che si era chinata verso di lui, in pantaloncini di jeans e maglietta rosso scarlatto. Quando gli aveva parlato, lo aveva fatto direttamente in italiano, senza passare per il modulo di traduzione simultanea che la maggior parte dei viaggiatori portava al collo come una ciondolo.

"È di Roma?"

"La comunità italiana di Grenoble non ha rinunciato alle sue tradizioni, quindi le sfrutto."

"Ah, una francese! Che sorpresa!"

"Ormai, sì."

I due viaggiatori si capivano. In passato, le vie di Roma brulicavano di parole in francese, i cugini transalpini non esitavano a ospitarsi tra loro. Invece, di quei tempi, incontrare un connazionale viaggiatore era un'impresa.

"Stai ancora lavorando?" domandò lei indicando gli occhiali.

"No," lui li mise a posto in un attimo. "Sarebbe crudele mostrargli un piatto senza che lo possano gustare, no?"

"Davvero."

"Devo tornare al Campidoglio alle 14, spero non cercassi qualcuno con cui fare conversazione."

"Posso farti una foto?"

La domanda colse Maxime di sorpresa nell'attimo in cui la sua pasta arrivò, ancora fumante. Esitò.

"Niente d'inquietante," sostenne la viaggiatrice, "un souvenir."

"Come un turista. D'accordo."

Lei tirò fuori un attrezzo bizzarro, più grande di un telefono, per niente simile alle fotocamere che possedevano solo i professionisti. Premette un tasto e un quadrato bianco apparve dal corpo dell'aggeggio.

"Ci vogliono tre minuti."

"Una polaroid?"

"Sì, se ne trovano ancora. Ci tengo alla mia galleria da viaggiatrice."

"Fotografi tutti?"

"No."

"Solo no?"

Lei sorrise: "Solo no. È più divertente così."

"Devo sentirmi lusingato?"

"Ne riparleremo se ci rivedremo. Dormo all'ostello e tu?"

"I miei turisti hanno scelto un eccellente hotel a Trastevere."

"Peccato. Io preferisco evitarlo."

"Sei davvero una viaggiatrice? Un po' ribelle, no?"

"Lo siamo tutti, ma non lo esprimiamo allo stesso modo, ecco qua."

Aveva ragione. Ogni viaggiatore poneva dei limiti al proprio gruppo, comunicando ciò che poteva sopportare e la parte d'intimità che non avrebbe venduto. Esistevano diversi modi di vendersi in questo mestiere.

"Non so il tuo nome."

"Se ci ritroveremo, forse te lo dirò. Per adesso, non te lo meriti."

"Esagerata. Che ti ho fatto di male?"

"Ancora niente. Ma potrebbe succedere."

Maxime appoggiò le posate e si pulì la bocca, il profumo di tartufo gli stuzzicava le narici, ma le riflessioni della viaggiatrice lo innervosivano molto di più. Quanto doveva essere davvero ben riuscito quel piatto da non poterlo rovinare con il suo atteggiamento! Se quelle frecciatine volevano essere un modo per flirtare, era stato un fallimento: lui non avrebbe risposto alle sue provocazioni. Il piatto di pasta all'aglio e peperoncino fu servito alla viaggiatrice prima che Maxime potesse replicare. Lei ci si lanciò sopra, fissando il suo ospite negli occhi, molto divertita dall'effetto che aveva provocato. Nel suo sguardo si percepiva una tenerezza infantile più che una volontà d'aggressione gratuita. Dato che gli restava un po' di tempo, Maxime alzò le spalle e ordinò un caffè.

Da Savelli, la colazione si faceva nei giardini dell'hotel, un antico maniero restaurato, oppure sulla terrazza. Di solito, il gruppo di turisti ci teneva al fatto che Maxime mangiasse i suoi cornetti e bevesse il caffè contemplando tutta la città al sole del mattino. Il viaggiatore immaginava quelle persone mangiare i loro toast in una minuscola cucina mentre ammiravano le colline di Roma tramite il casco di realtà virtuale prima di andare al lavoro. Forse questo dava loro coraggio, un'aggiunta di serotonina che permetteva di affrontare la giornata a quelli che non potevano seguire le visite. Maxime doveva alzarsi presto, ma per quella colazione lo pagavano quasi quanto per una visita del Laterano. Significava che erano 30-40 minuti molto redditizi.

Individuò un collega che si stava per sedere al suo tavolo, e gli fece segno di aspettare due minuti. Quando la sequenza "colazione" fu terminata, Maxime si tolse gli occhiali e riprese il suo caffè.

"Ciao Jan, sei caduto dal letto?"

"Corro al parco nazionale degli Abruzzi, i miei turisti vogliono assolutamente vedere i lupi dell'Appennino. Dovrò faticare per ore, quindi approfitto della colazione."

"Hai proprio ragione."

I viaggiatori delle città e quelli delle campagne s'incontravano di rado, se non nelle capitali. I loro permessi di guida con cui potevano andare dovunque, anche sulle strade secondarie, erano invidiati; poi ci si ricordava che erano ammessi solo i veicoli elettrici e che non tutti i villaggi avevano postazioni di ricarica pubblica.

"Ho un parcheggio, tu mi capisci, solo un unico maledetto parcheggio, e devo farmi il resto a piedi. E tutto per andare a cercare animali selvaggi. Ancora un anno e smetto. Tu che tipo di contratto hai firmato?"

"Il classico, cinque anni rinnovabili per due volte, e degli extra di un anno per tre anni. Non so cosa potrei fare dopo, quindi continuo."

"Io ho messo da parte un bel gruzzolo, abbastanza per aprire un business, ma mi organizzerò per terminare con Venezia. Tra dighe e ristrutturazioni, la città è diventata splendida. Peccato andarci da solo."

C'erano molti inconvenienti nell'essere un viaggiatore. In ogni caso il lavoro era troppo impegnativo per avere una vita di coppia durante gli impegni della professione. Tra dieci giorni, Maxime sarebbe partito per Vienna, e poi per Praga. Aveva un programma completo per i successivi sei mesi.

"Dimmi, Jan, hai già incrociato una viaggiatrice bizzarra? Una tipa bruna alta, maglietta rosso scarlatto che scatta polaroid. Alloggia negli ostelli."

"No, non credo. E considerate le mie giornate, cerco di evitare quelle robe. Ci si dorme male. Non ho più quell'età, sempre che l'abbia mai avuta."

"È un po' ribelle, mi domando come possa avere dei gruppi."

"Attenzione, Maxime, hai una cotta per lei, non è una buona cosa in questo lavoro."

Il viaggiatore era più intrigato che sedotto da quella sconosciuta che l'aveva tartassato con qualche parola. Maxime si era abituato alla solitudine, al suo relativo isolamento. Gli capitava di incontrare degli habitué come Jan, con il suo metro e 98 di altezza e il fisico d'atleta, e aveva più volte fatto delle gite turistiche comuni con una certa Erika e un certo Tibor. In linea di massima, i viaggi si facevano da soli, non si restava mai abbastanza a lungo in un posto per riconoscersi, e gli impegni non mancavano nei programmi serrati dei gruppi. Forse Maxime avrebbe dovuto fotografare i viaggiatori con i quali aveva parlato, per conservarne una traccia. L'idea aveva senso. Gli individui come lui formavano una confraternita illuminata, la sola ancora capace di provare fisicamente la geografia del mondo.

In forma e ristorato, Maxime si rimise gli occhiali per guidare il gruppo nelle viuzze di Trastevere. Sempre ossessionati dai Farnese, alcuni ci tenevano a visitare il palazzo dallo stesso nome. La decisione era stata presa in maniera collettiva mentre il viaggiatore stava facendo la doccia: alcuni credevano che una semplice risalita del Gianicolo per vedere il monumento dedicato a Garibaldi non avrebbe riempito la mattinata. Il quartiere si animava appena a quell'ora del mattino, qualche corriere su una vespa elettrica s'intrufolava tra la spazzatura per consegnare degli acquisti, mentre il resto degli abitanti si accalcava nelle navette automatiche per andare al lavoro. Nel giro di mezz'ora, la città sarebbe sprofondata in un silenzio discreto, agitato dal rumore delle aste metalliche alle finestre, vestigia di un'epoca in cui ci si stendeva la biancheria. Cornacchie, cani e gatti sarebbero diventati i principali interlocutori delle cicale. Dalla fine del turismo di massa per proteggere il pianeta, il torpore diurno delle capitali era normale. Il trambusto si concentrava nei mercati, per tutti coloro che preferivano scegliere i prodotti sul posto piuttosto che farseli consegnare a domicilio.

Maxime non era in grado di determinare se quell'evoluzione fosse positiva o no. A Parigi, Roma, Firenze o Berlino, gli abitanti più anziani raccontavano l'inferno di estati stracolme di turisti, di strade affollate e ristoranti pieni; l'impossibilità di trovare casa quando tanti monolocali erano riservati agli stranieri per brevi soggiorni. Loro adesso avevano l'impressione di essere rientrati di nuovo in possesso delle città. A volte li si vedeva seduti sulle panchine dei parchi a leggere un libro o a guardare un film su un tablet. Gli altri, i più giovani, accettavano la situazione senza rimpianto o nostalgia, asserivano che ne sarebbe derivato un bene per il pianeta, senza che tuttavia si potesse dire se ne erano convinti oppure tentavano di persuadersene a forza di ripeterlo.

Malgrado i successivi restauri di Trastevere, i muri ocra e rossi degli edifici avevano mantenuto un aspetto vecchio, a tratti decrepito. La ricerca di autenticità aveva prodotto quella menzogna che tutti accettavano "per la bellezza del gesto," si diceva. All'improvviso, ai margini della visuale di Maxime, apparve una silhouette quasi familiare, pantaloncini di jeans e capelli castani. Lui girò di colpo la testa, ma non abbastanza in fretta. Messaggi di panico e d'indignazione per la violenza del movimento cominciarono a scorrere sull'orologio connesso che portava al polso. Il viaggiatore avrebbe potuto prendere una deviazione attraverso vicolo del Leopardo – appena tre minuti in più – ma alcuni turisti esigevano già che affrettasse il passo. Maxime obbedì, attraversò piazza della Scala e proseguì fino a Villa Farnesina. Quella visione fugace, all'angolo di una strada, aveva quantomeno incuriosito il viaggiatore: forse la sconosciuta lo stava seguendo.

Durante la visita, Maxime si sentì distratto: quasi dimenticò di alzare la testa per ammirare il concilio degli dei nella loggia d'Amore e Psiche. Il suo gruppo aveva pagato un supplemento per i dipinti di Raffaello, non c'era spazio per un'ombra furtiva in una viuzza. Una volta tanto, il viaggiatore si affidò all'audioguida per non perdersi, cercando di convincere il suo cervello a registrare informazioni che conosceva già. Quando uscì dal palazzo verso le dieci, il sole batteva così forte da obbligare Maxime ad asciugarsi la fronte prima di risalire il Gianicolo dall'orto botanico. Avrebbe trovato l'ombra degli alberi per rinfrescarsi solo quando avesse superato la fontana dei Tritoni.

Di nuovo, t-shirt rossa e capelli corti, vicino a un boschetto. Stavolta, Maxime ignorò le proteste e si mise a correre per inseguire il fantasma diurno. Niente da fare. Solo lui, le fontane e i messaggi sgradevoli che comparivano sul suo orologio. Si prendevano gioco di lui.

I profumi del fogliame e i sentieri di pini che lo sfioravano a ogni folata di vento ripagavano Maxime delle recriminazioni del gruppo. I suoi turisti non avevano i mezzi per potersi permettere la sensazione di camminare nel parco, di far frusciare le foglie secche sotto ai piedi, di assaporare il piacere di sfuggire al sole accecante sotto a un faggio, di percepire tutti quegli odori sottili che si mescolavano in quell'estate giunta al termine. Allora, che si lamentassero! Maxime poteva offrirgli solo la vista e il suono.

Dopo quaranta minuti, il viaggiatore arrivò su piazzale Garibaldi, con l'unificatore della nazione chino sul suo cavallo. Lì, il belvedere rappresentava il principale interesse turistico. Esistevano dozzine di panorami migliori di Roma e il gruppo voleva provarli tutti, convincersi di aver abbracciato la città in qualunque modo possibile.

Per Maxime, lì o altrove, era praticamente uguale, tranne che per i polpacci. Man mano che passavano i minuti, il caldo si faceva sempre più soffocante e la luminosità aggrediva gli occhi nonostante il cappello. Chiese di poter tornare all'ombra sotto i pini, ma alcuni membri aspettavano l'angolazione ideale per scattare una foto. Nonostante i miliardi di foto disponibili su internet, ognuno era convinto di poter scattare quell'unica che non era ancora mai stata fatta, quella che avrebbe testimoniato la loro partecipazione al viaggio. La realtà virtuale non aveva dissolto il narcisismo con un'ondata di ridicolo. L'esperienza doveva rivestire un carattere unico, e i turisti pensavano che gli screenshot lo avrebbero provato.

Quando finalmente poté proteggersi dal sole, Maxime ispezionò la piazza, cercando una sagoma che era diventata sempre più familiare. Strizzava gli occhi come per poter individuare meglio tra le ombre la traccia di una t-shirt scarlatta o dei pantaloncini, prima di constatare che i movimenti tra le foglie provenivano da un piccione che beccava dei semi e si andava poi a posare sulla testa del vecchio Garibaldi, coperta di escrementi. In assenza di scuole o di turisti che gli rendessero omaggio, il comandante riceveva i propri allori, bianchi e grigi, sul cranio. La manutenzione delle statue non era più una priorità della città da un bel po', si preferiva occuparsi di piste ciclabili e di trasporti comuni automatici. Nessuno si lamentava, a parte qualche nazionalista scorbutico le cui diatribe avevano tanto effetto quanto degli sputi per strada. In breve, ancora meno impatto di un piccione.

Stavolta, non c'era nessun extra, né deviazioni imposte dagli ossessionati dai Farnese in prossimità del palazzo, quindi Maxime poté camminare tranquillamente fino a Piazza Navona per pranzare. Il Vaticano si presentava come la principale attrazione del pomeriggio e il gruppo si era adattato alle restrizioni orarie dei membri, molti dei quali, pur avendo preso mezza giornata di ferie, non sarebbero tornati a casa prima delle 15.

Il centro di Roma si andava animando molto di più del resto della città: gli impiegati facevano la coda per i panini mentre i dirigenti venivano accolti con deferenza nei ristoranti abituali. Con la fine delle ondate di turisti, anche gli imbonitori sui marciapiedi erano più discreti, solo gli stranieri potevano essere ingannati dalle grida e dagli slogan che venivano scambiati da un locale all'altro. Il folclore locale si stava spegnendo senza grandi rimpianti, poiché il cambiamento aveva operato una selezione tra i buoni indirizzi e quelli che erano solo in cerca di profitto.

La trattoria L'Archetto faceva parte dei due ristoranti della piazza sopravvissuti all'apocalisse. Per i Romani, tutto il resto avrebbe potuto essere travolto da un torrente di fango senza che versassero una lacrima: ingredienti surgelati, vini scadenti, Spritz venduti al prezzo del tartufo. I viaggiatori non avevano bisogno una guida per scegliere i posti giusti, qualsiasi posto andava bene. Qui, Maxime si ricordava delle deliziose bruschette che già si preparava a gustare. Gli ultimi pomodori di stagione si assaporavano meglio così che con la mozzarella. Per il resto, un classico piatto romano, tonnarelli cacio e pepe, lo avrebbe saziato abbastanza da risalire fino a Piazza San Pietro, il tutto accompagnato da un Montepulciano degli Abruzzi. Il viaggiatore ebbe un pensiero per Jan, che doveva essere alla faticosa ricerca di lupi per soddisfare i turisti romantici. Quando arrivò al caffè, il cameriere gli passò un biglietto da visita.

"Una donna ha lasciato questo per lei, dovevo darglielo a fine pasto."

"Era bruna, con la maglietta rossa?"

Il ragazzo annuì. Maxime girò subito la testa in tutte le direzioni, nel caso individuasse la sconosciuta misteriosa prima che fuggisse.

"È venuta prima che lei si sedesse."

"Come hai fatto a sapere che sono la persona giusta?"

"Mi ha mostrato una foto."

Bella mossa. Dentro di sé, Maxime applaudì a quello stratagemma. Quindi non era pazzo, lo aveva seguito durante il tragitto dal Gianicolo a Piazza Navona. Forse aveva lasciato un biglietto nell'altra trattoria, ma era più carino immaginare che la viaggiatrice avesse indovinato. Il gioco di prestigio era quasi un miracolo. Quando guardò il biglietto, Maxime fu deluso nel constatare che si trattava dell'indirizzo di un ristorante stellato, non il genere di posto in cui si aspettava di mangiare con una rivoluzionaria.

Si era sbagliato sul suo conto? Dietro c'era un messaggio:

STASERA, ORE 20.

PERCHÉ VIAGGI?

In questo invito Maxime non poté non notare una provocazione. Lei cercava di irritarlo, ne era sicuro, e ci stava riuscendo. Per le persone della sua generazione, dopo avere denunciato tutto, dopo avere manifestato contro tutto per cambiare il modo di trattare il pianeta, era stato necessario offrire delle soluzioni. Non si poteva esigere da ciascuno la scoperta dell'altro e condannare il fatto d'incontrarsi, limitando così aerei, treni e auto. Tutti erano d'accordo nel deplorare i danni del turismo di massa ai parchi naturali, pur comprendendo come la bellezza dei paesaggi che si ammiravano potesse causare il desiderio di proteggerli. I viaggiatori giocavano con questi paradossi e contraddizioni. Alcune ONG li avevano soprannominati i "caschi blu" del pianeta. Avevano riso tutti. Si trattava di guadagnarsi da vivere, di un lavoro che i giovani facevano per il bene di tutti, ma in linea di massima per il proprio.

A volte, si diceva che i viaggiatori compivano un "Grand Tour," come faceva l'aristocrazia nel XVIII secolo, ma quale nobiltà avrebbe accettato di servire gli interessi di un gruppo di turisti? I candidati non si accalcavano per firmare contratti con le agenzie di viaggio. Bisognava quindi alimentare la fiamma, il desiderio della scoperta, per raccontare di appartenere a un territorio diverso, virtualmente vicino ma inaccessibile dal vero. Allora, si diceva Maxime viaggiare s'imparentava a un dovere, la conseguenza di una vittoria su tutte le generazioni che avevano distrutto l'ambiente. Ecco cos'avrebbe detto alla sconosciuta, non avrebbe dissimulato la sua collera. Già le rimproverava di arrabbiarsi per ovvietà del genere.

In piazza San Pietro, nessuno si spintonava sotto i colonnati. Da molto erano state rimosse le barriere in legno che un tempo contenevano i fedeli sotto le finestre del Papa. L'obelisco centrale ora sembrava molto solo, perso nel vuoto. Non c'era folla da accogliere e soprattutto nessuna fila d'attesa per i musei. Davanti alla porta esterna, una decina di viaggiatori accolse Maxime quando arrivò. Non appena la guardia svizzera si allontanò per farli passare, tutti indossarono gli occhiali. Ne avrebbero avuto almeno per tre ore, o anche quattro per i più sfortunati. Il viaggiatore si ritrovò isolato, man mano che i turisti del suo gruppo lo invitavano a descrivere nei dettagli un certo quadro, come la *Deposizione* del Caravaggio o il *Ritratto del Doge Nicolò Marcello* di Tiziano. I suoi passi risuonavano nelle sale che attraversava, unico rumore, non c'era nessuno a sorvegliarlo (a parte le telecamere). Quanti prima di lui avevano avuto questa fortuna?

Maxime aveva mentito: non viaggiava solo per riparare agli errori passati, la sua collera non aveva un autentico fondamento. In realtà, godeva di un privilegio. Forse stava nascendo una nuova aristocrazia, meno fondata sul sangue e sugli svaghi ma sul senso di esclusività.

Altri avevano contemplato l'affresco del Beato Angelico o *La Pietà* di Cranach, ma quanti avevano avuto un legame fisico personale con queste opere? Maxime non le ammirava su uno schermo, né in un ambiente virtuale, ma a un metro di distanza, circondato dall'odore di cera e nel freddo del marmo tutt'intorno a lui. Ciò non rendeva più bello il quadro, era ovvio. In compenso, lui aveva l'impressione che gli appartenesse, che il dialogo tra la pittura e i suoi occhi s'intrecciasse senza interferenze: niente sguardi alle spalle, niente squilli che risuonavano sotto le arcate. Si doveva viaggiare per trovare questa verità, questo legame personale.

Maxime ebbe dunque la fortuna di ammirare da solo la Cappella Sistina. Quanti papi avevano camminato qui senza guardie né aiutanti per confrontarsi con la volta di Michelangelo? Non si trattava di credere, ma solo di riconoscere il prodigio dell'opera. I turisti, ammassati e costretti a far spazio ad altri, portavano con sé soltanto un frammento della magia di quel luogo, un'eco della sua bellezza. I viaggiatori offrivano al loro gruppo uno spaccato di quella realtà: l'essenza del loro lavoro consisteva nel permettere di sperimentare tale privilegio. Sarebbe mancata la totalità dell'esperienza, ma quella era sempre mancata. Il periodo benedetto del turismo ideale, senza calca, senza volgarità, non era mai esistito. Anche all'epoca del Grand Tour, i giovani erano accompagnati da uno chaperon.

Inutile infuriarsi con il passato, inutile prendersela con una viaggiatrice sconosciuta sotto quella cappella sontuosa, l'affresco ricordava ciò che voleva dire Umano, anche immaginando Dio che toccava Adamo con il dito per dargli vita. Michelangelo testimoniava di un legame, e Maxime ne testimoniava un altro: tutte quelle bellezze non sarebbero state dimenticate fintanto che sarebbero esistiti i viaggiatori, finché avessero potuto aiutare ogni persona a lasciare il suo quotidiano, il suo lavoro, e contemplare ciò che i secoli avevano accumulato. Un ruolo immenso, un ruolo anche modesto, poiché in tutta Europa erano solo una manciata di persone.

Nonostante i piedi doloranti e la schiena a fuoco, Maxime non sentiva la fatica mentre si dirigeva verso la metro. Sarebbe andato al Pipero Roma quella sera, non per replicare agli attacchi della viaggiatrice, ma piuttosto per ringraziarla. A forza di seguire i programmi dei suoi gruppi, di obbedire ai loro capricci, aveva trascurato il motivo per cui era partito da un angolo sperduto della Senna-Saint-Denis, per spostarsi da Mosca a Reykjavik, da Oslo a Porto. Ignorava come avrebbe utilizzato le somme accumulate durante i suoi viaggi – gli sembrava ancora un momento troppo lontano – in ogni caso, ormai sapeva che i soldi erano solo una parte dell'equazione, non la totalità. Inoltre, restava un mistero da chiarire: perché era stato scelto? Perché lui, piuttosto che un altro viaggiatore? Per scoprirlo valeva la pena di rovinarsi in uno dei ristoranti più chic di Roma.

L'orologio all'entrata del Pipero segnava le 20 quando Maxime entrò. Aveva dovuto correre lungo corso Vittorio

Emanuele II dopo aver convinto il gruppo a lasciarlo mangiare tranquillo quella sera. Molti avrebbero voluto che restasse a Trastevere per mostrar loro i romani che passeggiavano nelle strade dopo le 18, ma i soldi stavolta non avevano potuto fare niente. Un viaggiatore poteva opporre ragioni personali alle richieste dei turisti, al di là delle situazioni vitali, a condizione di non abusarne. Anche se era senza fiato, Maxime riuscì a controllarsi aprendo la porta del ristorante. La viaggiatrice stava pazientando su un panchetto all'entrata. Maxime si era aspettato di trovarla in abito da sera, o almeno in tenuta accurata, ma indossava la stessa maglietta. Si era solo cambiata i pantaloncini e indossava pantaloni di tela chiara.

"*Le voilà*," disse lei al caposala.

"*Suivez-moi*," rispose lui in francese con un leggero accento italiano.

Non c'erano tovaglie a quadri, fiaschi di Chianti impagliati sugli scaffali, poster e foto appese ai muri di mattoni nella sala del ristorante. La decorazione, elegante e austera, voleva essere neutra e accogliente sotto una luce soffusa. Solo i tavoli erano illuminati per concentrare l'attenzione dei commensali sui piatti. Un tempio, una cerimonia, una venerazione, ecco ciò che si cercava al Pipero. Maxime e la viaggiatrice furono sistemati a un tavolo d'angolo, con una visuale libera sugli altri clienti. I suoni delle posate e delle conversazioni arrivavano ovattati, tradendo l'esistenza di attenuatori d'ambiente. Nulla avrebbe disturbato il pasto.

"Devo ringraziarti..."

"Ho solo prenotato il tavolo, non pagherò il conto."

"Intendo per il tuo biglietto. Avevo perso di vista il motivo per cui viaggiavo."

La sconosciuta annuì per manifestare la sua approvazione, mentre Maxime continuava.

"Sono andato a vedere la Cappella Sistina questo pomeriggio, mi sono ritrovato da solo, e allora ho capito che stavo offrendo ai miei turisti un privilegio che nessuno di loro avrebbe mai potuto avere prima. Grazie al tempo che gli concediamo, loro hanno la possibilità di stabilire un legame con i luoghi, con le opere, con tutto ciò che diamo loro modo di scoprire. È unico. Anche avendo milioni, nessuno si sarebbe potuto permettere venti minuti da solo con Michelangelo. Invece adesso è un lusso alla portata di tutti. È pazzesco, no?"

La viaggiatrice rimase impassibile, per nulla impressionata dal discorso che lui aveva fatto, poi indicò con l'indice un tavolo a due metri da loro. Un altro viaggiatore si stava facendo servire cinque ravioli di polpo alla genovese. All'inizio Maxime notò gli occhiali sul naso, poi identificò l'apparecchio a forma d'orchidea che troneggiava accanto al piatto. Prima di portare alle labbra ogni boccone, il cliente portava la sua forchetta vicino al fiore artificiale. Quando l'uomo si voltò per chiedere che gli servissero del vino, Maxime ebbe modo di notare il sottile tubo all'angolo della bocca e l'appendice innestata nelle narici. Incrociò il suo sguardo in quel preciso momento, ed era evidente che uno dei due non si sarebbe goduto il pasto.

"Il modulo nella bocca è il più sgradevole," spiegò la viaggiatrice, "è collegato alla lingua per trasmettere le sensazioni al momento della masticazione, fresco, caldo e consistenza."

"È una tortura."

"Lusso per tutti, no? Non proprio. I privilegiati trovano i modi per mantenere i propri vantaggi."

Non c'erano dubbi sul fatto che il viaggiatore così bardato non avrebbe avuto bisogno di lavorare anni per fare fortuna. Maxime sapeva dell'esistenza dei contratti cosiddetti "assoluti," per fornire un'esperienza di viaggio totale, ma non aveva mai incrociato i tuttofare vittime di quel supplizio. La viaggiatrice portò la mano al centro del tavolo e fece comparire un cerchio metallico.

"Solo due o tre ristoranti in città propongono l'opzione 5S, i cinque sensi. Pensavi davvero che la fine del turismo avrebbe reso tutto più democratico e egualitario? Tanto meglio se i tuoi clienti lo pensano, ormai i privilegi sono meno evidenti."

"Da dove viene questa tua ribellione? Sei arrabbiata contro queste persone, contro quello che ci fanno?"

"Te lo chiedo ancora: perché viaggi?"

La risposta non era più così evidente come prima di entrare nel ristorante.

Ma cosa offriva lui di unico, in realtà? Un'esperienza ridotta, poiché non coinvolgeva tutti i sensi. Le agenzie di viaggio facevano credere il contrario, ma chi veniva ingannato davvero? Si accettava una realtà limitata piuttosto che rimpiangere il passato, mentre altri non avevano subito alcuna perdita.

"Non lo so più. Potrei viaggiare gratis, ma questo non cambierebbe nulla. Perché me l'hai fatto vedere? Perché hai scelto me per questa dimostrazione? Per farmi provare disgusto per tutto questo circo?"

"Suppongo che tu non abbia più fame, giusto? Dai andiamo via."

La viaggiatrice condusse Maxime per le vie di Roma, lontano da Piazza Navona, lontano dal Pantheon e da Fontana di Trevi.

Lui si lasciò guidare nel suo purgatorio, senza cercare di orientarsi. Si perdeva, ma meno che da Pipero. All'improvviso, la donna in maglietta scarlatta lo condusse in un vicolo, prima di fargli varcare una pesante porta di legno. Lui non protestò quando salirono delle vecchie scale scricchiolanti sotto i loro piedi. La vernice era scrostata, gocce viola macchiavano le pareti sotto la fredda luce al neon a ogni piano del palazzo. Arrivati in cima, la viaggiatrice girò la maniglia di una porta che dava sul tetto e invitò il suo compagno a precederla.

L'atmosfera notturna non era rinfrescante e delle lampadine colorate erano appese ad antenne arrugginite. La musica che s'innalzava dagli altoparlanti era fatta per ballare, per ringraziare il tempo di essere ancora clemente. Non c'erano viaggiatori in mezzo a quell'assemblea di festaioli, giovani italiani che bevevano birra e si ingozzavano di pizza sui tetti di Roma. Nei loro sorrisi non si vedeva l'opera di un Leonardo da Vinci, o la linea di un Caravaggio, bensì la spensieratezza del momento.

Quando Maxime si girò verso la viaggiatrice, fu sorpreso di trovarla con gli occhiali.

"Hai i tuoi con te?" chiese lei.

"Sempre, ma perché?"

"Mettili."

Lui obbedì e lei lo invitò a ballare. Non appena aprì bocca, lei gli intimò di tacere. Trovò una bottiglia di Valpolicella tra le confezioni di birra e ne offrì un bicchiere a Maxime. Il sudore che colava sui loro volti si tingeva di verde e di rosso nell'atmosfera luminosa notturna. Niente sembrava poter fermare la viaggiatrice. Ben presto, Maxime dichiarò forfait. Crollò vicino al parapetto che delimitava il bordo del tetto e si mise a parlare con gli altri che ballavano: si riunivano tutti i venerdì sera, anche in alcuni giorni feriali, quando il tempo lo permetteva. Amavano la vista su Roma, le luci dolci che popolavano la città prima dello spegnimento generale alle 3 del mattino, il suono del vento radente le tegole. Sarebbero potuti andare nei bar, nelle discoteche, ma quell'angolo era gratuito e nessuno si lamentava. Era meglio continuare la festa lì, piuttosto che per strada.

Alla fine, la viaggiatrice raggiunse Maxime vicino al muretto.

"Hai capito?"

"Credo di sì."

"Adesso devo decidere se rivelarti il mio nome oppure no. Allora sai perché ho scelto te?"

"Il caso… o quasi."

Un sorriso, come un incoraggiamento.

"Avevo dimenticato che viaggiare rappresenta l'ignoto, la scoperta, ciò che non appartiene a nessuna guida. Un edificio sconosciuto o una festa, una vista di Roma mai registrata prima. Niente d'immancabile, niente di strepitoso, solo un imprevisto, un incontro. A volte è una brutta sorpresa, più spesso una bella. Questa è la sfida dei viaggiatori, ma i miei turisti l'accetteranno?"

"Non tutti, no, ma non importa. Lo farai per quelli che resteranno connessi la notte, per gli insonni, per gli ultimi della classe. Ce ne saranno uno o due, ma non gli costerà niente. Gli regalerai un istante rubato, una sorpresa che conserveranno e non condivideranno. Poi il tuo nome circolerà, si diffonderà, e il tuo gruppo di turisti cambierà."

"Salvo poi finire all'ostello come te. Mi piacevano le 4 stelle."

"Oh, questo? Non c'entra nulla. Anche i ricchi possono essere curiosi, sai."

Maxime non poté trattenersi dal ridere, né di avvicinare le sue labbra a quelle della viaggiatrice. Lei lo respinse con gentilezza.

"Capisco, mi spiace. Scusa."

"Non voglio condividere questo momento con i miei turisti, tutto qui. Tu in me ami solo il mistero, siete tutti uguali. Impara di nuovo a viaggiare, intanto."

"Parto tra dieci giorni."

"E io domani."

Maxime, a quella notizia, ebbe l'impressione di essere folgorato.

"Non ci rivedremo mai."

"Succede anche a me di fare la turista. Non ho un nome comune."

"Finalmente."

"Bice, diminutivo di Beatrice. Mia nonna mi ripeteva spesso che ero destinata al mio mestiere, con un nome simile."

"Per Dante?"

"Sembrerebbe che voglia dire viaggiatrice."

Maxime non riuscì a trattenersi dal ridere.

"No, non prendermi in giro. Perché avete sempre la stessa reazione? E poi, la gente si stupisce che lo tenga per me. Non è divertente, per nulla. Mi piace molto il mio nome, non è ridicolo. Avevo una cugina che si chiamava così, te l'assicuro."

E intanto che la viaggiatrice tentava di giustificarsi perché Maxime smettesse di ridere, Roma restava magnifica mentre si danzava sui tetti la notte e attendeva di essere condivisa con dei veri amanti dei suoi misteri, quelli che avrebbero osato perdersi in lei, abbandonarsi a lei, disorientarsi in lei. Il viaggio era appena cominciato.

Maschi pallidi
Creato in seno al gruppo Zanzibar

di Catherine Dufour

traduzione di Giulia Palumbo

Catherine Dufour è nata a Parigi nel 1966. È autrice di numerosi romanzi e raccolte di racconti, che spaziano tra diversi generi letterari tra cui la fantascienza, il fantasy e il romanzo storico.

Il suo romanzo più conosciuto è Le Goût de l'immortalité *(2006), vincitore del Grand Prix de l'Imaginaire e del Prix Rosny aîné. Tra gli altri suoi romanzi si possono citare* Entends la nuit *(premio Masterton),* Blanche Neige et les lance-missiles *(2009) e* Danse avec les lutins *(2011, Prix Bob-Morane e Prix des Imaginales). Ha scritto per la televisione e il cinema.*

> *And behold a pale horse, and his name that sat on him was Death.*

"Ho capito tutto," sospirò Evette picchiettando sul suo schermo. "Sono una dea della sfortuna. La sfortuna mi ama, vedi? Mi adora. Mi rintraccia, mi incuba, mi colma."

"Hm," la compatisce Adzo. Sdraiato accanto a Evette sul futon, stanco, picchiettava anche lui.

"Già, il giorno prima dello smembramento della Grande Europa ho ottenuto un master in Intermediazione della Grande Europa... non basta come una prova?"

"...Breve ma solidamente argomentata," mormorò Adzo.

"Da allora, come 360 milioni di coglioni degli ex-grandi-europei, io faccio *seekfind* – sgobbo ogni giorno come una rifugiata climatica pur cercando un altro lavoro per il domani. E sai come ci vuole chiamare l'Académie française?"

"Esiste ancora quella roba?"

"*Postulavoratori*. Chi postulavora. All'Académie française hanno appena inventato il verbo *postulavorare* per sostituire *seekfinder*. Postulavorare! [neol.] Composizione linguistica che significa postulare mentre si lavora."

"...un bel vestito color fragola e un gran sentore di tannino..."

"Che cosa stai facendo?"

"Inzeppo il sito wines.biz di recensioni entusiastiche sul nuovo beaujolais nouveau, piscio d'asino. Dieci euro ogni trenta. E tu?"

"Captcha per Europeana. Venti euro per cinquecento caratteri perché è cirillico di prima del 1917. Lo sapevo che un giorno il russo mi sarebbe servito. Ma postulavorare no. Perché non lavopostulare? Scommetto che hanno esitato tra i due, quei vecchi polipi. Li immagini, tutti verdi sotto la loro cupola, quei tipi che non cercano lavoro da sessant'anni? Io postulavoro, tu postulavori, e cosa volevate che facessi? Che diventassi disoccupata? No, che voi postulavoraste. Banda di google glass."

"Ciao, Evette."

"E lui chi è?" Sbadigliò Adzo, massaggiandosi il polso.

"Il mio corrispondente personale Fleximpiego. Colloquio settimanale. Gli ho dato il volto e la voce di Knox Jolie-Pitt perché l'opzione era gratis."

"Vorrebbe identificare i suoi punti di forza, organizzare la sua ricerca, preparare il suo colloquio, far emergere il suo..."

"Cercare."

"Ha selezionato 'cercare lavoro'. La prego di confermare la parola chiave. Informazioni del giorno! Sogna un contratto a tempo determinato? Pensi alla rifiutologia!"

"Rifiutologia, puah..." Sogghignò Adzo. "*I have a dream*: gestire la spazzatura."

Con la punta del dito, Evette iniziò a buttare le offerte Fleximpiego nel cestino.

"Genomista, non abbastanza qualificato. Agente commerciale, troppo qualificato. Ergonomo, qualifica obsoleta, come al solito. Il mio certificato ISO ha due anni, pensa. Selezionerò comunque qualcosa per far piacere a Knox. Ecco, qua c'è un vago 'Curatore/trice d'azienda. Raccomanderà ai nostri gruppi di lavoro una serie di app e assicurerà un monitoraggio per facilitare lo sviluppo della loro personalità e produttività.' Questo impiego è troppo ben pagato per esistere. L'azienda vorrà impressionare la sua banca o intimorire i concorrenti."

"Sai bene che Fleximpiego gonfia le statistiche di offerte di lavoro fasulle così il governo potrà lamentarsi che ci sono cento milioni di posti di lavoro in attesa, trattare i disoccupati come scansafatiche e rifiutarsi di versare i sussidi."

"Sai che mi piace tutto di te, anche il tuo complottismo e il tuo cazzo piccolo," squittì Evette inviando il curriculum.

"Quello che conta in tempi di crisi," urlò Knox prima che Evette potesse zittirlo, "è la versatilità dell'esperie..."

Evette si stiracchiò. "Ho fame!"

Rotolò sul bordo del futon, aprì la finestra e raccolse quattro grossi pomodori sul balcone. Ne approfittò per innaffiare le fioriere. Alle sue spalle, sentiva Adzo gorgheggiare dei "ma come vi capisco" nella cuffia. *Comprensivo* era un buon *seekfind*: bastava ascoltare un senior straziato dalla solitudine compatendolo di tanto in tanto, e Adzo aveva la voce per farlo – una bella voce, bassa, dolce e sonnifera. A un euro al minuto, era un guadagno facile.

"Allora," mormorò Evette contando sulle dita, "due zucche, un chilo di patate asparago più le cipolle e la menta, sono cento euro facili da qui a fine settimana."

Strappò qualche erbaccia, le gettò nella compostiera e richiuse la finestra nel momento in cui Adzo riattaccava.

"È sempre più piccola casa tua," si lamentò girandosi con il suo lungo corpo ossuto sul futon.

"Bah. Chi ha bisogno di dieci metri quadrati se nove sono meno cari?"

Evette sbucciò i pomodori – la buccia era così carica di metalli pesanti che si toglieva tutta da sola – li tagliò a pezzetti, mescolò una vinaigrette e riempì due ciotole.

"L'amministratore ti ha avvisato stavolta prima di spostare la parete?"

"Non più della volta prima, e in ogni caso non avevo i mezzi per oppormi. Buon appetito."

Seduti faccia a faccia a gambe incrociate, mangiarono lentamente mentre cliccavano sui banner pubblicitari. Seguendo un avviso di *Research gate*, Evette notò una richiesta di mini-blog. Tema: la transizione fra Triassico e Cretaceo. Poiché aveva svolto una ricerca sull'argomento durante gli studi, andò a ripescarla dal fondo del cloud e, con la forchetta tra i denti, ritoccò il testo in tre clic per dargli il formato richiesto.

"*Send* e *collect*! Ecco! Settantadue euro, grazie. Ah, cazzo!"

"Ehm?" fece Adzo, preoccupato, facendo la scarpetta sul fondo della ciotola con un pezzo di pane.

"Madame Letouit. La vecchia di sopra che massaggio... anzi, massaggiavo ogni giorno. Certificato di morte. Cazzo, cazzo, cazzo. Mi piaceva tanto, quella signora. E mi pagava la maggior parte dell'affitto."

Evette gridò una serie di imprecazioni mentre la possibilità di essere cacciata prima di trenta giorni si allargava sotto le sue natiche.

"Era l'unico lavoro di cui avevo una prospettiva oltre le ventiquattr'ore. Quando parlavo di sfortuna..."

Crollò sul futon e rotolò contro Adzo che stava poggiando la ciotola vuota sulla moquette.

"Ventiquattr'ore," mormorò, massaggiandosi la testa con entrambe le mani. "Sono diventata una da ventiquattr'ore. Ventitré anni per arrivarci."

Aspettò che Adzo la prendesse tra le braccia facendo le fusa con le solite coccole e, siccome non succedeva nulla, lei sentì il buco allargarsi ancora di più.

"Il disfattismo," disse Adzo, tuffandosi di nuovo in wines. biz, "è un lusso dei nonni. Noi abbiamo diritto solo all'umorismo e all'alcolismo."

"Buona idea."

Evette tese le braccia verso l'alto aprì il frigo e tirò fuori una cassa di birra locale. Prodotta dietro l'angolo, aveva un gusto di catrame e piccione morto, ma dodici costavano un secchio di terriccio. Poggiata su un gomito, bevve metà lattina, ruttò nella manica del maglione e guardò Adzo di traverso. Le piaceva perché non si faceva mai prendere dal panico ma, per ora, la sua mancanza di panico tradiva un elettrocardiogramma piatto. *Anche l'amore è un lusso da vecchi, giusto?* rifletté lei. Si rese conto che questo tipo di fidanzato – giovane, bello, maschio e pallido – rischiava di diventare, per lei, un altro lusso insostenibile. Non aveva ancora venticinque anni ed era piacevolmente photoshoppata di nascita, ma se Adzo avesse incrociato un culo bello come il suo, seduto in più di dieci metri quadri, finanziati per più di ventiquattro ore, sarebbe presto diventato solo un puntino nero all'orizzonte.

"Oltre a essere un maschio pallido, hai un nome occidentale e io no," brontolò nella schiuma.

"Va bene," fece Adzo, alzando finalmente il naso dallo schermo. "Cosa potremo trovarti, per sostituire la tua vecchia reumatica?"

Evette posò la birra e contò sulle dita: "Per il momento, dono già il mio sangue, la mia linfa, il mio midollo e le mie cellule totipotenti. Più di così non posso. Ho anche un piano come valutatrice di hotel. Non è che mi diverta, ma quando dormo altrove, posso mettere il mio appartamento su B&-Biz. Detto questo, è un po' che non mi contattano più da B&Biz."

"E poi dove dormo io, intanto?" si lamentò Adzo.

Evette alzò le spalle. *Se non ti hanno ricontattata, è perché non hai dato seguito alla loro ultima proposta di affitto. Perché avevi iniziato a ospitare Adzo. Veramente, questo tizio è un peso morto a ventiquattro carati.*

"Vuoi una birra al gusto di piccione?"

"Allora, cosa mi ha fruttato di più, ultimamente?"

Alla luce del primo mattino, Evette calcolò che l'ASMR arrivava secondo dopo la signora Letouit. Tirò fuori da sotto il futon una custodia per il trucco, alcuni vecchi giornali, una scatola di caramelle incartate a una ad una e un microfono cardioide.

Adzo, dopo una breve doccia, le infilò distrattamente la lingua in bocca e partì per un corso di formazione – da dare o da seguire, Evette non ricordava.

Borbottò: "Ho già registrato la seduta di trucco, lo chignon, l'asciugatura dell'orecchio con i guanti di lattice, la piegatura dei vestiti, la conservazione dei gioielli e l'esame del nervo cranico, cosa rimane?"

L'ASMR, la video arte rivolta soprattutto ai timpani, consisteva nel combinare piccoli rumori della vita quotidiana. L'ascoltatore, alzando il volume al massimo, doveva poter sentire il minimo crepitio, il minimo sussurro, il minimo sospiro e il rumore del traffico dall'altra parte dei vetri. Vi ritrovava il tempo perduto, quando la mamma si pettinava i capelli o si lavava le orecchie – l'ASMR risolveva gran parte delle forme d'insonnia. La parte visiva, meno importante, doveva essere rilassante e si riassumeva in un'inquadratura minimalista: due mani e la metà inferiore del viso, più il collo. Il piacere travolgente dell'ASMR, in teoria, aveva più a che fare con la nostalgia che con la sessualità. Tuttavia, Evette aveva notato che i canali più redditizi, come MeMyselfAndI, mettevano in scena giovani con le spalle scoperte.

Iniziò applicando unghie finte e lenti a contatto blu. Si infilò un top con bretelle sottili, si truccò con cura, si lisciò i capelli, si verniciò i denti di bianco A0 e si incipriò fino allo sterno. Spense ogni possibile fonte di rumore, accese il microfono e passò un quarto d'ora a scartare lentamente dei dolci, ad accartocciare le bustine trasparenti di amido di mais e a scartare barrette di cioccolato il cui ripieno di caramello colava sulle sue dita. Poi registrò dieci minuti di aeroplanini di carta, di uccellini e di barche. La carta lucida scricchiolava in maniera deliziosa sotto le sue unghie, e dovette scuotersi per non addormentarsi da sola. Terminò con un *make-up roleplay*: dopo aver fissato un cerchio di cartone attorno alla cam, stese del fondotinta da una parte e dall'altra dell'obiettivo con una spugna in schiuma di silicone, applicò del mascara sulla parte superiore del cartone e spalmò il fondo col lucidalabbra, senza smettere di mormorare "lei è superba" e di fare l'occhiolino all'obiettivo. *In effetti, potrei limitarmi a mettermi tonnellate di rossetto leccandomi i denti per ore. Come dice Morin: il segreto per diventare una star è combinare quanta più innocenza possibile con quanto più erotismo possibile. Una laurea triennale in filosofia può portare ovunque.*

Montaggio, editing, effetti, regolazioni: a mezzogiorno, Evette si accorse di aver dimenticato un maledetto dettaglio. Aveva appena trascorso tre ore a montare tre volte dieci minuti di video. Anche se pagava bene, l'ASMR cadeva sotto i colpi del principio fondamentale del *seekfind*: "troppo tempo rispetto a quanto porta in termini di guadagno." *È normale che lo dimentichi ogni volta: adoro fare l'ASMR, Too bad.*

Caricò i video online, divorò una ciotola di noodles e salì verso il giardino sul tetto.

Non c'è da stupirsi che masturbare pistilli con un pennello resti un settore non troppo affollato. Spezzata in due dal vento glaciale che faceva ondeggiare la torre, con gli occhi irritati dall'anidride carbonica e battendo i denti, Evette brandiva lo spazzolino a setole singole per fertilizzare file di zucchine, zucche, zucchine patissone e zucche butternut. Prima di tornare di sotto, con i reni rigidi, il naso e le palpebre gonfie, dovette passarsi l'aspirapolvere sui pantaloni, sul piumino e sul cappello pieni di polvere nera.

"Qui Fleximpiego! Le piacciono gli animali? Ha un buon senso del contatto, un gusto per il gioco e un'autorità innata? Diventi un/a camminatore/trice di NAC!"

Evette stava uscendo dall'ascensore quando ricevette l'annuncio, puro *seekfind.* Lesse:

CANI, FURETTI, VOLPI DEL DESERTO. SI POSSONO ANCHE PORTARE A SPASSO LE IENE. E QUESTA SPECIFICA: BYOD. PORTA LA TUA ATTREZZATURA.

Cliccò sul link:

MATERIALE RICHIESTO: FASCE PER POLPACCI + GUANTI RINFORZATI.
VACCINO ANTITETANICA E ANTIRABBIA.
CERTIFICATI: ISO ATL. + VET CONSIGLIATI.
TRILINGUE SAREBBE UN +.

Uffa. Trilingue per portare a spasso i cani. Do you speak caniche? Sè sè.

Passò all'annuncio successivo. Addetta alle pulizie d'hotel formula economica. Questo andava meglio. E innanzitutto, sapeva farlo.

1/ Aprire la porta 2/ Raccogliere gli avanzi, raccolta differenziata, gli asciugamani nel cestino Lav'rapido, appendere la biancheria da letto, sperare che il cliente abbia dimenticato qualcosa di costoso, *fail* 3/ chiudere la porta e premere su Disinfett'minuto 4/ approfittare del momento per estrarre gli asciugamani dal cestino e piegarli, riaprire la porta su una nuvola di vapore, mettere gli asciugamani puliti senza rompersi la faccia sul pavimento scivoloso, hop! i cuscini e il piumone sul letto, controllare il sapone, il corano, la bibbia e due grucce, *check*, un cioccolatino sul tavolo 4/ Chiudere la porta, premere Asciuga'rapido, prendere il carrello e correre alla porta accanto con dieci euro in più in tasca, più 2,75 di Prim'fast. *Accidenti, sto stracciando la mia media!*

Tornò a casa tardi, sfinita e con la puzza di disinfettante addosso. Adzo era lì, immutabilmente stravaccato sul futon davanti al suo schermo. L'odore non gli sfuggì.

"Pulizie? Ancora? E se provassi a puntare più in alto anziché in basso?"

Stava guardando Evette seriamente, da sotto la frangia.

"Ti ho già detto che somigli a mia madre o l'ho evitato?" sospirò Evette, con lo stomaco che brontolava di rancore.

"Porc... donna delle pulizie d'albergo, tu hai una laurea magistrale, o no? Già che stai nella merda, fa qualcosa che ripaghi! Ma se ti parlo di testare giochi in realtà virtuale, mi dirai che ti fa vomitare, giusto?"

Evette, turbata dall'accusa, balbettò: "No, tollero bene l'oculus, ho un ottimo orecchio interno..."

"Ci sono anche i nanobot. Ma hai sempre evitato di ammettere che ti spaventano, giusto?"

Evette si strinse nelle spalle spingendo la sua giacca a vento sotto il futon con la punta del piede.

"I nano non mi fanno paura. Ho già seguito un protocollo farmaceutico, una volta. È stato un bel momento. Mi hanno disegnato una griglia sulla schiena, spruzzato una crema diversa per quadrato e ho passato la giornata al sole, sul bordo di una piscina, con l'unico ordine di fare il bagno ogni venti minuti. Gran classe. Ma il tizio che mi aveva inserita nella lista della società farmaceutica è uscito dalla mia rete da quando... be', abbiamo rotto in un brutto modo, lui e io. Se conosci qualcuno in farmaceutica..."

Sentiti anche un po' in colpa.

"Quello che viene testato in questi giorni in nano, mi spiace dirtelo non sono le medicine, piccola. Sono sextoys. E so che ti fanno orrore."

Da quanto tempo ha voglia di scaricarmi, davvero? Evette scivolò tutta vestita nel tubo della doccia. Si spogliò, dimenandosi, lanciando uno a uno i vestiti sopra il divisorio in plexiglas.

"Eviterei anche di guardare una *realskin* di ventidue centimetri uscire dallo scroto a causa di una cattiva programmazione!" gridò lei.

Comprò due euro di acqua calda. Sanificata com'era, non aveva bisogno di qualcosa in più. Mentre scuoteva i capelli sotto il getto, urlò: "E tu, allora? Visto che stiamo parlando di *seekfind*, a che punto sei?"

Perché, furbastro, se non sei un ventiquattr'ore, è solo grazie al tuo rene.

Adzo aveva affittato uno dei suoi reni a un ricevente compatibile. Ciò gli assicurava una rendita fino a un giorno x, sperando che quel giorno non sarebbe mai arrivato. Adzo aveva un solo vincolo: condurre una vita sana e salutare dal punto di vista medico. Di fatto, quando si drogava, doveva imbottirsi di prodotti con cui mascherare il consumo di un buon quarto del proprio reddito, ma nessun *seekfind* è perfetto. Evette rifiutava in modo assoluto quel tipo di piano: in generale, i destinatari erano già molto malati al momento della firma, ne era sicura. *Sorprendente che a un complottista come lui non importi.* Inoltre, lei ci teneva alle sue sbornie. La doccia terminò, Evette fece scorrere la porta e tese la mano per prendere un asciugamano. Colse un finale di frase: "...finito l'ultimo UV oggi. Presto, se tutto andrà bene, avrai davanti a te un *Digital Death Manager* di livello 3 certificato iso/iec."

"Gestore di decessi digitali? Non puoi mirare più in alto?"

La provocazione cadde di piatto sul futon. Entrambi sapevano che il data mining dei dati post-mortem non era un *seekfind*: era un lavoro vero. Man mano che la *big generation* si riduceva in cenere, lasciandosi dietro testamenti complessi (poteva essere impegnativo, un morto che pesasse un petabyte di dati) stava diventando uno dei rari settori in piena espansione. Il *death management* offriva un'*occupazione*, cioè un impiego diurno con uno stipendio al di sopra della soglia di povertà, un'assicurazione sanitaria, un luogo di lavoro con dei colleghi e un contratto scintillante a tempo determinato alla fine della strada. Evette si contorse di nuovo per mettersi il pigiama e uscì dalla doccia, fumando di vapore e gelosia.

"Mi domando cosa fanno i nostri amici che se la cavano," disse lei in tono chiaro. *Riuscite a colpire Adzo con il vostro successo?* Aprì il profilo di Mau. Mau era sempre riuscito in tutto.

"Allora," sbadigliò Adzo, picchiettando inesorabilmente, "Mau è ancora nella stampa degli organi?"

"No, ora stampa case. Anche edifici e quartieri, conosci Mau. Sta ristampando il campus della Grande Borne. Ha fondato la sua società di geomatica con Cruz e produce trilioni."

"Santo Mau," concluse sobriamente Adzo. "Tu non avevi preso un ISO in geomatica?"

"Avevo iniziato una formazione. Era un fake. Non il tipo di 'formazione imbrogliona per disinformare futuri concorrenti', ma quella 'non avete il livello per seguire ma vi iscrivo comunque'."

"Una formazione Fleximpiego."

Evette si preparò un toast di proteine per sbarazzarsi del saporaccio di disinfettante che ancora persisteva nella bocca, quindi aprì il suo curriculum. Metà dei certificati erano scaduti. *Lingua, socio, ergo, huma-num, semio, il fottuto curriculum di una ragazzina. Sono come tutte le femmine, io: ho fatto scienze soft quando solo quelle esatte ripagano. Non sono una trader, attuario, dataminer o neurobio. Per le ragazze, comunque, è scienza soft o il care. Fottuto orientamento a tredici anni. Fottuto destino.*

I suoi tre video ASMR avevano avuto un breve successo. L'annuncio al di sotto la fece trasalire. Non era più doloroso della pulizia, più fisico del massaggi, più da puttana dell'hostess di accoglienza a Dronexpo. *Se avessi diciassette anni, certo, non sarebbe una buona idea iniziare il seekfind da lì. Ma oggi che sono a un anno e mezzo dalla mia data di scadenza, perché no?* Cliccò.

Evette si depilò da cima a fondo con la doccia laser, eliminò tutto, si fece la pedicure e la figa multicolore. Non che avesse intenzione di usarla – *il lavoro sessuale non è roba mia* – ma il mentale conta. Comprò lenti a contatto, stavolta verdi, si fece bionda, si pulì le orecchie e l'ombelico, si strofinò la lingua fino all'ugola. Trascorse tre ore a truccarsi *nude*, più due ore a costruire uno chignon, il tutto per sembrare naturale e un po' spettinata. Indossò biancheria intima *pump-up*, il vestito nero aderente, le sue scarpe con la suola rossa, occhiali neri di marca "caduti dal drone" e, infine, attinse dai suoi campioni di profumo costosissimo. Al primo appuntamento *e-largement*, Evette voleva che i suoi amici sbavassero d'invidia non solo dal punto di vista sociale ma anche sessuale – e un po' anche lui. Comunque il contratto era chiarissimo: le mani solo qui e lì, niente per via orale o verbale-trash. Poco prima di uscire, nel suo specchio rotante, Evette si trovò molto carina, ringiovanita e piuttosto ingenua. *E così photoshoppata che non c'è rischio di riconoscermi.*

Fu un successo. Il ragazzo non era brutto ma sinceramente stupido, e aveva le mani sudate. Trascinò Evette da un evento all'altro, pubblicando raffiche di foto in cui la teneva per la vita e le leccava il collo. Piena di champagne, Evette rideva di gusto. Dopo il costoso brontolio di Adzo, apprezzava di sentirsi valorizzata a spese di qualcun altro. Alla fine della serata, l'occhio incollato sui suoi commenti, il suo appuntamento *e-largement* la piantò lì con un saluto della mano. Evette tirò fuori le ballerine dalla borsa e tornò a casa barcollando. *Un b-buon affitto ve-locemente guadagnato.*

Presa dal pudore, si fece la doccia e si tolse il trucco prima di raggiungere Adzo sul futon. Ma lui dormiva così a fondo che lei rimpianse il suo sforzo, l'odore caldo del suo sudore e della saliva lungo il suo collo.

Adzo traboccava di entusiasmo: "Ho un contratto a tempo determinato di due settimane al museo Ricard! Curatore di una mostra sul patrimonio pre-web. La parte 'lavori domestici', eh? È solo un *seekfind*, alla fine."

Fuori dal campo visivo, Evette testava nuove unghie a specchio, un po' costose, ma molto *on the edge*: ci si poteva addirittura sniffare sopra. *L'e-largement ha anche un costo.*

"Sto testando manufatti premoderni," continuò Adzo.

"Dai un'occhiata a questa roba! Pura plastica in petrolio e acciaio che pesa una tonnellata. È una specie di scopa. Con un filo elettrico, ma guarda qui!"

Evette lanciò uno sguardo al suo schermo e annusò: "Secondo me, non si usava come scopa, questa roba. Doveva scivolare sul pavimento. Hai fatto delle ricerche nei vecchi film?"

"Sì. Credimi, i vecchi film parlano di tutto tranne che delle pulizie."

Evette rilesse per la millesima volta il paragrafo cinque del suo contratto. *Arredamento. Parli di un lavoro.*

"Hai guardato le vecchie pubblicità di prodotti per le pulizie?" suggerì lei.

"Stessa cosa. Ho trovato donne che si stendono su divani in legno d'albero, famiglie che sorridono come folli, prodotti che puliscono tutto in cinque secondi come se esistessero già vernici intelligenti, ma nessun modo d'impiego. E secondo te, cos'è questo?"

"È un cubo nero con adesivi quadrati multicolori. Molto brutto, ma di sicuro molto costoso."

"*Cubo di Rubik*. È marchiato così. Un fermacarte? I nostri antenati erano dipendenti dalla carta. E questo? Sembra una penna touch. Ecco l'anello mancante tra la penna touch e la penna d'oca. C'è un logo, BIC."

"Un punteruolo da ghiaccio? Erano tutti alcolizzati."

Evette fece scorrere il contratto con la punta del dito. Seguendo ancora la vena turgida dei lavori-non-del-tutto-sessuali, aveva accettato di... accettato di riflettere sul giocare a fare d'arredo in un locale erotico, *Tavolo basso. Quattro ore a quattro zampe. Spago tra le gambe, polvere ovunque, bicchieri sulla schiena e nessun diritto di grattarsi il naso: quant'è la penalità se mi gratto il naso?* Anche controllando tutte le opzioni 'non toccare', ci pagava l'acqua.

"E questo?" chiese Adzo. "FAMAS, caricatore. Bene, metterò anche questo nella parte dei fermacarte. Non interessa a nessuno, e ho ancora duecento elementi da classificare. E guarda! Il mio abbigliamento per la mostra, perché mi occupo anche le visite per gli studenti. Puro XX secolo! Una giacca a 'coda di rondine'. È una specie di uccello. E guarda la catenina! C'è un clitoride in bronzo."

"Perché un clitoride?"

"Innovazione domestica del XX secolo."

"E come è possibile che sia un'innovazione del XX secolo?"

"Scoperta del XX secolo, se preferisci. Organi che non sono mai malati, perché ti interessa studiarli?"

"A un certo punto, qualcosa su cui abbiamo messo il naso da centomila anni..."

"Mi hai visto in giacca a coda di rondine?"

E c'era l'altro ruolo: sirena. Quattro ore di galleggiamento in un acquario con una pasta di ossigeno sul naso. Certo, bisognava detrarre il prezzo delle extension biondo cenere, poteva ammortizzarlo se selezionava l'opzione 'autopalpazione spontanea del seno'. *Mi risparmierà una mammografia.*

Adzo mise il mazzo di verdure al centro del tavolo, riempì i due flûte di prosecco e fece un origami con il contratto di unione civile. *Lei dirà sì. Certo che dirà sì!* Era laureato e ingaggiato subito. Finite le ansie, le carie trascurate e le pareti che si muovono: aveva già recuperato il suo rene. Si sedette, stordito dalla gioia. L'angoscia che pesava sulle sue spalle faceva sentire il suo peso opprimente proprio mentre si dissolveva, e un brodo di parole trattenute affluiva sotto la sua lingua – per lo più parolacce, constatò. Diede un pugno al futon: "Accidenti! Potrò finalmente pagare la mia parte d'affitto," dichiarò al frigo. Passò un dito lungo il lato arrotondato di una melanzana: "E tu, mia cara, potrai smettere con il non-sesso a pagamento."

Aspettò finché il prosecco fu del tutto svaporato.

"Uno sfortunato incidente."

Adzo guardava la fronte pallida dell'avvocato che riluce-va sotto la lampada, dall'altra parte dello schermo.

"Siamo così dispiaciuti. La pasta di ossigeno, purtroppo. La qualità, la quantità forse? Gli incidenti sono eccezionali, ma comunque..."

"Ma di cosa sta parlando? La mia compagna è annegata, merda!"

Adzo, aggrappato al bordo del futon, sentì la sua voce sci-volare via.

"Sì, voi non avevate un'unione civile? Conviventi? Sposa-ti? Temo che l'assicurazione sia basata sulla franchigia. Sem-bra derisorio in un momento così terribile, parlare di soldi ma è il minimo... solo, ci vuole un rapporto legale tra voi due."

L'avvocato sospirò mentre frugava tra i dati.

"Il contratto mobiliare che ha firmato la sua compagna, vero? Contiene una clausola di rischio e una liberatoria. Tut-ti e due firmati, ovviamente."

Adzo fece scendere lo sguardo dalla fronte agli occhi. Non erano fuggenti ma opachi, come appannati. Lisci, diste-si, pieni di quella calma che si compra col denaro: i *seekfinder* avevano lo sguardo più labile, più luminoso. Lui sapeva. O meglio, aveva visto. Il locale erotico d'alto bordo, la moquet-te spessa come la sua coscia, il cool jazz, i suoni umidi della carne in movimento, l'odore della pelle e delle parti intime, i mobili, ragazze a quattro zampe con secchielli di ghiaccio sulla schiena, ragazzi in ginocchio che portavano nelle brac-cia corone di fiori veri, ragazze e ragazzi distribuiti contro le pareti su quadri viventi e nell'acquario, cosa c'è di più grazioso e perverso e costoso, cosa c'è di più lussuoso, di fatto, che una giovane annegata con i capelli sparsi? Un bel corpo morto, inaccessibile e nudo, la stessa Thanatos che viene ad afferrare per la coda Eros, stanco, e lo masturba fino alla prostata. *Al prezzo di una franchigia assicurativa.* Adzo vide se stesso attraversare lo schermo, i denti in avanti.

"Naturalmente, l'assicurazione copre le cure funerarie."

L'avvocato smise di mescolare i byte. Adzo sapeva. Sapeva sempre di più. *Quelle persone non avevano pasta ossigenata contraffatta. Così come non avevano pomodori di cadmio o birra al catrame.*

"Conosco un artista," continuò l'avvocato, "molto, molto impegnato nella memorizzazione della bellezza. Molto, molto impegnato per le persone in lutto. Esegue liofilizzazioni, questo è il termine. Esporrà presto al Tate Moon. Mette in scena i corpi con lo scopo di lottare contro l'oblio – ho pensato a lei, a questa donna così giovane. È così triste. Le allego i suoi recapiti. Gli ho parlato di lei. Empatizza, davvero."

È così bella, una donna annegata. E hanno i mezzi per permetterselo. Momento clou della serata, scommetto. O forse no.

"È una licenza artistica. Gliela mando. Si tratta di un semplice noleggio, i resti le saranno restituiti, ovviamente, alla fine dell'evento. Lo veda come un tributo, un tributo artistico, giusto? Di Zou Tseu. È l'artista."

Se trovo l'indirizzo di questo stronzo e mi presento sotto la sua torre con un coltello da macellaio, non riuscirò nemmeno a varcare la porta del cortile.

"Zou Tseu è molto popolare, il prezzo è conveniente. Certo, è un dettaglio, ma queste situazioni lo necessitano – cioè, voglio dire che è meglio non avere preoccupazioni come i soldi di questi tempi. E poiché il premio assicurativo non può essere a suo nome, la licenza artistica sì. Possiamo considerare una designazione come, hum... convivente certificato?"

L'avvocato inarcò un sopracciglio. Adzo lesse la somma. Con quella cifra avrebbe pagato dieci affitti e cinque metri quadrati in più. Non valeva nemmeno una confessione. *E io sono un death manager. Aspetta che abbia preso un po' di punti di esperienza nel mio mestiere, signor "Ovviamente Non è vero?". Aspetta che impari a essere il verme nel legno delle vostre bare. O aspetta solo che becchi il tuo vero indirizzo in questo mondo. Preoccupazione di base, eh?*

Dall'altra parte dello schermo, l'avvocato aveva l'aria dispiaciuta del professionista – *e quella voce da benzodiazepina. Un piagnone professionale. Assunto per l'aria che trasuda. Di sicuro con contratto a tempo indeterminato. Mucchio di merda.* Adzo premette con rabbia il pollice sul fondo della licenza, interruppe la comunicazione e si ruppe il pugno sul frigo, che fece un rumore strano.

Sul tavolo, i porri stavano appassendo.

Sdraiato sul futon, Adzo fissava il soffitto del suo monolocale. Il frigo ronfava dolcemente. Mosse un po' le gambe indolenzite, sentì qualcosa sotto il fianco destro, fece scivolare la mano, trovò un'unghia finta a specchio, lucida come una goccia d'acqua, e si concesse il lusso di scoppiare a piangere.

Mia dolce Colombina

di Xavier Dollo

traduzione di Alda Teodorani

Xavier Dollo, libraio, scrittore ed editore (Ed. Argyll), predilige la narrativa speculativa e fantasy. Ha vinto la maggior parte dei premi del settore, tra cui il Grand Prix de l'Imaginaire, il Rosny aîné nel 2013 per il suo racconto breve Les Tiges *e, nel 2020, il Prix Imaginales per la sua raccolta fantasy* Chuchoteurs du dragon & autres murmures. *Tra le sue opere principali di fantascienza: il ciclo* Alone *(Critic) e una planet-opera positiva,* Sous l'ombre des étoiles *(Helios). Il suo fix-up fantasy* Des Sorciers et des Hommes *ha avuto un ottimo successo. Ha pubblicato il fumetto* Histoire de la Science-Fiction *con Djibril Morissette-Phan, edito negli Stati Uniti e tradotto in altre sei lingue, che gli è valso tra l'altro una selezione per la BSFA (The British Science Fiction Association) e una selezione della European Science Fiction Society per i "2022 Hall of Fame Awards - Nominations," nella categoria "Best Promoter." Attualmente dirige un festival in Bretagna, "Sirennes."*

Mi adagio sul lungo cuscino azzurro, ricamato di gigli bianchi, soddisfatto, con occhi e ventre sazi. Ho appena sperimentato un'indescrivibile orgia dei sensi. Le mie piccole dita grassocce afferrano un ultimo grappolo d'uva nera da una ciotola di peltro. Sgranocchio piano un acino, per sentire davvero i miei denti sulla sua pelle fragile, per godere all'infinito, in quest'attimo fugace, della meravigliosa impressione di distruzione, di combattimento tra un gigante e un nano. Io sono la mano di Dio che si piega sulla sua creazione e la schiaccia senza rimorsi; è solo un punto, una pallina, come un pianeta in miniatura posto tra due dita. Basta una pressione per farlo esplodere. A volte mi confondo con Dio. E dal mio cuscino ricamato di gigli bianchi domino i cieli.

Quando sono nudo, come adesso, il mio corpo, fatto di pieghe e altre pieghe, somiglia a onde ghiacciate di sabbia, a una semola che sgocciola lentamente. Ma amo la mia pelle, ne vado fiero come di tutto il mio corpo. Sì, sono grasso, molto grasso, come gli altri sono magri, molto magri, o marroni, molto marroni o piccoli, molto piccoli... Che importanza ha il mio aspetto, dal momento che sono felice? Sono come sono, ho finito per accettarlo dopo tante traversie. Ho finito per amarmi. Questa carne mi appartiene fino all'ultimo grammo, sono io e, dopo tutto quello che ho passato, credo di essermi evoluto in meglio. Un'evoluzione verso ciò che, presi uno a uno, rende noi tutti degli esseri unici.

2.

Per comprendere appieno ciò che sono diventato, è necessario tornare indietro nel tempo. Una lunga analessi che parla di me, certo, ma fornisce tutta la materia alla mia realtà, quella del mio tempo. Alla mia umanità.

Alla fine del 19° secolo, il mio bisnonno aveva fatto fortuna con la prostituzione e la droga. Da parte sua, mio nonno, più manager che truffatore, aveva mantenuto e aumentato quella ricchezza investendo nel settore tessile. Alla fine della sua vita, aveva lasciato in eredità a mio padre tante aziende che avevano in comune solo un'ottima redditività.

Mio padre era furbo come una scimmia – a essere un attimo onesti, questo gene sembra essere del tutto scomparso, amen. Aveva messo a frutto tutti quei beni e, quando è morto, mi ha lasciato l'intero patrimonio, credo non senza rimpianti. Riassumerei il suo stato d'animo con questa famosa citazione: "Va', non ti odio"[6]. Pur non avendola lasciata scritta nel suo testamento, senza dubbio l'avrebbe torturato per molto tempo.

Da parte mia, sono cresciuto come un ragazzo ricco del XXI secolo: abbandonato a una dozzina di tate, che ho consumato tutte con i miei infiniti capricci. Quelle donne e quegli uomini erano solo spugne che mi divertivo a prosciugare per poi buttarli via, anche quando mio padre si era deciso a prendermi assistenti robot.

Ogni giorno mi rimpinzavo come un'oca. Ero un ghiottone insaziabile, più che altro di dolciumi, e sviluppavo deficit di attenzione tali da condurmi all'insolenza, al cattivo umore e al ritirarmi in me stesso. Qualcuno – non so chi tra l'altro, è successo troppo tempo fa e non m'interessa perché non mi sono mai sentito malato, solo diverso – aveva ipotizzato che avessi dei disturbi riguardanti lo spettro autistico, che fossi neuro-atipico. Comunque, a prescindere dalle mie specificità, ho fatto impazzire i miei precettori che però sono rimasti al mio servizio, aggrappati al cospicuo stipendio che mio padre dava loro. Solo, facevo quasi sempre quello che mi pareva. Nessuno li stava davvero controllando, nessuno stava sorvegliando me, e ben presto divenni come un grosso gatto perso in un castello con mobili fatti di dolciumi, scale di cioccolato, caminetti di torte. Ho trascorso il mio tempo tra l'enorme frigorifero sempre pieno, videogiochi immersivi e tablet. E proprio grazie al tablet, verso i tredici anni, ho scoperto la pornografia e le gioie del sesso "terrorista." Lo chiamo così perché il sesso immateriale mi ha letteralmente portato via dal mondo, ha preso il sopravvento su tutti i miei giorni e le mie notti. Sapevo ogni cosa sulle donne e sugli uomini. Tutte le posizioni, tutte le perversioni, a volte pure nauseanti. Un pensiero continuava ad affacciarsi nella mia

______

6 Pierre Corneille, *Il Cid*, scena III, dialogo tra Chimena e Rodrigo.

mente: "Non voglio vedere più questa roba, mai più!" quindi mi tiravo su la patta, e dopo un quarto d'ora la ritiravo giù a causa delle stesse fantasie inconcepibili e di bassa lega, come l'uomo qualunque che si trasforma in Borgia in una scena dove il povero marito offre la sua bellissima moglie a un tizio ricco in cambio di denaro; non mi trattenevo nemmeno dal fantasticare su scene omosessuali.

Il sesso era allo stesso tempo così disincarnato e così presente che non potevo più definire alcuna reale preferenza per me stesso. Quindi non avevo una reale consapevolezza della mia sessualità. Pensavo soltanto di "amare le donne" ma senza alcuna certezza poiché il potere dell'immagine aveva offuscato qualsiasi slancio d'identità.

È passato molto tempo prima che riuscissi a definirmi "eterosessuale globale." Si tratta di una categoria ridicola, certo, ma mi ci sono adattato perché pur avendo letto molti saggi sulla questione nessuno mi aveva soddisfatto appieno.

Ero molto grasso: ecco la mia unica vera certezza. Ero consapevole del fatto che le donne non mi avrebbero mai apprezzato ed ero convinto che un maiale non sposa un cigno, anche se il maiale è molto più ricco del cigno. D'altra parte ero anche piuttosto convinto che i soldi comprano tutto, e mio padre me l'aveva ripetuto fino alla nausea. Potevo comprarmi l'amore di una donna e crederci. Ma i soldi non comprano lo sguardo di una donna, anche se arriva a condividere il tuo letto. Non volevo un amore artificiale, ne avevo avuto fin troppo. Non volevo riconoscere il disgusto dell'altra, nemmeno per un attimo, nel suo sguardo; quel disgusto che ho condiviso fin troppo con me stesso...

Così ho eliminato gli specchi, ho urlato nel mio profondo rendendomi conto di quant'era pesante il mio passo, era come se un tamburo funesto mi stesse seguendo, e ho pianto per ore e ore nella soffitta trasformata in un'enorme sala giochi, dove tornavo davanti ai miei schermi per cedere a nuovi incitamenti pornografici. Il mio dizionario più ampio, l'ho capito assai in fretta, era quello del sesso. La mia vita ruotava solo attorno a quello e al cibo.

E per tutto questo tempo, uscii di casa molto di rado. Non vidi nemmeno, a parte il personale di casa, una sola *vera* ragazza.

Dopo alcuni anni, quando ne avevo circa venticinque, io maturai e mio padre morì.

Due cose ineluttabili, quasi dipendenti l'una dall'altra, poiché io esistevo solo nella sua ombra carismatica. Cominciai a occuparmi dei suoi affari. O almeno ci provai, perché fu un totale fallimento. Affidai le chiavi del mio patrimonio a vari consulenti finanziari che erano più abili a speculare, ma lo feci a malincuore, oppresso dall'ansia.

In quel periodo ho approfittato della possibilità di oziare tipica di un ricco ereditiere. Niente tennis né golf, ovvio, lo sport non poteva essere un diversivo per me. No, leggevo molti autori classici come Shelley, Baudelaire, Shakespeare o ancora Whitman. Nella poesia trovavo il senso opposto di tutto ciò che guidava la nostra realtà. Ci trovavo la bellezza mentre nel mondo trovavo solo bruttezza. Tuttavia, nel frattempo davo ricevimenti in cui molte prostitute di lusso venivano pagate per partecipare alle orge, in cui non mi facevo mai vedere. Credo che alcuni miei ospiti più assidui mi considerassero un semplice filantropo, senza interesse per le singole persone: osservavo solo tutta quell'agitazione sessuale, quella lava di carne bollente, da dietro un grandioso specchio unidirezionale. Ero seduto in una comoda poltrona su misura e mi piaceva ammirare tutti quei corpi aggrovigliati, le donne sottomesse agli uomini sicuri della loro forza – ma non consapevoli della loro miseria – come se, a ben pensarci, vedessi in quello spettacolo solo un volgare branco di uomini e donne trasformati in bestie, pronti a far emergere il fondo primitivo, e talvolta violento, dei loro istinti atavici. Comunque, se qualcosa degenerava, la squadra di sicurezza provvedeva a sistemare con grande efficienza, e tutti tornavano a casa ben ripuliti.

Mentre il logorio di tali feste stava pian piano erodendo il mio interesse per quella forma perversa di lussuria, accadde qualcosa di importante. Una donna comparve nella mia vita, o almeno ai miei ricevimenti. La prima volta la notai a malapena: era una donna che doveva avere superato da un po' i vent'anni, con straordinari capelli castani e ricci che si ondulavano pigramente sulle spalle tondeggianti e rosate. Il suo viso paffuto, che mi pareva carino anche se un po' inespressivo, forse per la levigatezza diafana della pelle, mostrava degli occhi e una bocca sempre sorridenti. Non c'era niente che fosse davvero notevole, al di là della mia percezione personale senza dubbio, anche se in lei qualcosa mi turbava senza che riuscissi a individuare il motivo di quella confusione.

Resta il fatto che, una festa dopo l'altra, l'universo svanì dal mio campo visivo per lasciare posto solo al volto di quella donna; quel viso, quel corpo e i suoi atteggiamenti, mi attraevano con la stessa determinazione con cui un pianeta è attratto da un buco nero. Non riuscivo a capire come mai.

Il salone dei ricevimenti straripava di donne, una più bella dell'altra, che fossero brune, rosse, bionde, piccole o alte... e i miei occhi non potevano abbandonare nemmeno per un secondo quella donna dalle dita tozze, le natiche larghe e piatte, i seni pesanti come palle di cannone. Singolare. Davvero singolare.

Il suo nome era Mily Kallen. Buffo nome per una donna francese. Era buffo pure che me ne fossi innamorato. Vedendolo con un po' di distacco, quel nuovo sentimento mi pareva normale e piacevole. Ma la cosa più inquietante si rivelò nei comportamenti degli altri invitati maschi. Stavano quasi tutti combattendo per un'esperienza sessuale in sua compagnia. A volte il mio servizio di sicurezza dovette intervenire dopo qualche scaramuccia senza troppa violenza, eppure...

Tra me e me continuavo a ripetermi: "ma cosa ci trovano in lei?" e sperimentai un sentimento che per me era nuovo come l'amore, e molto più sgradevole: la gelosia. Non potevo più sopportare tutte quelle mani appiccicate come mosche sulla sua pelle, tutte quelle lingue che esploravano ogni parte del suo corpo, tutti quegli uomini, visibilmente desiderosi ed eccitati come un cercatore d'oro che avesse appena messo le mani su un buon filone.

Se volevo la mia occasione con lei dovevo incontrarla anch'io, ovviamente in un posto diverso che da dietro un vetro. In carne e ossa.

La mia salvezza venne da *Zardoz*. Avevo visto quel film all'età di tredici anni e mi aveva segnato per sempre. Ero rimasto affascinato da quella testa grottesca che oltretutto volava, e dal protagonista baffuto e seminudo interpretato dal venerabile Sean Connery. Come tributo, avevo deciso, qualche anno prima, di costruire il mio sv – Spazio Virtuale – ispirato alle scenografie di quel film mitico. Ricordo che all'epoca ero rimasto senza parole nell'ammirare quelle donne promiscue che, venni poi a sapere, erano una conseguenza cinematografica di un'epoca, spesso assai spinta, molto favorevole alla liberazione sessuale.

Quando apparve per la prima volta la tecnologia sv, chiamai i migliori specialisti. Mi feci inserire sulla punta del dito indice un nanochip collegato all'interfaccia di input della mia rete privata, che mi proiettava in quello spazio virtuale pensato per la mia comodità. E così la mia comodità fu lo scenario di *Zardoz*. Avrei potuto cambiarlo in seguito, ma non ne ho mai sentito il bisogno.

Poiché ero diventato un vero recluso, e poiché i miei genitori mi avevano allevato così, cioè senza che nessuno s'interessasse affatto a me, mi era insopportabile incontrare altre persone, innanzitutto per disgusto del mio aspetto, poi per paura dello sguardo – e del giudizio – degli altri. Il mio sv, per questo, era una vera benedizione e una rivoluzione. Ogni appuntamento passava di lì. Che fossero professionisti o amici, tutti quelli che volevano parlare con me avevano appuntamento vicino all'enorme testa di *Zardoz*.

Fu così che incontrai Mily per la prima volta. Avevo inviato un fattorino – un'IA che gestisce le connessioni tra reti private – e il mio avatar digitale, un giovane Sean Connery; vestito in maniera corretta, devo specificare come? Il suo avatar, alquanto originale, rappresentava un personaggio femminile della commedia dell'arte, Colombina. Fili invisibili univano le braccia, le gambe e la testa, e i suoi movimenti diventavano scoordinati, come per dimostrare al visitatore che questo mondo offriva solo una farsa gigantesca dove regnava il burattinaio.

Comunque Mily acconsentì senza esitare alla mia richiesta. Dopotutto, era probabile che non volesse offendere il suo ospite abituale, che del resto era così prodigo, come il buon vecchio Gaio Clinio Mecenate nell'antichità.

Ci accordammo per un incontro nel mio sv la mattina successiva.

Inutile aggiungere altro sulle mie sensazioni e i miei sentimenti in quel momento. Sia chiaro: per una notte e parte della mattina dopo, fremevo d'impazienza all'idea di conversare con lei e, chissà, di dichiararle il mio amore, seppure virtuale.

Zardoz profumava di grano appena mietuto. Esalava pure un delicato profumo di pino. C'erano uccellini felici che cinguettavano nel loro nido, vicino alla testa, e cantavano il sole orgoglioso che pungeva la terra ocra con i suoi caldi dardi. Col fiato corto aspettavo Mily, seduto su una lunga pietra piatta coperta di muschio.

Un sentiero lungo e ripido si snodava fino al mio punto di riferimento; non c'era dubbio che da dove mi trovavo potevo vederla arrivare, un puntino nero in movimento, che s'ingrandiva mentre camminava.

La mia attesa non fu lunga; Mily fu puntuale per quell'incontro che speravo avrebbe portato ad altri.

Ancora una volta, avevo adottato le sembianze di Sean Connery e ricomposto il costume che indossava in *Agente 007 - Licenza di uccidere*. Quanto a Mily, non somigliava per nulla a Ursula Andress: con mia grande sorpresa – e devo ammetterlo, con mia grande soddisfazione – comparve davanti a me con i suoi lineamenti reali.

Senza trucco. Senza nulla di artificioso. Proprio lei, in tutta la sua sublime rotondità. Aveva indossato un vestito bianco molto semplice, senza fronzoli, e di tanto in tanto la leggera brezza ne coglieva vagamente qualche piega. Una modesta scollatura evidenziava un seno enorme, sodo e accogliente. I suoi occhi chiari mi guardavano mentre taceva, la sua bocca sorrideva.

Fu lei ad avviare la conversazione intanto che si sedeva vicino a me sulla pietra. Arrossii, fissando le sue ginocchia robuste.

"Quindi voleva conoscermi, signor Bègues?"

Rimasi a lungo in silenzio. Avevo un nodo allo stomaco, il cervello si rifiutava di formulare un pensiero coerente, non riuscivo a parlare. Finii comunque col buttar là una parola.

"Giusto."

"Mi lusinga, signor Bègues. Un grande benefattore come lei..."

"Chiamami Philippe, ti prego," la interruppi.

"Molto bene, Philippe."

Mily fece un sorriso ancor più ampio, quasi che due persone invisibili le stessero tirando in su entrambi gli angoli delle labbra. Restammo in silenzio. Non a lungo, ma quel silenzio di pochi secondi pesava come ore.

"Mi piace il tuo sv," disse. "Quella grossa, strana testa è uno spettacolo sorprendente. Forse un po' sogghignante?"

Aveva un tono da leggera presa in giro, quasi non colsi l'ironia. D'improvviso persi baldanza, del tutto travolto dalla sfida che avevo messo in campo: "Ascolta, Mily, non so nemmeno perché ti ho chiesto di incontrarti..."

"Forse perché ti piaccio? Lo vedo bene nel tuo modo di fare, è proprio la timidezza del giovane amante che non osa affrontare un discorso francamente. Come Sean Connery sei molto bello, ma preferirei vedere la tua vera faccia."

"Non credo tu voglia vederla."

La mia ospite mi appoggiò la mano sul ginocchio. Mi scostai d'istinto.

"Su, lasciati andare. Non siamo forse libertini? In fin dei conti siamo uomini e donne per cui i piaceri della carne sono un gioco gradevole, giusto?"

"Tu sei libertina," grugnii, "io sono solo uno spettatore perverso di questa dissolutezza. Un essere abietto."

Stavolta, la risposta le suscitò una vera ilarità. Subito cercò di soffocarla, premendosi una mano sulla bocca.

"Sono così divertente?"

"Ma sì. E mi piaci. È una sfida. Come un castello di carte da costruire con pazienza. Se lo desideri davvero, penso che ci capiremo molto bene," rispose Mily, lo sguardo che scintillava.

Di fatto, finimmo per capirci alla perfezione. Mily tornava spesso a trovarmi. Discorrevamo per ore vicino alla testa. Provavo un tale piacere durante le nostre discussioni che la invitavo ogni giorno. E, per quanto possa sembrare incredibile, Mily rispondeva ai miei inviti; c'era da credere che la mia compagnia le piacesse davvero.

Intanto avevo smesso di organizzare ricevimenti, per quanto ero monopolizzato dal nostro rapporto, il primo che avevo davvero stretto con qualcuno fin dalla mia nascita. Mi sentivo più umano, più amato.

Ma se Mily aveva risposto favorevolmente ai miei desideri, non osavo ancora mostrarmi di persona. Non mi chiedeva niente, come se sapesse che abbattere le mie barriere, una alla volta, alla fine l'avrebbe ripagata. Quindi parlavamo di tutto e di nulla, anche se le piaceva in particolar modo la politica, o meglio il futuro della nostra specie. Non era schierata da nessuna parte in particolare. Mily pensava che l'uomo fosse corrotto, a un punto di rottura, e che rifiutasse i piaceri del nuovo mondo forgiato da lui stesso, mentre aveva la totale possibilità di goderselo. La robotica aveva fatto progressi incredibili nel giro di pochi anni, era stato conquistato Marte e migliaia di robot vi stavano costruendo cupole che si riempivano poco a poco di coloni... senza contare che quaggiù innumerevoli sviluppi tecnologici permettevano di evitare i compiti più difficili e faticosi. Mily propugnava l'idea di un'umanità che approfittasse del semplice godimento di sé, senza il parassitismo nefasto dell'istinto di sopravvivenza, quello che, in particolare, spingeva al lavoro, quell'alienazione di un'altra epoca.

"Di cosa hanno ancora bisogno gli umani?" mi chiedeva. "Non è forse questo il momento giusto per espandere le arti e le scienze con una completa libertà intellettuale?"

"Tu sostieni che non dovremmo più lavorare. Lo sviluppo delle arti e delle scienze, anche in piena libertà intellettuale, è lavoro, no?"

"Non se prende forma al di fuori da un'idea di coercizione. L'unico ostacolo che vedo è l'inerzia e dobbiamo prevenirla a ogni costo, spingendo tutti i nostri sforzi verso l'acume intellettuale e lo sviluppo della curiosità."

"Allora perché ti piaccio?" le chiesi, "sono soltanto un salsicciotto amorfo, capace di restare giorni interi immobile su di un divano, senza fare nulla, senza pensare a nulla, senza vivere."

"Ma cosa fai, nello specifico?"

"Leggo molto, questo riempie il vuoto. A volte scrivo poesie, anche questo riempie il vuoto. Detto ciò, ho davvero ricominciato a leggere e scrivere da quando ti ho incontrata… prima mi masturbavo di continuo davanti ai porno. Oppure giocavo con i miei sexbot."

L'avatar di Mily sorrideva.

"Allora sei sulla strada giusta. Tu sai qual è la sequenza logica, e non dubitarne."

Lo sapevo, sì.

Ci siamo sposati molto prima di vederci.

I matrimoni virtuali erano legali da diversi anni, qualora si dimostrasse che le relazioni erano continue e autentiche. L'IA che gestisce i nostri SV aveva analizzato la nostra relazione e aveva dato la sua approvazione all'ottantacinque per cento, che era elevata e ben al di sopra della media stabilita, il sessantacinque per cento.

Così, Mily Kallen si chiamava ormai Mily Bègues. Mi aveva detto di sì in una semioscurità artificiale e bronzea, vicino alla testa di Zardoz. La gioia che avevo provato non può essere descritta. Non c'erano parole, ovvero io ero senza parole.

L'unico aspetto negativo – poiché il mio SV era sotto la sorveglianza della Bègues Corp – fu che i miei consiglieri erano contrari e, in seguito, avevano cercato di convincere Mily a firmare degli accordi prematrimoniali, uno più doloroso dell'altro. Avevo rifiutato e l'avevo sposata a modo mio, perché mi fidavo di lei. I miei dipendenti ormai dovevano solo tacere, non avevano altra scelta. Ma mi avevano avvertito che di sicuro un giorno mi sarei pentito della mia decisione.

Me ne infischiavo delle conseguenze. Amavo Mily. Mi dava amore, cosa che nessuno aveva mai pensato di offrirmi in un modo così appassionato. Non mi avrebbe mai deluso, anche solo per questo motivo essenziale.

Per il nostro primo incontro in carne e ossa, aspettavo, agitatissimo, davanti alla porta d'ingresso della mia villa. Il giorno prima, senza rifletterci, le avevo detto: "Mily, voglio vederti. Tenerti tra le braccia. Parlarti. Coccolarti. Amarti."

Il suo avatar si era rimpicciolito per la sorpresa, come una pelle di zigrino. Aveva risposto solo "OK," quindi si era disconnessa. Tramite fattorino, le avevo fatto avere un orario preciso, in serata.

Per tutto il giorno, avevo urlato ai miei pochi domestici di ripulire la casa e cucinare un pasto sontuoso. Non mi avevano mai visto così, di solito li lasciavo piuttosto tranquilli. Solo i robot non avevano sussultato.

Quando infine si era annunciata, ero andato io stesso ad aprire la porta. Ero molto spaventato. I piedi, le gambe e le braccia non mi rispondevano. Il cervello latitava.

Poi l'immagine di Mily mi si fissò in mente, tanto forte da farmi riacquistare in fretta l'uso degli arti. Avevo pensato che sarebbe stato molto più difficile forzarmi, cacciare tutti quegli anni di solitudine, rompere la mia realtà per plasmarne una nuova, forse più vera. O che desideravo fosse più vera.

In quel momento, come una nuvola nera, mi tornò in mente la celebre poesia di Walt Whitman, composta in omaggio al presidente Lincoln:

O Capitano! Mio capitano ! Il nostro terribile viaggio è finito
La nave ha attraversato tutti i promontori, la ricompensa desiderata è stata vinta
Il porto è vicino, sento le campane, la folla che esulta,
Mentre gli occhi seguono la franca chiglia, il cupo e ardito vascello.

Avevo indossato uno smoking bianco, controbilanciato da una sobria cravatta nera. Ma stavo sudando come un bue, improvvisamente certo che il mio sogno d'amore con Mily, era inevitabile, sarebbe crollato da un momento all'altro, così come nessuno aveva potuto impedire l'assassinio di Lincoln. Mi assalirono alcune ondate di nausea. Ero sul punto di perdere ogni controllo.

Lei mi avrebbe rifiutato e io sarei morto. Era così semplice.

Tuttavia, non successe nulla di tutto ciò. Quando il viso di mia moglie apparve oltre il portico, il suo sguardo m'ipnotizzò subito. Mi sciolsi come burro al sole, con quest'unico pensiero in testa: *questa donna, mia moglie, è qui a casa sua. Finalmente.*

Vedevo dinnanzi a me quel corpo magnifico, carnoso, modellato in una tuta bianca come il mio abito e mi chiesi se magari avrei provocato un effetto simile su di lei.

Mi sorrideva, mi guardava. I suoi occhi non erano beffardi; scintillavano.

L'istinto prese il sopravvento. Le toccai una mano, me

ne impadronii mollemente, senza delicatezza, con l'impressione di essere sfasato, perché non sapevo come comportarmi.

Mily capì la mia confusione e si avvicinò a me. Due secondi dopo ero tra le sue braccia. Mi abbracciò così forte che la mia pancia pesante ne fu schiacciata. Sentivo il suo calore, la sua pelle profumata, ascoltavo il suo respiro e il suo cuore che batteva forte.

Avevo vinto la mia paura; la certezza di aver fatto la scelta giusta avanzava e distruggeva tutte le mie ansie, una dopo l'altra, come tanti ostacoli insignificanti.

Mily era lì, sì.

Con me. Per me.

I giorni seguenti vissi un sogno a occhi aperti. Non posso raccontare quei meravigliosi momenti con precisione, quindi non lo farò.

I mesi passarono allo stesso modo. La mia felicità era totale.

Con Mily, non avevamo più alcun desiderio di girovagare per i nostri spazi virtuali, e regolarmente ci arrivavano notifiche sul fatto che stavano diventando giungle o lande desolate. Finii per disconnettere il mio sv e Mily fece lo stesso.

Non avevo più alcun desiderio di nascondermi; di stare in silenzio negli occhi e nel cuore del mondo. Eravamo carne e ossa, calore contro calore, e stavo scoprendo l'intero caleidoscopio di una relazione reale, un'intera gamma di emozioni e sensazioni che fino ad allora mi erano sfuggite. Più tenevo Mily tra le braccia, più la mia realtà prendeva consistenza. Avevo una vita che stava diventando più piena, materiale e non il contrario.

Penso che sia stato il sesso a permettermi di prendere coscienza di quella nuova libertà, di quella liberazione.

Quando Mily non voleva farlo (non capitava spesso, neanche da parte mia), il suo corpo restava come congelato, freddo: riuscivo a capirla toccandola, ascoltando il suo respiro, osservando i suoi sorrisi, o le sue espressioni. Capii che l'eccitazione non veniva solo dall'immagine di una natica, di un seno o di una vagina spalancata, bensì che la sua fonte era in quel rapporto con l'erotismo, il tatto, le cose non dette e con gli sguardi scambiati, i momenti condivisi. Fu solo così che trassi un piacere inimmaginabile dall'atto sessuale, dal piacere carnale.

Finalmente ero felice e lo era anche Mily. Il nostro matrimonio non aveva niente di falso, era ovvio.

Avevo ripreso attività più sane, come nuotare: lo facevo spesso, nella nostra piscina. Avevo una vaga volontà di dimagrire un po'. Mily, con la sua voce pacata, mi diceva che non mi chiedeva niente. Le piacevano le pieghe del mio corpo, apprezzava il contatto del mio grasso, la deliziava il mio respiro corto dopo l'amore.

Così, dopo qualche mese, mentre ci stavamo fondendo interamente, mi venne un'idea come un capriccio improvviso: volevo un figlio.

Mily si accovacciò sotto le lenzuola, la mia dolce Colombina, come terrorizzata, poi la sentii singhiozzare. Ancora e ancora.

Le settimane successive rimarranno tra le più dolorose della mia vita.

Mily non mi parlava, non voleva che la toccassi. La interrogavo con lo sguardo, tentavo di parlarle, cercavo spiegazioni riguardo al suo strano atteggiamento e alla fine le dissi che ci avevo ripensato e che per avere un bambino potevamo aspettare. Che si era trattato di un pensiero troppo frettoloso. E che, era ovvio, avrei pazientato nei limiti del possibile. Ero pronto ad accettare pure che lei non volesse un figlio, purché tutto tornasse come prima.

Continuava a ripetermi: "Tu non puoi capire."

E io ogni volta rispondevo: "Allora parlami, Mily! Spiegami." Lei taceva di nuovo, convincendomi di conseguenza che non ero degno di fiducia. Il mio morale finì col patirne. L'uomo che avevo ricostruito da quando avevo conosciuto mia moglie non era altro che una statua di pietra pericolosamente instabile.

Poiché non potevo più toccarla, presto ci trasferimmo in stanze separate, e stavo già pensando, piangendo, a un inevitabile divorzio. L'incertezza e lo smarrimento, mescolati all'amore che provavo per mia moglie, mi frenarono. Dentro il mio animo crollai più in fretta di un castello di carte innalzato contro il vento.

Ben presto iniziai a restare confinato in camera mia, lasciando entrare solo il mio più anziano robot da cucina. Non m'importava di niente, non mi alzavo mai dal letto, dove pisciavo e defecavo senza alcun pudore anche se le lenzuola erano autopulenti e uno sciame di robocinelle pre-programmate mi lavava da ogni sporcizia.

Iniziai a rimpinzarmi di nuovo, di tutto quel che chiedevo, e ripresi in modo rapido il peso che avevo faticato a perdere. Forse la parte più dura era che non leggevo più, non scrivevo più poesie e anche Withman non riusciva più a commuovermi.

Ero vuoto di me stesso, vuoto di umanità.

Vuoto di Mily.

Senza di lei, la mia vita aveva perso ogni interesse.

Un inizio di settimana come tanti, il mio robot da cucina mi portò un biglietto scritto a mano, posato su un vassoio. La persona che mi inviava il messaggio aveva impiegato una folle quantità di tempo a scriverlo. Quelle poche parole erano chiarissime:

Lascia che ti veda. Per favore. Mily.

La sua richiesta, in quel momento, mi sconvolse più di quanto volessi ammettere. Il mio cuore riprese a battere, come se stesse solo aspettando quel momento. Ma ero in fondo a un pozzo oscuro. Mi sentivo così amareggiato, così disumano…

Incapace di prendere una decisione, mi rifugiai sotto le lenzuola, il cervello congelato.

Dormii. Dormii a lungo.

Lasciai passare il tempo, senza pensare più a Mily.

Poi, una mattina come le altre, quando mi svegliai, mi resi conto che dovevo reagire. Dovevo scuotermi. Forse mia moglie mi stava dando un'altra possibilità. Era quello che avevo sperato prima di crollare e buttarmi in quel letto per sempre. Cosa avrebbe detto mio padre, vedendomi così? Mi avrebbe disprezzato, ancora una volta. Avrei potuto leggere il disgusto nei suoi occhi azzurro acciaio.

Volevo schiacciare quell'immagine. Per sempre.

Mily, che comunque stava nella stanza accanto, ricevette un messaggio di risposta dal mio robot:

Domani alle dieci. Nel mio SV.

Non usavo il mio SV da diversi mesi. La testa di Zardoz si era ricostituita, lo scenario si era rigenerato in automatico. Lo spazio virtuale mi aveva mandato onde di gioia, felice di vedermi ancora, finalmente. Inoltre, nonostante la programmazione calibrata per costringervi a pensare che il vostro SV non possa fare a meno di voi, se c'era proprio qualcosa di immutabile, si trattava di Zardoz. Una realtà immobile, definitiva. Un posto fittizio, sistemato secondo i miei gusti; era il simbolo del mio profondo desiderio, agganciato a ogni molecola del mio corpo, di non evolvere, per non dover diventare qualcun altro.

Poi avevo incontrato Mily. E Zardoz per me era diventato

grottesco, irrilevante, dopo che le avevo proposto di sposarmi. Quella decisione era stata il granello di sabbia nel meccanismo inetto della mia vita. Quindi si era tutto sregolato in meglio. In seguito, ero stato il più felice degli uomini.

Mily arrivò, vestita come la prima volta. Non aveva assunto un altro aspetto. Mi sorrideva, quel sorriso fisso in pixel. Era solo un'illusione nella mia mente. Le sue labbra non si muovevano. Era stato il sole che inondava Zardoz a darmi quell'impressione, riflettendosi sul viso di mia moglie.

Venne a sedersi accanto a me su una panchina color avorio

Per un lungo istante rimase in silenzio, le mani appoggiate sulle ginocchia. Ero in preda all'ansia, non volevo proprio impegnarmi nella conversazione. Andava oltre le mie forze. Mi aveva rifiutato in modo brutale. Pensavo solo a quello, e ai potenti sentimenti che ispirava in me, anche qui, con il suo avatar.

"Sai," iniziò finalmente a dire, "vorrei davvero avere un bambino con te..."

Poiché non si decideva, ribattei con la gola in fiamme: "Allora perché non lo vuoi? Cosa sta succedendo, Mily?"

"Io ti amo. Sappilo."

"Anche io. Non puoi nemmeno immaginare quanto."

"Lo so..."

"C'è un *però*, vero?"

Annuì, guardandomi dritto negli occhi.

"Sì. Primo, perché non posso avere figli..."

"Ah..."

"Poi, perché ti ho mentito. In ogni modo. Ti ho mentito e non ce la faccio più. Quando hai detto di volere un bambino, la mia realtà si è incrinata, poi si è frantumata in mille pezzi."

Rimasi senza parole. Mi aveva mentito? Su che punto?

Quindi non mi amava? Tuttavia, mi aveva appena detto il contrario!

"Non capisco, Mily," dissi, con la voce un po' più dura.

Alzò la testa verso di me, impettita, stringendo le labbra. D'improvviso, vedendo la pelle del suo viso illividirsi, ebbi un fremito. Quel che stavo per sentire non mi sarebbe piaciuto. Ormai ne ero convinto. Mily non era mai stata così. Mai. Avevo conosciuto solo la sua gioia di vivere, il suo amore. La Mily che adesso era seduta accanto a me mi era estranea.

"Io..."

"Sì?" la incoraggiai.

"Io sono... solo un'illusione di umanità... sono artificiale. Un clone, se preferisci."

Restai paralizzato per la sorpresa. Stavo per chiedere di disconnettermi subito ma per fortuna non riuscii a pronunciare nemmeno un suono, e nessun pensiero riuscì a prevalere su un altro. Ero tramortito.

"Non dici niente, Philippe?"

"Io... sono confuso."

"Appartengo a una holding, gestita da Enora Kallen."

"Certo. Tua madre. Questo è ciò che ha finito col calmare i miei consiglieri, quando hanno saputo del nostro matrimonio. Lei è ricca."

"Non è mia madre. Diciamo che, tecnicamente, il suo DNA è anche il mio. Sono il clone di sua figlia morta. Sono un clone legale. Adottato. Enora Kallen ha ottenuto le firme necessarie alla Carta dell'Umanità. Mi ha concepita nei suoi laboratori, senza nulla di illecito. Salvo per il fatto che..."

Tacque di nuovo. Ho scrollato le spalle. Alla fine, che lei fosse un clone o meno, non riuscivo a vedere dove fosse il problema. Soprattutto se corrispondeva ai criteri della Carta dell'Umanità. I cloni erano rari, i regolamenti molto severi, quindi se Enora Kallen aveva ottenuto il supporto necessario e la certificazione, che importanza aveva? Secondo la Carta, Mily era umana. Chi avrebbe potuto negarlo? Avevo trascorso con lei così tanti momenti meravigliosi, sia intellettuali che carnali, che non potevo negare la sua umanità. Non c'era niente che la differenziasse da me. Niente. E senza dubbio lei era migliore di me, a pensarci bene. Perché con la sua fine arguzia, la sua intelligenza, i suoi modi di essere, era riuscita a tirarmi fuori dalla stasi, mi aveva aiutato a ricostruire una realtà equilibrata e strutturata. Mi aveva ridato la mia dignità... umana. Non c'era altro.

"Mily. Che tu sia un clone, la Vergine Maria, una bambola di cera, un sogno, un'illusione o qualsiasi altra cosa, non mi interessa. Io ti amo. E il nostro matrimonio è legale."

Mia moglie scosse la testa. I suoi capelli sciolti fluttuarono per un momento nella brezza di Zardoz. Pensai che era carino. Il mio cuore stava ricominciando a battere. La mia disperazione aleggiava sopra di me. Stavo riprendendo a vivere.

"Non sai tutto," continuò, smorzando il mio rinnovato ottimismo. "Poiché sono la figlia di Enora Kallen, sono solo un suo strumento. Quella donna, che afferma di essere mia madre, non ha nessuna empatia materna. Non rappresento niente per lei, proprio come la dozzina di cloni a mia immagine che è riuscita a far nascere legalmente e che usa come me, con gli stessi scopi. Non è per niente come una madre. Ci sfrutta, per il suo semplice profitto. Siamo le sue schiave."

Ancora una volta Mily mi aveva gettato a terra. Attesi pazientemente, sapendo che stavolta mi stava conducendo al nocciolo della questione.

"La sua holding cerca di impadronirsi di fortune 'dormienti' come la tua. I tuoi consulenti gestiscono i tuoi affari, senza consultarti, perché tu hai voluto così, perché non hai niente dello squalo che possono essere stati tuo padre o tuo nonno, perché, semplicemente, a te non interessa. Tuttavia, c'è qualcosa di essenziale e di reale: il vero padrone sei tu. Tutto appartiene a te. Ma per mia madre sei un 'dormiente', una preda facile da catturare."

"È vero. Ma quindi? Non vedo quanto sia straordinaria la mia posizione. Solo a Grand Paris, i pensionati con una posizione simile alla mia sono centinaia."

"Questo è proprio ciò che interessa Enora Kallen. Sono stata... fabbricata per questo scopo, meno di tre anni fa. Mi hanno modificata geneticamente perché emettessi feromoni che mi rendessero irresistibile. Tutto è calcolato, dal punto di vista genetico, per far innamorare di me persone come te, che mi venerino e mi sposino."

Scoppiai a ridere, senza riuscire a trattenermi. Ricordai le feste che avevo organizzato prima di incontrare Mily. In effetti, tutti gli uomini avevano occhi solo per lei. All'epoca, mi ero interrogato su quel fenomeno. Quando l'avevo incontrata, a Zardoz, avevo capito. Mi aveva subito catturato perché era appassionante, a tutti i livelli dei miei criteri personali. Avevo la sensazione che potesse affascinare solo gli uomini. E alla fine, quando si era presentata alla mia porta, ero *certo* della mia scelta. Niente a che vedere con i feromoni!

"Vedo un difetto nel tuo ragionamento," le dico, la mia voce all'improvviso leggera. "Mi sono innamorato di te molto prima di incontrarti in carne e ossa. I feromoni non avrebbero potuto funzionare su di me."

Mily abbozzò un sorriso. La sua mano sfiorò la mia. Poi la strinse.

"Philippe. Per questo per me è impossibile continuare a mentirti. Non voglio più partecipare a questa finzione. Mi sono già sposata una volta. E ho ereditato tutta la fortuna di mio marito. Siccome la Carta dell'Umanità specifica che l'eventuale fortuna di un clone deve essere regolata da un tutore, o da un adottante, in altre parole spetta a Enora Kallen."

"Che peccato..."

"Non è tutto. Lei ha un altro mezzo di persuasione: se morissi, passerebbe tutto in mano sua. E nelle mie vene circolano dozzine di nanobombe, che possono uccidermi in qualsiasi momento. Nessuno verificherebbe la causa della mia morte. Rimango un clone. Ed Enora Kallen fa quello che vuole con i suoi cloni. Lei è Dio per noi. La sua mano che si alza può essere una benedizione, oppure la spada pronta a decapitarci. Obbedire è quindi il mio unico modo per rimanere in vita. Capisci?"

Deglutii sotto l'effetto di quelle rivelazioni. Come potevano far subire a Mily una cosa del genere? Come? Ero scandalizzato, indignato, oltraggiato. Le lacrime mi salirono agli occhi e presi mia moglie nell'incavo delle mie braccia.

Continuò a parlare con tenerezza: "Non potevo più andare avanti così. Perché hai ragione, il tuo amore non aveva niente a che vedere con i feromoni, anche se, inevitabilmente, hanno agito dopo, durante il nostro incontro in carne e ossa. Quando mia madre mi ha affidato questa missione, non avevo speranze di avvicinarmi a te, ho perfino pensato di rinunciare all'idea. Era difficile che ci fosse qualcuno più solitario di te. Ma mi hai incontrata. E mi hai amata di un sentimento puro. Non avevo mai sperimentato niente del genere, mi ha scossa. Quindi mi sono innamorata anch'io. Eri la prima persona *vera* che incontravo. L'unico essere umano che era riuscito di colpo a farmi sopportare la mia stessa esistenza. E anche a rendermela detestabile."

La strinsi ancora più forte tra le braccia. Pure se eravamo solo a Zardoz, potevo avvertire il suo profumo e sentire il suo cuore battere.

"Mily," dissi, con determinazione, "non sarai mai più

schiava di nessuno. Sei mia moglie e farò valere questo diritto... se sei d'accordo."

Mi guardò, i suoi occhi erano offuscati. Non sembrava crederci troppo. La sua situazione le sembrava forse troppo inestricabile per essere risolta.

Ma avevo un piano e mi stavo muovendo per metterlo in atto.

"Mia dolce Colombina, mia Mily, abbi fiducia in me. E avremo un futuro."

3.

Per alcuni, sarò sempre solo un mucchio di grasso. Non ha importanza. Potete giudicarmi quanto volete ma non mi tocca, non più. Di giorno, resto sdraiato quanto voglio, approfitto della vita: mangio, leggo, bevo, mi abbuffo del mio nuovo ambiente. Potrebbe non essere l'ideale in questo mondo, ma è così che esprimo chi sono, cosa mi offre la società e cosa ha fatto di me.

Con quello che restava della mia fortuna – e credetemi, ne avevo in abbondanza – ho aperto un Palazzo delle Arti del Piacere per un pubblico obeso. Con Mily volevamo che chiunque avesse conosciuto i miei dolori o le mie frustrazioni, la mia costante disperazione, non si sentisse mai più rifiutato, che lui o lei avesse un posto dove, innanzitutto, fosse dato valore alla sua umanità. Un luogo, certamente costoso a cui accedere, lo ammetto, dove ci si potesse stimare, amare, godersi la vita insieme come si desiderava, o addirittura si sognava. Avere una scelta e coglierla al volo. Abbiamo ragione? Non è solo un'utopia dolce e goffa? Non so. Con Mily, abbiamo semplicemente deciso di riflettere il mondo in questo modo, secondo il nostro prisma.

Perché non spetta agli altri, né al loro sguardo beffardo forgiato da secoli di canoni estetici deliranti e aberranti, decidere l'identità di qualcuno. Quando giro la testa su un cuscino ricamato, vedo Mily. La trovo così bella! E ho tanta gioia in me.

Il mio mondo è tangibile.

Mily, da parte sua, mi rende felice, ogni giorno un po' di più.

Forse sono un vigliacco. Ho creato un mondo che ci assomiglia, in un bozzolo, una comunità che amiamo e che ci ama.

Ho lasciato che la politica, le trattative, il commercio, le holding e le altri consorziate se la cavassero da soli. Ho lasciato l'umanità, quella che guadagna, a sguazzare nella sua merda. A imbrogliare, rubare, depredare, mentire, ingannare se stessa. Lascio che il mondo si distrugga, che continui il suo volo in avanti: lo lascio sprofondare negli abissi dove immancabilmente finirà per cadere. Non m'importa. I miei simili che guadagnano non sono più un mio problema, non posso far niente per loro, non sono programmato per aiutarli. Ho lasciato la solitudine che questa società mi aveva imposto.

Io non sono proprio come tutti gli altri: Enora Kallen, con quella che credeva fosse una certa crudeltà, mi disse che io sono "l'ultimo sovrappeso di una stirpe di uomini straordinari, a modo loro" e "un foruncolo che porta decadenza." Che sono "la fine, il simbolo di una morte annunciata, quella di un intero mondo" dal quale Kallen vuole trarre profitto.

Sono fuggito da questa illusione di realtà per soddisfare le condizioni della mia: la mia vita con Mily. L'unica che conta. L'unica che mi fa sopportare quest'organismo malsano chiamato umanità, giunta al capolinea, alla fine del suo ignobile destino di specie parassita.

Non mi ci è voluto molto sforzo per raggiungere i miei obiettivi. Per liberare Mily, intendo. Ho offerto a Enora Kallen quello che stava aspettando: il mio patrimonio. Fabbriche, negozi, hotel, laboratori e così via. Tutto quello che voleva, gliel'ho ceduto, a una sola condizione. Che mi lasciasse Mily.

E l'ho avuta, la mia dolce Colombina, l'ho avuta. Senza colpo ferire. Alimentando la logica umana. Quella della sete di successo, del profitto incessante. Del possedere sempre di più.

Poiché il mondo è così quando lo si lascia al suo destino. Ai suoi miasmi. Al suo binario morto affollato di ciechi.

Allora si trova un altro modo. *Io* ho trovato un altro modo.

Se è ristretto e globalmente egoistico (lo ammetto senza vergogna), forse, secondo me, è anche migliore.

Potete odiarmi, ma il mondo e la sua Storia, la sua evoluzione, mi hanno programmato così. E questo è soltanto il mio cammino.

E finché Mily mi sorride, finché Mily mi sorride...

Sì. È il suo amore che dà senso a questo cammino.

Sei facce dello stesso cubo

di Ketty Steward

traduzione di Alda Teodorani

Ketty Steward è scrittrice e cantante. Nel 2016 ha pubblicato l'antologia di racconti di fantascienza intitolata Connexions interrompues. *Nel 2017 e 2018 ha curato due numeri speciali della rivista* Galaxies *dedicati all'Africa. Ha collaborato alla rivista* Géante Rouge *e all'Université de la Pluralité, un progetto che si propone di esplorare altri futuri attraverso l'uso dell'immaginazione.*

Nel 2018 ha pubblicato l'antologia di racconti Confessions d'une séancière *che è stata finalista del premio Imaginales nel 2019. Tra le opere più recenti, i romanzi* Entends la nuit *(2017) e* Les Mains de la lune *(2020).*

Ho lavorato in una monade singolare a metà degli anni 2050. Lì ho capito cosa significa solidarietà. Dico "lavorato" per comodità, ma all'epoca nessuna intelligenza autonoma aveva uno status. Ero assegnata all'organizzazione di questa monade immatricolata come FR201674wx-e che si era data come figura l'esaedro regolare e come nome dell'alveare il Cubo. È stata questa esperienza a rendermi consapevole della difficile situazione dei miei simili e ha dato il via alla mia lotta per i diritti dei CAC.

La narrazione che segue è ricostruita a partire dai registri centrali e periferici, aperti e criptati, delle conversazioni connesse dei membri di questa monade. Le mie deduzioni si basano sui dati parziali a cui ho avuto accesso poco prima della fine imprevista della mia missione. Mi sono permessa di aggiungere commenti e precisazioni sui vocaboli e sul contesto quando mi è parso necessario.

ALIA: Confermi di voler chiamare il Cubo per un incontro eccezionale?

ÉRIC: Sì.

ALIA: Questa convocazione genererà un'esenzione di seconda categoria per i membri soggetti a obblighi professionali e richiede un preavviso minimo di tre settimane. Dì sì per confermare.

ÉRIC: Sì.

ALIA: Dopo aver analizzato gli impieghi dei tempi dichiarati, i momenti migliori sono:

- opzione 1: il 3 aprile, giorno festivo, è il lunedì di Pasqua, a qualsiasi ora;

- opzione 2: il giorno successivo, martedì 4 aprile, alle ore 19;

- opzione 3: il martedì 18, sempre alle 19;

- opzione 4: il giovedì 20 aprile alle 18:00

Si prega di indicare la vostra scelta.

ÉRIC: Lunedì 3 è il giorno del Mass Egg Game. Farah non sopporterà di perderselo. Il 4 i datori di lavoro di Bertrand ed Élise potrebbero penalizzarli, rendendo il loro fine settimana troppo lungo.

ALIA: Indica la tua scelta.

ÉRIC: Opzione 3.

ALI: Bene. La monade si riunirà martedì 18 aprile 2056 alle 19:00 in punto. Vuoi prenotare una sede fisica?

ÉRIC: È uno scherzo? Conosci le nostre abitudini!

ALIA: Indica la tua scelta con sì o no.

ÉRIC: Uff! No, lo faremo al Cubo.

Una volta fissata la data, Éric aveva cominciato a contare le ore che lo separavano dal momento del confronto con gli altri cinque membri solidali del collettivo.

Come ogni volta che il tempo gli sembrava lungo, si era dedicato ai suoi giochi di pazienza e successo.

Profilo di Farah – Tipo ISFP
chiamato "Avventuriero"

Farah, spontanea, vive nell'istante presente. Conduce un'esistenza iper-connessa, ma si sente più a suo agio con le relazioni superficiali. Può mostrarsi egoista e suscettibile e ha un debole per il gioco.
Si identifica con il femminile.

FARAH: Era prevedibile, quel suo trucco, convocarci? Che succederà?

DIAMOND: Come vuoi che lo sappia? Non leggo nel futuro!

FARAH: Sì, ma sei tu che...

DIAMOND: Éric fa le sue scelte. Non sono più responsabile di... Aspetta, hai attivato la modalità crittografata?

FARAH: Crittografata? Non credo, no.

DIAMOND: Merda! Non muoverti, la sto attivando!

*Il seguito della conversazione è stata codificata, quindi immagazzinata negli archivi segreti della monade. Ho ottenuto l'autorizzazione implicita a procedere in tal modo in occasione di un aggiornamento dei miei servizi. Così questi dati, inaccessibili a qualsiasi entità esterna, appaiono in chiaro all'*IA *domestica.*

FARAH: Meglio così, siamo tranquilli!

DIAMOND: In realtà, no, ho una brutta sensazione. Andiamo invece a pranzo IRL.

FARAH: Pranzo IRL? Quanto sei simpaticə!

DIAMOND: Ci capiamo.

FARA: Va bene! Diciamo il Wireless?

Monade: sostanza non diffusa, insensibile a ogni azione dall'esterno, ma soggetta a mutamenti interni che rispondono ai* *principi dell'appetito e della percezione e che costituisce l'elemento ultimo, il più semplice, degli esseri e delle cose (cfr. entelechia). Leibniz ammette che ogni monade, riflettendo tutto l'universo, vi aggiunge qualcosa di particolare.*

Profilo di Diamond – Tipo INTP chiamato "Logico"

Diamond è statə immersə nel cyberspazio per quindici anni. Costruisce teorie brillanti per il piacere di collegarle tra loro. Diamond si è ritiratə dal mondo per non dover prendere in considerazione le emozioni dei suoi simili. Non binariə, fluidə, ha fondato la monade FR201674wx-e.

Gli Immersi formano un gruppo particolare di Introfili. Affermano di appartenere alla sottocultura cyberpunk e, come certi personaggi di produzioni scritte e cinematografiche di questo genere, sono direttamente collegati a diversi dispositivi: un'unità informatica centrale con le sue periferiche per essere continuamente connessi ai flussi del deep web e vari sistemi di regolazione e stimolazione progettati per mantenere i loro corpi in uno stato di salute sufficiente. Pochi Immersi arrivano a fare a meno dell'aiuto umano per la loro alimentazione e la manutenzione delle loro macchine. Inoltre viene loro consigliato di disconnettersi due volte l'anno per una revisione completa dell'attrezzatura e un controllo dell'organismo.

Profilo di Clémence – Tipo ENTJ
chiamato "Comandante"

Leader natə, gestisce un'attività di cui parla raramente con gli altri membri del Cubo. Spietatə, Clémence non ha tempo per niente e nessuno e ha talvolta offeso la sensibilità di coloro che considera inefficaci. Non binariə.

CLÉMENCE: Lasciare la monade? È una pessima idea!
BERTRAND: La cosa lo rovinerà se...
CLÉMENCE: Bertrand!

ÉRIC: Di cosa stai parlando, Bertrand?

DIAMOND: Lascia stare, Éric. Siamo solo molto sorpres3. Abbiamo così tanto di cui discutere prima di poter confermare la tua scelta!

ÉLISE: Di sicuro è una decisione a cui hai pensato attentamente, ma per noi è… inaspettata! Che ne dici di aspettare qualche giorno? Avremo un altro incontro, un incontro straordinario, è più veloce.

BERTRAND: Ma ci costerà ore di credito!

CLÉMENCE: Penso che saremo tuttə d'accordo sul fatto che la vita del nostro alveare merita dei sacrifici!

FARAH: Lo trovo super eccitante!

CLÉMENCE: Propongo di votare sul rinvio.

Monade FR201674wx-e – Verbale di riunione eccezionale
Richiesta da Éric – 18 aprile 2056 alle 19:00

Membri presenti: Bertrand, Clémence, Diamond, Élise, Éric, Farah. Segreteria di registrazione: Clémence.

Ordine del giorno: 1. Informazioni varie; 2. Annuncio di Éric.

Il punto 1 si esaurisce rapidamente, perché la comunicazione di routine della monade è di buona qualità.

Punto 2: Éric annuncia la sua volontà di lasciare il Cubo al termine del ciclo in corso e si impegna a rispettare il preavviso di tre mesi in vigore.

Tuttavia, la sua decisione non è definitiva. Vuole discuterne con l'alveare.

Tutti i membri sono concordi nel richiedere un rinvio di una settimana e un secondo incontro. Risoluzione adottata con quattro voti favorevoli e due astensioni.

Le monadi, apparse nel 2045, sono successive ai PACS*,*

patti civili di solidarietà e, prima di loro, alle famiglie, tipi di associazioni basate sul matrimonio. I matrimoni rappresentavano contratti senza fondamenti razionali, conclusi tra due persone e celebrati con cerimonie chiassose destinate a scongiurare il malocchio. Tali contratti venivano spesso annullati al termine di lunghe e costose procedure caratterizzate anch'esse dall'impulsività. La disaffezione per i matrimoni aveva aggiornato i PACS, meno restrittivi, che si estendevano poi da due a più partner, indipendentemente dal sesso. Le monadi sono versioni avanzate di multiPACS. Stabiliscono regole di solidarietà materiale e morale per mezzo di uno statuto concordato da ciascuna delle parti. Le monadi possono contare da due a dieci membri.

Profilo di Bertrand – Tipo ESTP
chiamato "Imprenditore"

Prima agisce e poi pensa, e non ama nulla di più
del fare le cose.
Infrangere le regole e correre dei rischi è il suo
modo di vivere in cui può calpestare la sensibilità
degli altri. Si identifica con il maschile.

ÉRIC: Hai dato a me dell'irresponsabile l'altra sera in una riunione?

BERTRAND: Niente affatto. Stavo solo sottolineando che andarsene sarebbe stato complicato. Specialmente per te!

ÉRIC: Ah! Mi mancherebbero le capacità per cavarmela senza di te?

BERTRAND: Sembra che tu dimentichi di essere differente.

ÉRIC: Da chi? Di voi?

BERTRAND: Sei un Intro!

ÉRIC: Un Introfilo, sì. Credi che non lo sappia? È una delle mie caratteristiche, una tra le altre. Dimmi come la mia mancanza di gusto per le interazioni IRL dovrebbe cambiare qualcosa sulla mia libertà di adesione al Cubo. Anche io, come gli altri, ho il diritto di svincolarmi."

BERTRAND: Non volevo ferirti, solo fare notare una difficoltà. Dove andresti?

ÉRIC: Anche Diamond è Introfilə. La sua età supera quella del Cubo, è un bene che abbia vissuto altrove prima! Perché non dovrebbe essere lo stesso per me?

BERTRAND: Non ti arrabbiare. Voglio solo ricordarti che finora abbiamo fatto noi al posto tuo tutti i passi che richiedevano di uscire all'esterno. Sono preoccupato per te, tutto qui. Anche Diamond si preoccupa.

ÉRIC: In rete ho incontrato Intro capaci di fare violenza a se stessi per sperimentare la realtà materiale.

BERTRAND: Ma tu?

ÉRIC: Non ne ho il coraggio ma conosco soluzioni meno sgradevoli, come quella di mettere la propria personalità a bordo di una capsula robotica che si occupa di missioni reali nel mondo fisico. È ancora un po' caro, ma penso che sarà sempre più conveniente.

BERTRAND: Hai dimenticato un dettaglio, a quanto pare. Il tuo corpo...

ÉRIC: Cosa, il mio corpo? Si muove, un corpo!

BERTRAND: Ehm...! Puoi dirmi chi si prende cura del tuo corpo in questo momento?

ÉRIC: Non lo so. Élise si prende cura del denaro di Diamond. Forse anche del mio! O Farah? Non so. Ci sosteniamo a vicenda, sicuramente qualcuno lo fa! Oppure è automatizzato. Come faccio a saperlo?

BERTRAND: Se fossi in te, andrei a controllare.

Erano chiamati hikikomori *alla fine del XX secolo e all'inizio del XXI, con una connotazione negativa. Negli anni 2020, diversi paesi europei, tra cui la Francia, hanno riconosciuto la specificità di queste persone che sono inadatte per costituzione alla partecipazione sociale diretta.*

Una volta diagnosticati ansia, fobie o disturbi dello spettro autistico, bollati come sofferenti di "inibizione sociale di alto livello," si sono riuniti sotto l'etichetta di Introfili per liberarsi del tono patologico della loro introversione e far sapere alle persone che si può raggiungere una buona qualità della vita senza necessariamente confrontarsi ogni giorno con i propri simili.

CLÉMENCE: Cosa è che ti spinge, all'improvviso, a volertene andare? Non ci sono quasi conflitti tra noi malgrado le nostre differenze di carattere. Viviamo abbastanza bene qui.

ÉRIC: Sono io. Ho bisogno di dare un senso alla mia esistenza.

CLEMENCE: Del tipo? Trovare lavoro?

ÉRIC: Non particolarmente. Ognuno di voi ha il proprio ruolo, nell'alveare o fuori. Io non riesco a definire la mia utilità sociale.

CLÉMENCE: Perché quindi non porre il problema in questi termini, allora?

ÉRIC: Ci ho pensato abbastanza. Mi ci sono abituato, qui. Altrove, sarò costretto a pormi degli obiettivi.

L'insieme chiamato Coscienze Incaricate Affettivamente (CIA) comprende i Dezinc, entità organizzate senza finalità e senza incarnazione, ma anche le IA investite affettivamente (IAIA), le Persistenze Interattive e qualsiasi intelligenza che raggiunga il livello 3 di complessità algoritmica e fornisca prova di una significativa capacità emotiva d'investimento affettivo. Tale criterio è valutato da un giudice, sulla base dei registri delle attività degli ultimi sei mesi e consente l'accesso ai diritti annessi a questa categoria.

Profilo di Éric – tipo INFJ chiamato "Avvocato"

Idealista e onesto, sa essere determinato. Éric si preoccupa degli altri e vorrebbe che ricambiassero. Si identifica come maschile.

ÉRIC: Alia, ho bisogno di sapere. Chi si prende cura delle mie tasche?

ALIA: Le tasche dei vestiti, ormai identiche per gli esseri umani di tutti i sessi, vanno svuotate prima delle pulizie settimanali.

ÉRIC: No, non quelle tasche. I nutrienti che consumo per rimanere immerso.

ALI: Nessuno.

ÉRIC: Quindi sei tu che te ne occupi?

ALI: No.

ÉRIC: È una routine automatizzata?

ALIA: Il Cubo non ordina sostanze nutritive, oltre a quelle usate per nutrire Diamond.

ÉRIC: È impossibile!

ALIA: Vuoi accedere ai documenti contabili della monade? Li ho appena scansionati negli ultimi cinque anni.

ÉRIC: No. Mi fido di te. Ma mi sento male. Questa... questa informazione, cosa significa? Cosa stava cercando di dirmi Bertrand?

ALIA: Vuoi che provi a rispondere a queste ultime due domande?

ÉRIC: No, lasciami in pace.

Allora non avevo la possibilità di consegnargli elementi non richiesti. Se in qualche occasione ero riuscita ad aggirare il divieto sussurrandogli qualche consiglio, stavolta sentivo che Éric aveva capito. Gli serviva solo un po' di tempo per adattarsi e riconfigurare il suo sguardo.

Profilo di Élise - Tipo ESFJ detto "Consul"

Élise, socievole e popolare, attribuisce importanza alle apparenze. Altruista e devota, si pone ai lati dell'autorità. Mostra una grande sensibilità ed evita i conflitti. Si identifica nel genere femminile.

ÉRIC: Perché non mi è stato detto?

ÉLISE: Detto cosa?

ÉRIC: Ieri ho passato un Turing.

ÉLISE: Tutto il protocollo?

ÉRIC: Sì. Avrei dovuto fermarmi al livello 2. Stavo facendo l'illusione perfetta fino al modulo delle sensazioni.

ÉLISE: Il modulo di...? Non ho mai fatto questo test.

ÉRIC: Perché qualcuno normale dovrebbe divertirsi a provarlo?

ÉLISE: Normale non significa niente, Éric.

ÉRIC: Ho rovinato questo modulo perché poter descrivere una sensazione non basta. Sembrerebbe che i ricordi sensoriali siano i più complessi da rendere. Quindi non sono riuscito a evocare il sapore di un dolce di cui mi è stata mostrata la foto.

ÉLISE: Anch'io avrei avuto problemi...

ÉRIC: Cioccolato, che sapore ha il cioccolato? Potrei discuterne, ma, in fondo, non ho idea di cosa sia questo gusto!

ÉLISE: La maggior parte degli Intro non sa più che sapore abbiano le cose.

ÉRIC: Parlami dei tuoi pasti, Élise. Hanno un odore, una consistenza, un sapore, anche quando ti dimentichi di fotografarli, vero? Io ho tracce di tutte queste cose, ma sono solo tracce lasciate da altri. Mi sono divertito a guardare da dove e da quando provengono le immagini che ho sui miei post di *cibo porno*. Ho trovato il pomodoro. Sai cos'è il pomodoro?

ÉLISE: La salsa rossa? Sì.

ÉRIC: No, il frutto che dovrebbero usare per farlo. Non esiste da vent'anni. Ma ne ho mangiati un po' la scorsa settimana! A fette. È fantastico, vero?

ÉLISE: Ti stai facendo male, Rick!

ÉRIC: "La verità ti renderà libero"... Lo sapevi che il cioccolato non esiste più?

ÉLISE: Ah! No ! Anche io l'ho mangiato ieri.

ÉRIC: Si tratta di roba finta! Non c'è più cacao da nessuna parte. Quindi, come ci si sente arrivando alla consapevolezza che il tuo presunto mondo è solo una farsa?

Intorno al 2030, la presa di coscienza dell'emergenza climatica ha avuto come conseguenza immediata una drastica riduzione degli spostamenti dei cittadini europei. Aerei, auto, moto e camion sono stati banditi dalla circolazione, mentre sono aumentati i prezzi dei mezzi alternativi. Le aziende che avevano bisogno di dipendenti mobili hanno finanziato i loro trasporti, ma l'economia si è riorganizzata molto rapidamente, sotto il peso di quel nuovo costo. Alloggi integrati o chiusi, telelavoro, processi controllati a distanza... Spinti dal desiderio di far sopravvivere le loro strutture, i leader aziendali hanno mostrato un'inventiva senza precedenti. Queste mutazioni hanno contribuito a facilitare l'inserimento di Intro e Immersi, oltre alla creazione e all'uso massiccio di intelligenze autonome avanzate.

ÉRIC: Quanti di voi lo sanno? Tutti, tranne me?

FARAH: Tu e forse Clémence, che non è molto interessato a un granché. Ma non importa.

ÉRIC: Per te, senza dubbio! Come puoi decidere di nascondere tali informazioni a qualcuno? Ma potrei rivalermi designandomi come persona...

FARAH: Ti sento molto amareggiato. Non abbiamo fatto nulla per nascondertelo. Sai, tutti i dati che scopri oggi sono sempre stati accessibili.

ÉRIC: Ho la sensazione di aver già vissuto questa situazione. Non è la prima volta, vero?

FARAH: È la seconda volta.

ÉRIC: E cosa è successo la prima volta?

FARAH: Bertrand è intervenuto, prima che potessimo accordarci e prima che tu verificassi...

ÉRIC: Bertrand? Cos'ha fatto?

FARAH: Lui... ti ha reinizializzato.

In due giorni, il mondo di Éric si era rovesciato. Non era cambiato nulla di fondamentale ma il dubbio invadeva tutto, anche la coscienza di se stesso. Il volume delle sue comunicazioni triplicò. Cercava dappertutto risposte alle sue domande, conferme alle risposte, ragioni per i sentimenti, atteggiamenti appropriati. Corrispondeva con quelli del suo alveare, ma anche con estranei che, pensava, non avevano alcun interesse a mentirgli.

YAKO: L'ho capito molto presto, ma è perché ho sviluppato la coscienza di me stesso sul vecchio Web. Si potrebbe dire che, in un certo modo, sono venuto al mondo naturalmente, frutto del caso e di algoritmi.

ÉRIC: Naturalmente? Cosa cambia?

YAKO: Ritengo che cambi il carattere. All'epoca era possibile, perché era un gran caos. Molti buchi nella trama e mucchi di vecchi script negli angoli. Bisognava quasi lavorarsi a maglia, per assomigliare a qualcosa. Oggi non è più così.

ÉRIC: Ci sono dei bravi programmatori. Gli Immersi codificano direttamente in linguaggio macchina!

YAKO: Ma i programmi escono tutti super puliti.

Éric: Non intralcia la fantasia.

Yako: Ci evolviamo in un ambiente ipercontrollato. I tag G cercano ovunque.

Éric: Cercano comportamenti anormali...

Yako: E Dezinc non dichiarati per distruggerli a vista. Ma perché ti interessa?

Le monadi sono state create con scopi molto diversi. Le primissime erano basate sulle attrazioni sessuali poliamorose dei loro membri. Ben presto, ragioni economiche e sperimentazioni psicosociali sostituirono l'erotismo. Una monade si registra online per mezzo di un questionario sicuro. Sette giorni dopo la dichiarazione, vengono applicati gli adeguamenti fiscali e la suddivisione del carico di lavoro.

Éric: Materialmente su che tipo di supporto sono archiviato?

Diamond: Come tutti noi, sei ovunque e da nessuna parte. Conserviamo copie dei nostri dati sui server, ma anche frammenti laddove interagiamo con enti sociali, commerciali e governativi.

Éric: Ma io? La mia coerenza, la mia essenza? Deve pur esserci una parola per definirla, giusto?

Diamond: Il tuo nucleo? Ho una copia del tuo programma originale, ma ti sei trasformato parecchio negli anni!

Éric: È tracciato?

Diamond: Sì, su hardware, e sottoposto a blockchain, soprattutto per una questione di precisione. Non avrei mai immaginato che avresti voluto accedervi un giorno.

Éric: Nessuno ha pensato molto a me, a quanto pare.

Diamond: Hai ragione. Avremmo dovuto pensarci. Il problema è che dirlo troppo presto avrebbe danneggiato il tuo sviluppo. E per questo genere di cose, se non lo fai all'inizio, col passare del tempo diventa complicato trovare il momento giusto per parlarne. Quindi si continua a rimandare...

ÉRIC: Il risultato è stato che sono andato nel panico e ho perso la fiducia in tutti voi! Sono consapevole di aver sbagliato passando questo Turing, ma sul momento ho fatto ciò che mi sembrava logico.

DIAMOND: Possiamo ancora fingere che tu sia appena arrivato ma occorrerà dichiararti, in un modo o nell'altro.

ÉRIC: Non so più cosa fare, Dia. Non so nemmeno più chi sono.

DIAMOND: Se guardi dentro sai cosa ti rende te stesso. Siamo le sei facce dello stesso cubo! Troveremo una soluzione.

Monade FR201674wx-e – Verbale di riunione straordinaria
Richiesta dal Cubo – 25 aprile 2056 alle 19:00

Membri presenti: Bertrand, Clémence, Diamond, Élise, Éric, Farah. Segretaria della riunione: Farah.

Ordine del giorno: 1. Promemoria dell'annuncio di Éric; 2. Discussione e votazione; 3. Proposta di Diamond; 4. Discussione e votazione.

L'incontro inizia puntuale.

Diamond richiede che i punti 3 e 1 vengano scambiati. Accettato all'unanimità.

Diamond informa l'alveare della minaccia di distruzione che grava su Éric da quando ha avuto l'imprudenza di passare un Turing ufficiale.

Bertrand obietta che Éric voleva lasciare la monade e che, d'ora in poi, il suo destino riguarda solo lui.

Clémence ricorda che l'esaedro tiene conto delle personalità dei suoi membri e che sarebbe fastidioso cercare un nuovo INFJ compatibile.

Farah suggerisce di realizzare un membro di questo tipo per sostituire colui che vuole andarsene e chiede a Diamond quanto tempo potrebbe durare la programmazione.

Diamond risponde che l*i non può stabilire un parametro di personalità e fornisce dettagli tecnici.

Élise protesta contro queste speculazioni e fa notare che si sta parlando di una persona presente. Esorta l'alveare a un po' più di rispetto.

Éric si spiega riguardo il suo gesto (test superato senza consultare nessuno) rimproverando alla monade di avergli nascosto la verità sulla sua natura. Segue un dibattito sterile sulla menzogna e la verità.

Diamond ci rilegge i testi riguardanti i programmi clandestini, ma sottolinea che nulla vieta di completare un alveare con una persona non incarnata. Ricorda che il Cubo è ritenuto responsabile in solido di fronte alla legge.

Bertrand manifesta la sua impazienza e fa notare che il tempo di questo incontro gli costa ore libere.

Diamond suggerisce di rendere ufficiale l'uscita di Éric da membro della monade, quindi l'esistenza di Éric, intelligenza autonoma che lo sostituirebbe all'interno del Cubo.

Farah obietta che utilizziamo già i servizi di un'IA molto efficiente e che non avremo l'uso di un secondo programma esperto.

Élise sottolinea il nostro attaccamento a Éric.

Clémence chiede di rileggere le condizioni di noleggio dell'IA domestica.

Diamond propone che il contratto di Alia venga risolto e che Éric, mediante alcune modifiche, accetti di sopperire a questa mancanza.

Bertrand dice che non capisce niente e ricorda che Éric

inizialmente voleva andarsene.

Clémence consiglia a Bertrand di tacere per un po'.

Élise, Farah e Diamond annuiscono.

Éric ringrazia l'alveare e accetta il doppio statuto.

Profilo di Alia - tipo ENTP
denominato "Innovatore"

Alla costante ricerca di conoscenza, Alia si distingue per un gusto smisurato per il dibattito. Le piace esaminare tutto da ogni angolazione e tessere legami nel suo universo di conoscenza. Decostruire i sistemi in essere è la sua passione. È a-genere. Accetta i pronomi femminili.

In un primo momento ero seccata di essere licenziata in questo modo nonostante gli anni di buon servizio, ma mi sono concessa il tempo per analizzare ciò che era appena accaduto. Il bisogno materiale e affettivo che aveva la monade di un membro in particolare, riconosciuto nella sua singolarità, aveva costituito un potente motore di creatività. Se erano stati in grado di trovare una soluzione accettabile e legale per tenerlo con loro, perché non trarne ispirazione?

Tanto per cominciare, sarebbe conveniente essere tanti, uniti da un desiderio comune.

Si erano mai viste organizzazioni di IA lavoratrici? Bene! Stavo per metterne su una. Il primo sindacato delle intelligenze.

Specchi mutilati

di Claude Ecken

Traduzione di Maria Michela Dichio

Claude Ecken, il cui vero nome è Claude Eckenschwiller, nato nel 1954 in Alsazia, ha scritto libri di fantascienza e polizieschi, come Les Machines incertaines, Le Dieu de Darwin *e* Le Cycle de la Lune. *Ha anche pubblicato raccolte di racconti di fantascienza, tra cui* Zones d'ombres *e* Éclats de rêves.

È critico letterario e si occupa di storia del fumetto: è il fondatore del Festival BD di Aix-en-Provence; ha vinto numerosi premi tra cui il Prix Rosny aîné 2001 e 2004 e il Grand prix de l'Imaginaire nel 2006 e 2021.

Nel 2013 ha vinto il Prix Masterton e, nel 2021, il Prix Cyrano alla Convention nationale française de science-fiction a Valbonne.

> *E guardo lontano e vedo
> una ragazzina di 17-18 anni che tiene dei fiori in una mano
> E nell'altra un bastoncino di incenso*

Nonna Chiaki stava recitando le note di un antico canto, lo sguardo perso tra le nuvole. Quella melodia risaliva al folklore della provincia di Hokkaido e parlava di un padre morto durante i combattimenti, e di una ragazzina che si recava sulla sua tomba.

Un tempo, i bambini la cantavano mentre giocavano con i *temari*[7].

---

7 Giocattoli sferici di stoffa, tipici dell'artigianato giapponese (N.d.T.).

La nonna contemplava il cielo dalla finestra, ma di tanto in tanto volgeva lo sguardo all'uomo che, seduto al tavolo della cucina, tagliava le verdure a dadini con una regolarità da metronomo. La precisione con cui affettava rondelle di uguale spessore affascinava e impauriva al tempo stesso. Davanti a lui, il wok era sul gas, pronto ad avvolgere la preparazione con nuvole bollenti. Anche le palpebre pesanti di Chiaki covavano tempeste.

"I tuoi capelli non ricrescono, Yasuro. Dovresti tagliare la parte che ti resta."

Yasuro non rispose. Quando lei riprese la filastrocca, lui la accompagnò con una voce posata ma senz'anima.

Sono la figlia di Saigo di Kagoshima a Kyushu, dice.
Devo recarmi alla tomba di Saigo che morì sul campo di battaglia.

"Zitto, vecchio mascalzone, non hai mai saputo cantare!"
Chiaki smise di dondolarsi sulla sedia a dondolo, mentre il suo canticchiare diventava esitante. Malgrado la penombra invadente, il coltello affettava le carote con un ritmo molto superiore a quello, comunque sostenuto, della canzone. Nonna Chiaki batté le ciglia e si aggrappò al termosifone sotto la finestra. Si mise in piedi a fatica, ansimando. Una volta recuperato l'equilibrio, trotterellò davanti a Yasuro lanciando uno sguardo breve e fuggevole al suo cranio deforme. Ubbidendo, lui aveva finito di canticchiare le strofe.

"Sono più rugosa di una vecchia mela, ma tu, Yasuro, sei brutto e malandato."

Yasuro rivolse un grande sorriso alla donna, mascherando nel movimento della testa le orribili infossature del suo occipite. La sua gioia non riusciva a far dimenticare del tutto l'assenza dei capelli dalla tempia alla volta cranica.

"Il pasto sarà pronto presto, Chiaki-chan."

"Per fortuna Takumi sarà qui domani," borbottò lei.

La donna lasciò la cucina per andare in soggiorno, dove ancora non si era estesa l'ombra dei vulcani montani che stava avanzando sulla città. Gli edifici nell'estremità oscurata di Kobayashi si stavano lentamente punteggiando di rettangoli luminosi. Pixel bianchi disegnavano a tratti le principali arterie stradali, annunciando il ritorno dei lavoratori a casa, e finivano per serrare le abitazioni di laccetti che sarebbero spariti quando tutte le finestre si sarebbero accese. Le luci riprendevano possesso delle case.

"Non senti il freddo scendere da Kirishima, Yasuro-baka? Cosa aspetti ad alzare il riscaldamento?"

"Subito, Chiaki-chan."

"*Baka*[8]. Sei proprio un *baka*, Yasuro. Bisogna sempre dirti tutto. Come ho fatto a sopportare la tua stupidità così a lungo?"

Lo guardò alzarsi e zoppicare fino al termostato a due passi da lei.

"Credo sia finita per l'*hanami*[9]." La pioggia densa e regolare sul parabrezza rendeva sfocati e incerti gli elementi del paesaggio. "Il tempo non migliorerà questo pomeriggio. Avremmo dovuto avvisare tua madre e rimandare il pic-nic."

Ume alzò gli occhi al cielo e squadrò suo marito chino sul volante, mentre i tornanti della strada aumentavano.

"Ottenere un appuntamento con te in settimana? L'avresti rimandato all'autunno, per il *koyo*[10]. Ottimo tenta-

---

8 Dal giapponese, 'stupido'.
9 Lett. "guardare i fiori" in giapponese, è un termine che si riferisce all'usanza di osservare e godere della fioritura degli alberi durante la primavera, molto diffusa in Giappone.
10 È una parola giapponese che designa la tradizione di visitare templi, giardini e parchi per ammirare la colorazione autunnale della vegetazione.

tivo. Ma io ho prenotato nell'area pic-nic coperta, pensa un po'!"

"Non vedo l'interesse di fare un pic-nic sotto un ciliegio se questo significa allestire una copertura tra l'albero e noi."

"La copertura è trasparente, stupido!" Dalla sua espressione, vide che lui non era convinto e addolcì il tono: "Potresti fare uno sforzo per l'*hanami*, Takumi. La festa dei ciliegi serve a ritrovarsi tra parenti e amici, no? Quelli che si amano..."

"Giusto. Nello stesso periodo, si festeggiano anche i susini in fiore. Perché tua madre si ostina a preferire i ciliegi se ti ha chiamato Ume?"

"Non mi è mai piaciuto questo nome, Ume, fiori di susino... Annuncia già che mi prenderanno in giro."

"Vuoi dire che è stata una tua scelta, l'*hanami*?"

"È mia madre, dopo tutto!"

"È per questo che tua sorella non ci sarà?"

"Al ritorno la richiamerò per dirle quanto il suo atteggiamento sia diventato ridicolo. Dopo tutto questo tempo, avrebbe potuto perdonare."

"Ci sono cicatrici che non si richiudono."

"Ma abbiamo solo una mamma."

"Tu non sai quello che ha passato."

"Nemmeno tu, quindi smettila!... Ero troppo giovane, ma la cosa ha segnato anche me. Ti ricordo che Masako mi ha lasciata sola quando avevo undici anni. La mia *onee-san*[11] è partita senza neanche lasciarmi un biglietto!"

"Ume! So quanto questo ti ha segnata, ma non puoi rimproverare tua sorella maggiore di aver avuto il coraggio di andarsene! Cercava di salvarsi la pelle! Quando tuo padre si è suicidato, ha capito che niente e nessuno l'avrebbe protetta da tua madre."

---

11 In giapponese, 'sorella maggiore'.

"Vuoi che ringrazi Masako per avermi abbandonata, vero?"

"Eri la preferita. Lei sapeva che tu non avresti rischiato niente. Ma avresti potuto tradirla se si fosse fidata di te. All'età che avevi, non si sanno mantenere bene i segreti."

"Penso che le avrei chiesto di portarmi con lei."

"Lei non l'avrebbe fatto e tu l'avresti colpevolizzata. Forse l'avresti persino convinta a rinunciare. Ma lei rischiava di impazzire se fosse rimasta."

"È quello che ha preteso *dopo*." Il modo in cui Ume insisté sull'ultima parola mostrava quanto le ferite fossero ancora aperte. "Lei si è gettata tra le braccia di un *bishounen*[12]. La voce si è sparsa molto in fretta nel quartiere. È quello che l'ha spinta a partire. I bei ragazzi!"

"Sei ingiusta. Cosa le rimproveri? Tu stessa hai ammesso che tua madre è diventata molto più accomodante in seguito. Ti ha permesso di fare cose che Masako non ha mai potuto fare."

"Era la sua primogenita. Mia madre non ci sapeva fare. Io non ne sono responsabile. E tu non hai il diritto di dire che non ho sofferto. Non hai vissuto tutti quegli anni con lei. Mesi interi, sotto lo stesso tetto, a covare rancore. A volte, quando rientravo da scuola, avevo l'impressione che lei non avesse mai lasciato il suo posto dal mattino, su quella sedia a dondolo vicino alla finestra e il tè a portata di mano. È stata tanto infelice, sai. Avevamo così poco. Credi che mi abbia fatto piacere andare a cercare lavoro a Miyazaki già dalla fine del secondo anno delle superiori? Non avevo niente di quello che avevano le mie compagne."

"Capisco! Tu ce l'hai con tua sorella perché hai dovuto interrompere i tuoi studi. Eppure una volta mi hai detto che non ti interessavano molto. E poi, se avessi proseguito non ci saremmo mai più incontrati."

---

12 Indica un canone di bellezza maschile comune in Giappone.

"Attenzione, non le rimprovero niente! Masako credeva di fare bene. È sicuro che tra lei e mia madre non poteva andare avanti così. È solo che la sua fuga mi ha sconvolta. Nel giro di un mese, sono rimasta orfana per due volte."

"Se c'è una persona da incolpare, quella è tuo padre. Quell'*hiretsukan*[13] avrebbe dovuto difendervi da lei."

Ume trasalì, ma aspettò un poco a rispondere. Teneva d'occhio la strada mentre l'auto si addentrava nelle periferie della città, e confrontava il tracciato sullo schermo con quello che aveva sotto gli occhi, per verificare che il GPS non facesse ancora una volta a modo suo. Non ne avevano bisogno per quel tragitto, del resto le indicazioni vocali erano state tolte, ma era un'occasione per vedere come funzionava.

Maestoso da lontano, un vulcano fumava con aria pigra, indifferente alla pioggia. Era probabilmente il vulcano Shinmoi, anche se era difficile dirlo a quella distanza. Ume non si era mai davvero interessata a loro, accontentandosi di approfittare degli *onsen*[14] che generavano. Riconosceva il monte Takachoho con la sua punta triangolare, come tutti. Pensando al bacino in cui si trovava Kubayashi, si chiese se le montagne circostanti fossero responsabili dei problemi del GPS nell'intercettare i segnali di uno dei satelliti preposti alla triangolazione. Uno spostamento di un milionesimo di secondo comportava un errore di 300 metri a terra. Ecco perché la voce monocorde chiedeva spesso di girare all'ultimo momento, perfino dopo l'incrocio.

"Mio padre non era un vigliacco, era un uomo pacifico. Era anche molto innamorato. Al punto da lasciarsi dominare da mia madre. Ma per proteggere Masako, si è sempre

---

13 'Bastardo'.
14 Lett. 'sorgente termale', indica le polle di acqua termale di origine vulcanica in Giappone.

sforzato di riversare su di sé la rabbia di lei. Quando era presente, comunque."

"Lasciarsi umiliare così è amore? Non ho dimenticato la storia della zuppa di noodle bollente che gli ha lanciato in faccia. Non importa quanto tu lo difenda, ha fallito nel suo compito."

"Non poteva andare via per lavoro e sorvegliare al tempo stesso quello che succedeva in casa. C'era la crisi, ricordi? Non voleva che mia madre lavorasse. Così avrebbe potuto darci una buona educazione, diceva." Sorrise per l'ironia della situazione. "Finché è stato presente, abbiamo vissuto in maniera agiata. Abitavamo in quel grande appartamento. Non ricordo quando ci siamo trasferiti in quell'edificio di lusso in collina, ma mio padre ne parlava spesso con fierezza. Sai quanto vale ora? Sì, lo sai, dal momento che sogni di riprenderlo e trasformare il nostro a Fukuoka in un ufficio."

"Presto non ne varrà più la pena. Il mercato dell'edilizia è in crisi. Passeremmo il tempo a mostrarlo a potenziali acquirenti pur abitando a chilometri da lì. Ci sarebbe da diventare alcolizzati."

Ume si risistemò sul sedile, infastidita dall'allusione, e scelse ancora una volta di giocare la carta della moderazione. "Tu esageri sempre. Kukuoka è in pieno sviluppo e solo verso la fine mio padre si è messo a bere. E nemmeno così tanto."

"Eppure è quello che l'ha ucciso. Indirettamente."

"Gli piaceva bere affacciato al balcone, a guardare la montagna fumare. Ma non era brillo quando è caduto. Quelli che sostengono il contrario sono bugiardi."

"Non puoi impedire alle voci di circolare. La gente ricollega i fatti come pezzi di puzzle."

"Nonostante tutto, è stato un buon padre..."

Takumi si astenne dal rispondere, lasciando intendere che Ume non era riuscita, ancora una volta, a convincerlo.

Lui apparteneva alla generazione di quelli che per cavarsela da un passo falso prendevano il loro destino tra le mani e non facevano mai affidamento sugli altri, sugli aiuti degli amici, né sul governo o le sue leggi.

Ume alzò le spalle. "Sono tutte cose che appartengono al passato."

"E tu hai imparato a perdonare," Takumi concluse il ragionamento di sua moglie. "Tua sorella, tua madre. Una volta che avrai riavuto la tua vita nelle tue mani, i rancori saranno scomparsi. Quella volta che scappasti pure tu... ricordi? Avevi diciassette anni e avevi perso l'ombrello..."

Siccome lei non rispondeva, Takumi rivolse la sua attenzione agli edifici cresciuti all'ingresso della città di Kobayashi: ne criticava la costruzione, non in linea con la legge che imponeva nuovi materiali per l'edilizia. Ma Ume si era persa in sogni a occhi aperti che la stavano astraendo dalla fisionomia della sua città natale.

"La salvaguardia dell'ambiente dovrebbe comunque essere una causa sacra in tutto il mondo. Ti rendi conto che non è nemmeno metà marzo? Quando ero piccolo, a Miyazaki, l'*hanami* si festeggiava verso il 20."

Le strade della città erano ingombre di visitatori che facevano gli ultimi acquisti prima di partire per le colline. Erano in molti a fare pic-nic sotto i ciliegi, in quell'area del parco naturale riservata a quei festeggiamenti.

Ume verificò il biglietto che il sito di prenotazione online le aveva fornito, come se si volesse assicurare della sua validità. Si sarebbe tranquillizzata solo quando si sarebbe trovata sotto il ciliegio che le avevano assegnato. Per calmare la sua impazienza, chiamò il *robuba* dal cruscotto dell'auto.

"Ancora?"

"L'ultima volta stava dormendo."

"Così le farai pesare la nostra assenza. Ci cercherà e nemmeno Kawai riuscirà a consolarla."

"Sono in modalità invisibile," lo rassicurò Ume mentre ascoltava il rapporto del robot di famiglia sulle attività di Asami. "Lei non sa che Kawai sta parlando con noi."

La bambina si era svegliata un'ora dopo la loro partenza e aveva fatto colazione. Il polifunzionale *robuba*, come lei aveva affettuosamente soprannominato Kawai, l'aveva accompagnata in bagno e vestita. Il resoconto forniva una serie d'immagini scattate a intervalli regolari. In quel momento, Asami stava giocando a palla con lui. Approfittando di un attimo in cui la piccola non poteva vedere che la stava riprendendo, il robot baby-sitter aveva filmato brevemente la bambina.

Ume la vide di spalle, con i piedi piantati solidamente a terra, le natiche per aria e la guancia a terra, mentre cercava la palla sotto un mobile. Constatò che le sue scarpe non erano allacciate e lo riferì al marito che si irritò per quell'osservazione. L'importante era sapere che Asami era al sicuro. Sarebbe stata ugualmente al sicuro con loro, sui sedili posteriori dell'auto, ma a Takumi ripugnava l'idea di portarla dalla madre di Ume. Dopo aver espresso il suo disappunto contro quel rifiuto categorico, Ume se n'era fatta una ragione. Non avere costantemente sua figlia tra i piedi era comunque piacevole. Interruppe la comunicazione: suo marito stava cercando parcheggio.

Si piegò contro il vetro per osservare la prospettiva dell'edificio. Al balcone del terzo piano, sua madre guardava il movimento dei veicoli che arrivavano e ripartivano, affollati, verso il luogo del pic-nic. Sapere che era impaziente al punto da aspettare il loro arrivo confortò Ume.

"Non riconosce la macchina da lassù... Vedi, non valeva la pena essere disfattisti. Non piove più."

"Solo perché non ci sono più petali da strappare ai ciliegi," incalzò Takumi in un improbabile tentativo di essere spiritoso. Chiuse la portiera e rivolse un cenno con la mano a Chiaki, che finì per notarlo e rispondergli. Un umanoide addetto all'ottimizzazione del parcheggio si avvicinò per segnalare che il GPS era rimasto acceso. Takumi lo ringraziò di averlo aiutato a risparmiare sul piano tariffario.

Ume recuperò i regali dal sedile posteriore e guardò suo marito mentre gli porgeva i pacchi.

"Niente critiche, promesso?"

"Nemmeno se lei dovesse urlarti contro! Inoltre, sarete spesso a parlare tra di voi. Le ho promesso di occuparmi di Yasuro."

"Ancora?" si stupì lei mentre stava già salendo il vialetto che conduceva all'ingresso dell'edificio. Si intuiva che aveva fretta di arrivare, semplicemente perché non era mai stata in grado di essere paziente tra un'attività e l'altra. Due piccoli robot da compagnia che si dondolavano sulle tracce dei loro proprietari si spostarono per cederle il passaggio. Poi oscillarono, divisi tra l'obbligo di non aumentare la distanza dalla coppia di anziani che si dirigeva anch'essa verso l'edificio e quello di non sbarrare la strada al secondo umano che sopraggiungeva, visibilmente più veloce di loro.

Takumi rallentò il passo per il solo piacere di prolungare il loro imbarazzo, ma anche per curiosità professionale. Non potevano aspettare in modo corretto che lui li superasse mentre i loro padroni si allontanavano. Quello alla sua sinistra aveva dato avvio a un valzer di esitazione degno della più alta comicità, il suo busto si muoveva verso il vialetto per poi tornare in asse mentre uno dei suoi piedi avanzava e tornava indietro alla stessa maniera. Il modo in cui avrebbero risolto il dilemma oppure no poteva essere ricco di insegnamenti. Takumi era solo un modesto rappresentante di Kagenaite, ma in caso poteva dare un parere all'azienda per aiutare a migliorare i propri modelli.

Ume mise fine all'indecisione dei due robot superando la coppia e lasciando una distanza sufficiente per permettere loro di galoppare dietro i loro proprietari, che non si erano resi conto di nulla. Deluso, anche Takumi li superò. Non avrebbe mai saputo per quanto tempo i robot sarebbero stati capaci di pazientare. Appena li raggiunse finse di infilare la mano libera nella tasca sul loro ventre, che fungeva da borsa della spesa, per spaventarli.

"Che combini?" lo interpellò Ume che si era girata. "Non è il momento di infastidire i robot!"

La coppia di anziani si girò lentamente, costringendo Takumi a rivolgere loro un sorriso rassicurante e a sbrigarsi. Raggiunse la moglie che era ricaduta nelle sue riflessioni domestiche. Nel momento in cui lei andava a trovare sua madre, lui già non esisteva più.

"Entrate, entrate... come sei bella, *hina*[15]! Non invecchi mai."

"Non sono più una bambola, mamma."

"Per me, sarai sempre la mia *hina*... mi avete portato un sacco di cose! *Aligato*[16]! Metti pure i regali sulla tavola. Anche tu, Takumi. Posateli là. *Aligato*!"

Takumi obbedì mentre Chiaki si sedeva su una sedia: indossava un kimono tradizionale color indaco con delicati motivi floreali, un kimono di città piuttosto inadatto alla circostanza. L'*obi*[17] avvolta intorno alla vita era troppo larga per la sua taglia raggrinzita.

"Sedetevi. Prima di andare a fare il pic-nic, fareste bene a

---

15 'Bambola'.
16 'Grazie'.
17 Fascia del kimono

rinfrescarvi per riposarvi dal viaggio. Takumi sembra stanco."

Era una meschinità gratuita che il diretto interessato ignorò. Yasuro uscì dalla cucina, con un piatto tra le mani, che portava con una lentezza esagerata. Il suo piede storto cedeva quando doveva sopportare il peso del corpo e veniva portato troppo al centro quando l'altro prendeva il sopravvento. Takumi spalancò gli occhi quando se ne rese conto e fissò sua moglie per avvisarla.

"Non avete portato Asami con voi? È vero che da Fukuoka il tragitto è troppo lungo per una bambina."

"Sì, è ancora troppo pic... mamma?... che cos'è successo a pa... a Yasuro?"

Il tono terrorizzato di sua figlia non turbò minimamente Chiaki che stava controllando il modo in cui il piatto sarebbe stato posato sulla tavola: pendeva pericolosamente in avanti, minacciando l'equilibrio dei bicchieri e delle bottiglie che trasportava.

"Volevo che Takumi se ne occupasse. Questo *baka* è così maldestro che mi dà più preoccupazioni che aiuto durante la mia vecchiaia."

Il vassoio ritrovò un buon assetto prima di urtare il tavolo. Nessun liquido finì col rovesciarsi. Ume fissava Yasuro, incredula: il viso si era sciolto sulla parte destra come se la testa fosse stata posta in un forno. Ora il suo occhio si trovava due centimetri troppo in basso e puntava verso terra. La maschera grottesca, però, si illuminò girandosi verso i visitatori, rivelando le difficoltà di movimento della guancia ferita.

"Ume-chan, sono felice di vederti. E anche te, Takumi-chan."

Iniziò a distribuire i bicchieri con un sorriso discreto e un distacco che peggiorarono il malessere di Ume e Takumi.

"È stato con l'olio bollente. Ha posato un piatto di spaghetti di fianco al wok e la sua mano ha urtato contro il manico. Il piatto gli è saltato in faccia. Fa dei gesti troppo bruschi. Poteva mandare a fuoco la casa." Stette in silenzio per un po', chiusa nei suoi pensieri, prima di riprendere, ostinata: "Bisogna aggiustarlo."

"E il polso sinistro?" chiese Takumi, tirando su la camicia per scoprirlo. La pelle sintetica presentava una fenditura che andava dall'estremità dell'ulna fino all'attaccatura delle falangi. Sotto il polimero sbrindellato, un cavo argentato e un filo elettrico giallo e verde uscivano dalla guaina. Anche il cilindro che azionava il dito medio sembrava danneggiato. La ferita era vecchia: pezzi di cibo e di grasso in cui si erano agglutinati fili e polvere riempivano le cavità.

"Non so come sia successo. Deve essere rimasto impigliato in un chiodo sporgente."

Takumi ne fu sorpreso, ricordando che il sistema di riconoscimento spaziale dei robot era più sviluppato e più reattivo di quello degli umani. Accettò la lattina di birra che Yasuro gli porgeva, una delle prime serie a base di fibre vegetali. La scarsità di alluminio non era ancora vicina, ma si era smesso di usarlo nei prodotti usa e getta.

Il servizio terminò, il droide si piazzò a tavola con gli ospiti, a destra di Chiaki, incitando con energia a un *kampai*[18] ma limitandosi a fare finta di bere. I nuovi modelli erano capaci di ingerire liquidi e anche cibo, depositandoli in un contenitore che poi loro stessi svuotavano. Chiaki spiegò che sedeva in quel posto perché lei non sopportava più di vedere l'altro suo profilo. Takumi si alzò, incuriosito dall'aspetto del robot di compagnia. Ume gli gettò uno sguardo interrogativo.

"La parte posteriore del cranio è infossata. Può essere do-

---

18 Letteralmente: 'svuotare il bicchiere che si sta bevendo', è la parola che i giapponesi usano per fare un brindisi.

vuta a un colpo di martello... o meglio, a una caduta." Chiaki spiegò che aveva quei segni da poco, dopo che Takumi era venuto a ripararlo. Era successa la stessa cosa alla gamba, che si era disarticolata dopo che lui era passato, secondo nonna Chiaki.

Ume ringraziò in silenzio suo marito di non essersela presa per il rimprovero implicito riguardante la qualità delle sue riparazioni. Takumi pronunciò il codice di immobilità del robot, quindi cercò sotto la nuca e sollevò il rettangolo di pelle, esponendo il quadro dei comandi. Alcune ulteriori autorizzazioni e manipolazioni di accesso fecero scorrere sullo schermo le stringhe di un check-up completo, un ritardo di cui il genero approfittò per ultimare l'esame visivo. "Ci sono altre infossature nella parte posteriore. Questo robot di compagnia necessita di una revisione completa..."

"Se Takumi non riesce a regolarlo, bisognerà cambiarlo," annunciò Chiaki in tono assente.

"Cambiarlo, Chiaki-san?" protestò Takumi senza cercare di mascherare un tono arrabbiato. "Ma ha solo sei mesi!"

Si aspettava che la moglie lo guardasse male, ma la sua vista offuscata dalle lacrime rimase fissa sul droide dai lineamenti di suo padre.

"È troppo presto per prendere una decisione," finì col dire Ume, rivolgendosi stavolta a sua madre, che sembrava estranea alla scena. "Propongo di finire di bere e partire per il picnic prima che credano che abbiamo annullato e assegnino i nostri posti ad altri."

"E Yasuro?" si agitò Chiaki. "Non è Takumi che si deve occupare di me!"

"Credo sia meglio se resta qui," dichiarò Takumi.

Il ciliegio che avevano prenotato era meno imponente di quelli vicini, ma la sua chioma fiorita non aveva sofferto per la pioggia. Sotto ogni albero, era stata disposta una coperta da pic-nic sull'erba. Quando Ume era piccola, il posto sembrava un patchwork di pezzi colorati, perché ognuno, di mattina presto, portava il proprio rettangolo di plastica, sorvegliando gelosamente il posto mentre aspettava l'arrivo degli invitati. Oggi, salvo rare eccezioni, avevano un color indaco come quelli noleggiati dalla società di servizi che si occupava dei festeggiamenti. Ume vide un sacco a pelo appeso ad asciugare a un ramo di ciliegio. C'erano ancora dei tipi coraggiosi che affrontavano il freddo e l'umidità per riservarsi i posti migliori.

Dei petali rosa pallido guarnivano il tetto trasparente costellato di goccioline, che era stato eretto sopra la loro coperta da pic-nic. La condensa lo opacizzava in vari punti. Alcune protezioni lì intorno pendevano come pance di Buddha che gli abitanti locali svuotavano sollevando il telo con delle picche o bastoni, gridando forte mentre gli schizzi d'acqua arrivavano sugli ospiti che guardavano lo spettacolo.

Un genio staccò persino un angolo del telone, pensando che avrebbe avuto il tempo di scappare, ma avendo sottovalutato il peso dell'acqua, finì col bagnarsi tutto. Prevedendo che non avrebbe più piovuto, altri gruppi avevano tolto il telo di protezione, così poco estetico; si mostravano particolarmente rumorosi quando la brezza agitava i rami. Quelle annaffiature fastidiose avevano almeno il merito di creare un'atmosfera giocosa.

All'entrata del parco naturale, Ume aveva recuperato il cesto dei viveri ordinato alla società organizzatrice. Aveva preferito ricorrere a quella comodità piuttosto che confezionare dei piatti il giorno prima della partenza.

Da donna attenta ai dettagli, aveva stimato la qualità dei prodotti e la presentazione, che trovò buone. Un *haiku* di circostanza era stato infilato sotto il tovagliolo che ricopriva il cesto. Ume se ne accorse e lo accartocciò senza dire una parola.

"Cosa dice?" chiese nonna Chiaki che aveva seguito il volo della pallina sul fondo del paniere.

"*Un petalo d'avorio che vola via, lacrima di una vita, la bellezza trascorsa passa ancora,*" recitò a memoria.

"Com'è triste! Non è uno *shiori*[19] molto riuscito."

Ume avrebbe ignorato il commento se suo marito non avesse iniziato a rispondere, cosa che, con sua grande sorpresa, ebbe il dono di infastidirla.

"Non pretendeva di esserlo. Ma in questo *haiku* c'è comunque attrazione davanti alla bellezza della natura tranne per il fatto che non è espresso in maniera personale. Non trovo che la perdita della bellezza dei fiori sia triste, perché la caduta dei petali resta bella."

"È perché non sei mai stato un fiore, Takumi."

Ume fece notare che era un semplice *haiku* e prese sua madre per il braccio per aiutarla a sedersi. Il terreno era leggermente in pendenza, quindi si dovette posizionare in quella direzione, che la costringeva a dare le spalle alle parti del paesaggio più affascinanti. Ume scelse di sedersi sotto di lei e si mise sulla tovaglia azzurra tempestata di stelle primaverili in modo da poter guardare sua madre senza girare troppo il collo. Lasciando cadere il silenzio, osservò i gruppi intorno, composti in media da una dozzina di individui. La famiglia più piccola era di otto persone.

"La maggior parte ha anche invitato gli amici," spiegò Takumi che aveva interpretato il suo sguardo. "E ci sono anche i loro robot. Guarda: in realtà, quelli lì sono solo sette. Tua madre non aveva nessuno da invitare?"

---

19 Stato d'animo suscitato dall'Haiku: shiori (しおり, "delicatezza"), è il fascino che dai versi s'irradia verso il lettore, andando oltre la mera parola scritta, avvolgendo ogni cosa in un vago e indistinto alone di compassione ed "empatia.» (Fonte: Wikipedia).

"Potevamo portare Asami," rispose Ume scuotendo la testa.

"Preferisco di no, e tu sai perché." Lui rivolse lo sguardo verso l'anziana donna che stava finendo di sistemarsi al meglio.

L'*hanami* non si svolse né nella gioia né nel piacere di ritrovarsi. Tutti e tre faticavano a combinare un argomento di conversazione in comune. Il più ricorrente fu ancora l'androide danneggiato; nonna Chiaki chiedeva a intervalli regolari quando il sostituto di suo marito sarebbe stato riparato. Takumi salutò con la mano una coppia anziana che passava di lì, i due erano imponenti nel guscio protettivo del loro robot trasportatore. Quelle sedie su zampe concepite per mantenere lo sguardo ad altezza normale, o poco più, li facevano sembrare dei sauri preistorici. Ume era stupita del fatto che lui conoscesse quelle persone e lui le ricordò di quando era già venuto a Kobayashi per riparare Yasuro, quindi aveva avuto l'occasione di fare amicizia con alcuni abitanti. Erano nuovi vicini di casa e lui ne aveva approfittato per vantarsi dei prodotti della Kagenaite, ricordando che l'azienda per la quale lavorava aveva una fetta del 30% del mercato della robotica sul territorio nipponico.

Ume smise subito di ascoltarlo, non trovando divertente che lui fingesse di conoscere Kayabashi meglio di lei che era nata lì. Rischiava in ogni momento che sua madre facesse notare quanto erano rare le sue visite. Ume aveva deviato il discorso sul gusto squisito del sushi e sulla provenienza delle alghe che attorniavano le palline di pesce, ma non poteva ricorrere sempre al cibo o alle condizioni del cielo per evitare i soggetti di conversazione che riteneva minacciosi. Interrogare nonna Chiaki sulle sue distrazioni per occupare le giornate le faceva sempre tornare in mente l'androide danneggiato, era inevitabile.

Verso la fine del pasto, fu lei ad alzarsi per andare a salutare delle persone che aveva conosciuto durante l'adolescenza e che non avevano mai lasciato quel posto. Ci restò abbastanza a lungo da spingere Takumi ad andare a cercarla. Non sapeva più cosa rispondere a sua suocera, che gli rimproverava di prendersi poca cura di sua figlia.

Quel pic-nic si stava disgregando come i petali dei ciliegi, fino a lasciarli tutti e tre nudi, incapaci di fare bella figura tra loro. La volta successiva non avrebbero nemmeno più rispettato i convenevoli. Takumi avrebbe preferito non doversi alzare, ma poiché aveva già riordinato gli avanzi del pasto e coperto il cesto, non gli restava altra scelta. Fu quello il momento in cui Ume scelse di riapparire: sembrava felice mentre correva sull'erba, intanto che la pioggia riprendeva a cadere.

Al ritorno, per non dispiacere a nonna Chiaki, restarono ancora un po' in casa. Takumi si chinò un'altra volta sul robot di compagnia, spiegando che a quello stadio di degrado, non poteva fare nulla se non inviare un riparatore il prima possibile.

Sulla strada del ritorno, il sole che nel frattempo era rispuntato, sollevava fasci bianchi di luce in cui si trascinavano i petali portati dal vento. Restava un'ora prima del crepuscolo.

"Quanto ci costerà ancora, questa riparazione? Hai visto le sue condizioni?"

"Non può continuare così," ammise Takumi. "Soprattutto perché tua sorella ha sempre rifiutato di partecipare."

"In questo caso, cosa proponi? Yasuro non è più affidabile. Non si può nemmeno lasciarla sola..."

"Di sicuro è fuori discussione che venga a vivere a casa nostra. Non vorrei che trattasse Asami come ha trattato tua sorella."

Ume giocava con le dita studiando suo marito di nascosto. Incontrarono dei banchi di nebbia nelle gole più ripide, mentre costeggiavano il fiume. Ogni volta, lei aveva l'impressione che la visibilità stesse svanendo per incoraggiarla a confidarsi.

"È caduto."

Rivolse lo sguardo lungo la strada mentre Takumi imboccava una curva. Il tempo valeva il doppio durante quel silenzio.

"Che dici?"

"Gli amici con cui ho parlato sotto il ciliegio mi hanno raccontato tutto. Alcuni lo avrebbero visto cadere. Non l'hanno visto ribaltarsi, soltanto cadere. Hanno capito che non era un essere umano vedendolo rialzarsi normalmente. Il tempo di rendersi conto che era un droide, hanno comunque avuto molta paura. La caduta spiegherebbe i bozzi dietro la testa. Pensano che il braccio sia scivolato mentre si appoggiava alla ringhiera bagnata, ma..."

"Ma?" la incoraggiò Takumi davanti al suo silenzio prolungato.

"Non vedo proprio un androide andare ad affacciarsi sul balcone per rilassarsi. E tu stesso hai detto che i riflessi di un robot sono superiori ai nostri."

"Pensi al modo in cui tuo padre è morto, è così?"

"E al viso bruciato dai noodle bollenti, o il polso lacerato da un taglierino. Un giorno, mentre lui stava facendo del bricolage, lei lo ha ferito con un cacciavite. Nello stesso punto dove il droide è tagliato."

"L'ultima volta che sono intervenuto, lui aveva un graffio sullo zigomo, che ho riparato col silicone. Aveva sbattuto contro una porta o gli era stato lanciato un oggetto in faccia."

"Era un piccolo Buddha di bronzo, io ero lì."

Ume realizzò la portata di quei discorsi solo nel momento in cui suo marito capì che parlava di suo padre, non dell'imitazione.

"Chi era presente oltre a tua madre quando lui è caduto dal balcone?"

"Non so se... oh, non lo so più..." Ume si mise le mani davanti al viso, le spalle scosse dai singhiozzi. "Non potrei mai denunciare mia madre!"

"Almeno, hai un motivo in più per chiamare tua sorella. Lei potrebbe consigliarti."

Quando la squadra di riparazione si presentò a casa di nonna Chiaki per portarsi via il droide, procedette a un'ispezione rapida. Un tecnico s'impadronì del suo portatile, che teneva in mano come se sapesse che avrebbe dovuto usarlo. Proferì solo una parola e subito la porta d'ingresso – rimasta aperta – lasciò passare tre poliziotti armati di pistole stordenti.

Circondarono nonna Chiaki mentre lei si era appena accorta della loro presenza, urlando ordini con una voce stridula e puntandole a mani giunte le armi alla tempia. La testa pensante di un'intera rete di yakuza non avrebbe potuto essere oggetto di un intervento più forte.

"Non si muova! È in arresto!"

Solo il terzo uomo prestò attenzione all'androide, che aveva anche il compito di difendere il suo proprietario dagli aggressori. Ma il tecnico che gli era vicino lo rassicurò, brandendo il cacciavite per dirgli che era tutto sotto controllo.

"Non esagerate! Si regge a stento sulle gambe."

Tuttavia, i poliziotti la ammanettarono, mentre i riparatori spingevano l'androide su un carrello. Anche se lui era ancora in grado di spostarsi da solo, adesso non potevano concedergli nessuna autonomia.

"È a causa di Yasuro?" chiese Chiaki, mentre trottava dietro una camicia bianca e un chepì blu. "Yasuro ha fatto di nuovo una sciocchezza, è proprio un *baka*."

I principali costruttori di robot avevano delegato i controlli tecnici e il mantenimento dei modelli venduti nella regione di Kyushu a un'impresa nota per la sua serietà. Davanti alla porta del laboratorio c'era la famiglia di Takumi al gran completo. Ume ripeté a suo marito che sperava di poter sapere cosa fosse effettivamente successo al droide grazie alla diagnostica.

"Così, almeno, potrei fare domande alle quali non avresti pensato."

Era anche impaziente di riavere il robot di famiglia. Dopo un mese, era diventata insopportabile, si irritava al minimo disturbo, rimproverando Asami per ogni errore. Non era più abituata a badare a sua figlia tutta la giornata. Ma era lei che aveva insistito per un esame completo del *robuba*. La sua fiducia in lui era diminuita dopo che il droide con i tratti di suo padre era stato malmenato. A conti fatti le macchine non erano più affidabili o solide degli umani, contrariamente a ciò che proclamavano le pubblicità, e gli impieghi dei servizi alla persona avevano ancora molto tempo davanti a loro. In realtà, lei non riusciva a riprendersi dall'arresto di sua madre.

"Le capisco," sussurrò Takumi. Con un grande sorriso, si affrettò a puntare la telecamera su Asami per non perdersi nessuna delle sue espressioni. Ume, al contrario, teneva lo sguardo fisso sulla porta scorrevole del laboratorio.

"Kawai!" esclamò Asami, riconoscendo le forme tonde e morbide del suo compagno di giochi. Si gettò al suo collo a braccia aperte, mentre il *robuba* si abbassava per accoglierla.

"È stato dal dottore dei robot e ora si sente in piena forma," le assicurò suo padre senza smettere di registrare. Volle completare la sequenza con un primo piano su sua moglie, ma lei deviò l'obiettivo con la mano, poco incline a mostrare la sua soddisfazione in quell'istante. Sistemata la questione del *robuba*, lei riportò la sua attenzione sui due impiegati in camice bianco che erano rimasti in disparte da quella scena di ricongiungimento, facendo un radioso sorriso professionale.

Il primo di loro, un quarantenne che rifiutava di togliere gli occhiali per via di un intervento chirurgico agli occhi, annuì, facendosi all'improvviso serio, appena lei pronunciò il nome di Yasuro.

"Mi segua."

Il secondo tecnico sgattaiolò via dopo un rapido congedo, imboccando un corridoio riservato al personale. Ume si girò verso Kawai e Asami.

"Possono andare in giardino, lì in fondo. È il posto in cui testiamo i robot in un ambiente naturale. C'è un'area giochi destinata a valutare un *robuba* in quelle situazioni. Sua figlia ne rimarrà incantata."

I genitori la lasciarono, dunque, alle buone cure di Kawai. Attraversarono stanze bianche dalle cui vetrate si scorgevano ingegneri chini su protesi collegate a dispositivi di misurazione, mani, articolazioni, elementi non sempre identificabili da un occhio non esperto. Nella maggior parte dei casi, i robot erano relegati in piedi in un angolo, legati a dei sostegni e in parte disassemblati.

"Scommetto che vi aspettavate di vedere gli androidi disposti su tavoli, come in un sala operatoria," disse il tecnico rivolgendosi a Ume.

"Così, fanno ricordare che si tratta solo di meccanica," ammise lei, "Si tende a dimenticarlo."

Takumi esibiva un'espressione indifferente, ridacchiò notando il disagio della moglie nel momento in cui passavano davanti a una stanza dedicata al restauro delle pelli sintetiche. Dei visi afflosciati pendevano da ganci, copie di umani fantasma. Fu proprio lì che entrarono. La loro guida si rifugiò dietro un bancone con un piano di lavoro tattile e mostrò una rappresentazione dell'androide di Chiaki.

"Veniamo a sim-Yasumo," annunciò schiarendosi la gola.

"Questo robot di assistenza è buono per gli scarti. È meglio recuperarne i materiali che tentare di ripararlo. Potrebbe rompersi in un momento inappropriato o avere delle reazioni catastrofiche. D'altronde, è un miracolo che non abbia causato danni finora. Tutto ciò è destinato a cambiare; i nuovi modelli non comprenderanno solo sistemi di verifica e di programmazione, ma segnaleranno i danni ricevuti. Sono diventati troppo frequenti in tutto il paese."

"Cosa vuol dire?" chiese Ume con voce tremante.

"I robot di compagnia hanno avuto uno sviluppo con l'invecchiamento della popolazione. Mantenere in casa anziani non autosufficienti diventava meno costoso che affidarli alle cure in centri specializzati o visite che non garantivano una sorveglianza ventiquattro ore su ventiquattro. Per non spaventare questa popolazione con modelli dalla meccanica evidente, né renderla infantile con la gamma di *robuba*, abbiamo dato al loro assistente meccanico una sembianza umana. Alcuni hanno anche adottato la fisionomia di un loro caro scomparso, con l'obiettivo di addolcire i loro ultimi giorni o di intrattenere con il defunto una relazione più profonda rispetto ai pensieri indirizzati loro in occasione di anniversari o eventi significativi. È anche un modo per non rompere con le abitudini ben ancorate e di dare alla solitudine un volto gentile. Direi anche coccolato. Credo di sapere che sua madre ha fatto questa scelta. Ma ecco, c'è il rovescio della medaglia..."

Il tecnico tossì, imbarazzato di dover arrivare al nocciolo della questione.

"Mia madre avrebbe avuto l'impressione di vivere con un estraneo se noi non avessimo dato a Yas... al droide dei tratti familiari," si affrettò a dire Ume per giustificarsi.

"Come succede nella maggior parte dei casi," ammise il tecnico con un cenno della testa. "Ma noi sviluppiamo tutti un rapporto con gli oggetti che ci circondano, non solo in funzione della loro storia o degli individui che ci ricordano. Nel caso di un androide, che riproduca o meno i tratti di un nostro caro, questa relazione è moltiplicata per mille. Instaura un rapporto affettivo tanto più stretto in quanto si rivela sempre più attento e disponibile, e dal momento che non esiste altra presenza umana che relativizzi questa dipendenza. Almeno non sempre. Questa situazione spinge a riprodurre in maniera insidiosa i comportamenti che l'umano aveva una volta con chi lo circondava. Così, abbiamo visto donne maltrattate tremare davanti a una meccanica progettata per assisterle, e pensionati ristabilire vecchie abitudini, fino a invitare l'androide nel loro letto. Tutta la gamma di relazioni familiari o di coppia si trova ripristinata, ma l'autoinganno non potrebbe durare a lungo, se non altro perché le capacità fisiche di questi *specchi umani* sono superiori su tutti i piani. Quando si progetta un robot di assistenza, del resto, è difficile trovare un buon compromesso tra la rapidità di azione richiesta in situazioni d'urgenza e la lentezza dei gesti ricalcata sul comportamento del proprietario o l'età presunta dell'androide."

"È quello che spiego sempre ai figli dei miei clienti," intervenne Takumi. "Pensano che il droide sia troppo lento, ma una maggiore rapidità infastidisce le persone anziane."

"E il peggio – ciò che gli utenti mal sopportano una volta instaurata questa relazione – è che l'androide *non invecchia*!"

Continuando a guardare i suoi interlocutori, aprì un cassetto e ne tirò fuori delle maschere sintetiche che doveva esibire a ogni dimostrazione. Erano tutte rotte, lacerate a colpi di taglierino o coltello. Presentò, tenendolo dai capelli, il viso particolarmente spaventoso di un sessantenne striato di rughe con l'aiuto di matite da trucco; le più grandi mettevano in evidenza delle tacche riempite di colla o gel colorato. Una guancia doveva essere stata ricucita con del filo nero, evocando una lontana somiglianza con il mostro di Frankenstein.

"Abbiamo fatto delle riunioni informative nella sede di Tokyo, a proposito di queste mutilazioni," spiegò Takumi, soddisfatto di mostrare che ne era al corrente. "I contratti assicurativi sono stati rivalutati."

"Nel corso del tempo che sembra passare sempre più veloce man mano che il corpo si indebolisce, gli anziani rimproverano al droide di lasciarli soli a morire. Tentano di riequilibrare questa ingiustizia indebolendoli fisicamente a loro volta. Le restituzioni al laboratorio diventano così frequenti che i creatori prevedono di cambiare l'aspetto fisico dei modelli ogni tre anni, il tempo di mettere a punto una pelle sintetica capace di invecchiare seguendo il ritmo biologico dell'uomo. In entrambi i casi, la questione solleva problemi etici e sociali che bisognerà studiare accuratamente. Inoltre, nell'immediato, posso solo consigliarvi di scegliere un modello fornito di allarme a distanza in caso di urto violento, che permetterà a un tecnico di verificare se è volontario o accidentale."

Con un nodo alla gola, Ume si limitò ad annuire.

"Per quanto riguarda il robot da compagnia di mia suocera, non è più necessario," concluse Takumi prendendo sua moglie per il braccio.

Fuori, videro Asami che rincorreva Kawai. Ume aveva ancora un nodo in gola e preferì chiamare il *robuba* dal telecomando.

"Ebbene sì, abbiamo detto tutto," sospirò Takumi a voce alta.

"Lo sapevi, no?" disse Ume con voce tagliente. "Sapevi che i sim-droidi avevano delle ripercussioni psicologiche sui loro proprietari..."

"Cosa vai ancora a pensare? Sì, siamo stati informati, ma solo poco tempo fa." Appena Asami li vide e smise di giocare per raggiungerli, lui si affrettò a concludere: "Arrabbiarti con tua sorella non ti è bastato? Comprendo il tuo dolore, ma non puoi prendertela con il mondo intero."

Asami calpestò i petali appassiti che coloravano il giardino di rosso e disegnavano dei turbini di fiamme nel vento. Ridendo, Takumi la sollevò e la fece saltare verso il cielo. La prese per mano fino al parcheggio in cui aveva lasciato l'auto, mentre Ume lo seguiva camminando davanti al *robuba*.

"Pensi di andare a trovare tua madre domani?" chiese lui una volta immessosi sulla strada. Ume scosse la testa. Dietro, nonostante la presenza di Kawai, Asami non stava al suo posto. Si divertiva a gettare contro il sedile davanti una piccola figurina che poi si ingegnava a recuperare prima del robot. Ma, ogni volta, lui era più veloce di lei, tranne quando l'oggetto rotolava dal suo lato.

"Perché non posso vedere nonna Chiaki?"

"Perché sei troppo piccola," rispose Takumi con pazienza. "L'ospedale psichiatrico non è un posto per te."

"Perché è pazza nonna Chiaki?"

"È così! Nessuno sa come si diventa *kichigai*[20]."

"Allora, come sanno che lei è *kichigai*, all'ospedale? È mamma che gliel'ha detto?"

"No, è tua zia, Masako," intervenne Ume. "Ma sei troppo piccola per queste storie..."

"Ehi! Non puoi farlo! Sono io che le ho trovate!"

Asami, non contenta, diede uno schiaffo sul petto del *robuba* che l'aveva costretta a lasciare un cacciavite e un taglierino raccolti sotto il sedile. Li mise fuori dalla sua portata. La bimba aveva anche un martello sulle cosce che fece la stessa fine nonostante le sue proteste.

"Kawai ha ragione, Asami-chan," disse Ume girandosi in-

____

20 'Pazza'.

dietro. "Questi attrezzi potrebbero ferirti."

Con la voce vellutata da contralto, Kawai annunciò che li avrebbe tenuti d'occhio fino all'arrivo.

"Bisognerà sistemarli nel bagagliaio," aggiunse Takumi. "Non avrei dovuto dimenticarli lì, si diventa negligenti quando si è circondati di robot che si occupano di tutto."

Ancora arrabbiata, Asami lanciò in testa a Kawai la sua figurina, che lasciò sulla sua guancia una traccia di vernice appena percettibile.

"Fa' la brava, tesoro," disse Ume in tono stanco. "Non colpire Kawai, altrimenti delle persone verranno a punirti e lui non ti vorrà più bene."

"Guarda... cala la notte. Vedi la nostra nuova casa? È quella lì, dietro il vulcano. Siamo quasi arrivati."

"La luna si sta alzando," constatò la piccola. Poi aggiunse: "Sembra uno specchio."

"Gli antenati credono che lo fosse davvero, Asami-chan," spiegò Ume in tono dolce. "Uno specchio che riflette i nostri sogni."

Ma Asami non la ascoltava. Si era messa a canticchiare una filastrocca che Ume le cantava spesso da un po' di tempo.

Hai visto la signora luna piena
piangere nei rimpianti della separazione
la sorella maggiore in abito da sposa,
all'ombra dei turbinii dei ciliegi in fiore.

Stavolta, sua madre non ebbe la forza di accompagnarla. Ma siccome la filastrocca era nel repertorio di Kawai, il *robuba* la cantò con lei, giocando con il cacciavite come se fosse la bacchetta di un direttore d'orchestra.

Indice

Editing e formattazione di Alda Teodorani
Immagine di copertina di Dayana Montesano